KB072362

오늘이 아닌 뉴스 1

침묵하는 목격자

뉴럭이 장편소설

침묵하는 목격자

오늘이 아닌 뉴스1

팩토리나인

1장.

그날의 히어로

미디어는 하루도 빠짐없이 자극을 내보낸다. 자극은 본능을 향한다. '소비자'의 본능을 대신해 먹고, 입고, 자고 가끔은 죽고 죽이기도 한다. 굶주림으로 죽어가는 소녀 옆에서 아이의 죽음을 기다리는 까마귀처럼 소비자는 따뜻하고 안락한 곳에 앉아 더 싱싱한 먹잇감을 찾으며 말한다.

'아, 이런 혼탁한 세상에 신은 어디에서 무엇을 하고 있는가?'

당신은 오늘, 무엇을 기다리는가? 신은 어쩌면 멀지 않은 곳에 있을지도 모른다. 당신은 오늘, 누구를 도왔는가?

*

"이제 일신상가 C동, 오월동 방향 사거리. 어디로 갈까?"

009

"기다려봐, 움직이지 말고. 앞에 아우디 보이지? 블랙박스 죽여야 해."

"…."

"이래서 불법 주차가 문제야, 문제. 귀찮아, 귀찮아."

대한민국은 치안 1위를 자랑하는 안전한 국가다. 안전한 이 국가엔 CCTV만 천만 개가 넘는다. 수많은 CCTV와 그보다 더 많은 휴대폰 카메라, 블랙박스, 웹캠, 홈 캠 중 '지저스'가 접근할 수 없고 조종할 수 없는 건 없다.

"이런 블랙박스쯤이야. 차량 번호만 넣으면 알아서 꺼지게 만들 수 있지."

인근 거리를 비추는 수십 대의 모니터 옆 작은 레이더 모니터. 지저스는 모니터로, 히어로는 시계로 다른 장소에서 같은 붉은 점을 보고 있었디. 모니디와 시게라니. 히어로는 요즘 같은 시내에 웬 아날로그 감성이냐며 비웃었지만 클래식은 영원한 법이다.

"지금 세 번째 골목으로."

"오케이."

검은 실루엣의 히어로가 대답과 함께 날렵하게 몸을 틀어 골목으로 향했다. 방향을 튼 녹색 점이 깜박거리며 붉은 점 가까이 이동했다.

"골목 끝까지 가면 편의점 보일 거야. 거기서 대기."

"오우케이."

히어로가 특유의 억양으로 대답했다. 그들이 사용하는 무전기는 양방으로 음성이 변조된다. 무전기 사이로 흘러나오는 히어로의 억양은 지저스의 긴장을 풀어주는 묘한 힘이 있었다.

지저스의 말대로 붉은 점은 근처 편의점으로 들어갔다. 하루의 마무리로 신나게 몸을 풀고, 늘 그렇듯 담배와 젤리 같은 걸 사러 나왔을 것이다.

붉은 점이 잠적한 지는 오늘이 15일째. 그는 자신이 어디에 있는지 아무도 모를 거라 자만하고 있다. 그런 붉은 점을 비웃기라도 하듯 지저스는 모니터를 보지 않아도 훤히 꿰고 있었다. 그가 뭘 하는지, 뭘 먹는지, 어디로 가는지까지. 그렇지만 오늘은 안전에 완전을 기하기 위해 다시 모니터로 눈을 가져갔다.

"너무 빨리 가지 마, 아직 안 나왔어. 근데 오늘은 왜 저렇게 어정거려, 저 자식?"

"낸들 알겠습니까. 아오, 배고픈데."

"너 배고프단 말 한 번만 더 하면 열두 번째다. 배가 고파도 천천히 갑시다. 이러다 슈퍼 들어가시겠습니다. 슬쩍 들어가서 도시락이라도 하나 사든지."

"뭐라는 거야. 하루 이틀 안 사이도 아니고. 나 편의점 도시락 안 먹어. 근데 넌 그걸 세고 있었냐?"

두 사람이 시답잖은 대화를 주고받는 사이 멈춰 있던 붉은 점이 다시 움직였다. 지저스는 무전기를 잡았다.

"잠깐, 나간다. 2시 방향으로 출발해. 인쇄 창고 앞 건물 들어가는 현관에서 마주칠 거야."

"…"

타깃 근처에선 늘 그렇듯 히어로는 대답이 없었다. 녹색 점과

붉은 점의 거리 5미터.

삐, 삐. 목표물에 접근했다는 알람이 울리자 지저스는 인근 카메라 상태를 다시 확인했다. 탁 타타탁. 경쾌한 키보드 소리가 방안 가득 울리자 골목 근처의 카메라들이 조금씩 움직였다. 마법 같은 이 순간은 오로지 세상에 두 개의 점과 그만 존재하는 순간이고, 매번 경신되는 인생에서 가장 짜릿한 순간이며, 아마 앞으로도 절대 끊을 수 없는 순간일 것이다.

이제 모니터 어디에도 히어로의 모습은 비치지 않았다. 당연하다. 지저스는 언제나 완벽하니까.

"이제 작업 들어갑니다."

"알았어. 아, 히어로!"

"왜, 빨리 말해."

"조심해."

"…왜 그래? 돌았나 봐."

삐릭. 무전기가 꺼지는 소리를 들으며 지저스는 의자를 젖히고 느긋하게 몸을 기댔다. 무선 이어폰 연결에 음성 변조, 위치 추적 기능이 탑재되고 반경 200킬로미터까지 통신이 되는, 귀여운 애니메이션 캐릭터의 머리가 달린 무전기는 원래 아이들 장난감이었다. 지저스가 일주일 동안 정성 들여 개조하기 전까지는.

"사람이 걱정을 해주는 건데 말이야. 성의가 없어, 성의가."

지저스가 무전기 위에서 달랑거리는 캐릭터의 머리를 손가락으로 튕겼다.

50미터가 남았을 때부터는 히어로가 무전을 끄고 붉은 점과의 결전을 즐기는 순간이었다. 이제부터는 온전히 히어로의 시간. 언제나처럼 히어로의 작업은 깔끔할 것이다. 아무런 흔적도 남기지 않고 붉은 점의 아킬레스건을 가져가는 히어로의 능력을 지저스는 높이 평가하고 있었다. 어떤 이는 도벽, 어떤 이는 가정폭력, 어떤 이는 성폭력. 히어로의 심판은 늘 높은 곳을 향했다.

정치인, 기업인, 가끔은 연예인. 그들은 법의 심판을 받는 순간까지도 어디에서, 누가, 어떻게 증거들을 모아 그들을 그곳에 세웠는지 알지 못했다. 지저스 또한 히어로가 수집하는 증거가 어떤 것인지, 그것들을 어디로 넘기는지 묻지 않았다. 히어로가 입금만 따박따박 잘 해준다면 그것은 지저스에겐 '내 알 바 아닌' 카테고리에 속하는 내용이었다. 게다가 이렇게 허름한 동네는 카메라도 몇 대 없어 지저스 입장에서는 날로 먹는 게임이나 마찬가지였다.

벌써 9년 동안 히어로와 지저스는 서로에 대해 묻지 않았다. 그리고 그건 그들이 세상을 조금 바꿔보기로 약속한 날부터 지켜온 암묵적인 룰이었다. 지저스의 실력이라면 히어로의 성별, 직업, 이름, 주민등록번호는 물론 잠버릇, 샤워 습관까지도 알아낼 수 있다. 마음만 먹는다면 관음증 변태들이 모인 실시간 스트리밍 사이트에 히어로의 하루를 올릴 수도 있을 것이다. 그러나 그는 히어로에 대해 애써 알아내려 하지 않았다. 아주 가끔 히어로를 기다리는 시간이 궁금하고 갑갑하기는 했지만.

문 크리스탈 파워!

무전 소리에 느긋하게 의자에 기대어 있던 지저스가 급하게 몸을 일으켰다.

"벌써 끝난 거야? 이야, 점점 빨라지는데?"

"…"

"둘이 딱 같이 있는 그림 뽑았지? 뭐야, 배고파서 말할 힘도 없냐? 대답을 하세요."

"…플랜 B 열어줘, 뭔가 잘못됐어."

"뭐? 그럴 리가."

지저스가 급하게 모니터로 눈을 돌려 녹색 점의 위치를 확인했다. 레이더에 표시된 장소의 CCTV 렌즈를 히어로가 있는 방향으로 돌리자 검은 옷에 검은 모자, 검은 마스크를 쓴 히어로가 검붉은 피를 뒤집어쓴 채 화면을 응시하고 있었다.

*

"지구대에서는 뭐래? 죽었대?"

조수석에서 빵을 우물거리던 태헌이 운전하고 있는 오 형사에게 물었다.

"그런 것 같대. 야야야, 너 부스러기 좀 흘리지 마. 나 오전에 세차했단 말이야."

"내가 나중에 다 치울게. 새끼, 호들갑은."

"그게 다 치워지냐?"

오 형사가 한 손으로 빵을 뺏으려 하며 짜증을 내도 태헌은 뺀질거리며 약을 올렸다.

"너 그러다 내 멱살 잡겠다?"

"아유 씨, 말을 말자."

오 형사가 노려보거나 말거나 못 본 척하던 태헌이 투덜대기 시작했다.

"왜 내가 당직인 날 하필 이런 일이 생기는 거야."

"살인범이 날짜 가려가며 사람 죽이는 거 봤냐? 근데 인마, 넌 사람이 죽었는데 그런 말이 나오냐? 네가 참 경찰이다."

앞을 바라보고 운전하던 오 형사가 태헌을 힐끗거리며 고개를 가로저었다.

"빨리 이노무 강력반 벗어나야 이 꼴을 안 보지. 울 아부지 나 공무원 됐다고 엄청 좋아하셨는데 밥도 못 먹고 빵이 까는 거 아실라나."

"부스러기 흘리지 말라고! 인정머리도, 사명감도 없는 놈아. 진짜 넌 멱살 한번 잡혀봐야 해."

태헌은 오 형사의 핀잔에도 아랑곳하지 않고 빵을 씹으며 한숨을 쉬었다.

"저기다, 저기. 저기 지구대 애들 있네."

멀리 보이는 불빛을 확인한 오 형사가 차를 세웠다. 경찰차와 구급차의 헤드라이트로 어두운 골목이 대낮처럼 환하게 밝았다. 그 빛 사이로 벽에서 흘러내려 바닥에 흥건하게 고인 피 웅덩이가 눈에 들어왔다.

길 하나 차이로 화려한 서울의 또 다른 모습을 보여주는 동네,

오월동. 가로등이 군데군데 있긴 하지만 그나마 멀쩡한 건 몇 개 되지 않았다. 차 한 대가 겨우 지나갈 만큼 좁은 골목 안으로 슬레이트 지붕의 허름한 집들이 드문드문 서 있었다. 돌을 마구잡이로 쌓은 담벼락을 마주한 창문에 불이 켜진 곳은 없었다.

"완전 피바다네."

"야, 김태헌, 너 부스러기 치우고 내려라. 진짜 멱살 잡히기 전에."

오 형사가 급하게 차에서 내려 현장으로 가는 뒷모습을 보며 태헌은 의자의 부스러기를 대충 손바닥으로 쓸어 내렸다.

"하루도 무사히 지나가는 일이 없지."

폴리스 라인 사이로 경찰들의 무전기 소리가 분주하게 들렸다.

"수고 많으십니다."

태헌이 신분증을 대충 들어 순경에게 보이고는 폴리스 라인을 젖히고 천천히 사건 현장으로 들어갔다. 앰뷸런스 옆, 들것에 실린 시신 위의 흰 천을 들추자 피로 범벅이 된 50대 중반의 여자 얼굴이 드러났다.

"아이고, 엉망이 됐네. 어떻게 된 겁니까?"

"1차로 목을 조른 다음에 날카로운 걸로 그어버린 것 같습니다. 그리고 저기 위쪽 담벼락에 걸쳐 있었습니다. 이렇게요."

순경이 인사하듯 허리를 반으로 접으며 골목 담벼락을 가리켰다. 아까 본 피 웅덩이는 담벼락에 허리춤까지 걸려 있던 피해자가 흘린 것이었다.

"저기에 사람을 빨래처럼 걸어났단 말이지. 완전 미친놈이네, 이거."

"말도 마세요. 오늘 꿈에 나올 것 같아요."

순경이 눈을 질끈 감으며 고개를 절레절레 흔들었다.

"국과수는요?"

"오고 있답니다."

"저 집들은 사람이 살긴 하나?"

태헌이 불 꺼진 집들을 바라보며 순경에게 다시 물었다.

"이 난리가 났는데 구경 나오는 사람이 한 명도 없는 걸 보면 아무도 안 살거나 아직 집에 안 들어온 거 같습니다. 아무래도 이 동네가 하루 벌어 하루 먹고사는 사람들이 많다 보니."

"신고자는 어디 있어요?"

"그게… 저기 있긴 한데요."

순경이 손가락을 뻗으며 우물쭈물 대답했다. 폴리스 라인 반대쪽에 검은 옷에 긴 머리의 여자가 담요를 어깨에 걸치고 오 형사와 이야기를 하며 서 있었다. 자세히 보니 정수리에서 흘러내린 듯한 핏자국이 얼굴과 목에 선명했다. 실눈을 뜨고 여자를 보던 태헌이 놀란 표정으로 순경을 바라보았다.

"저 여자?"

"네, 경위님. 그 유명한 멱살 잡는 여자 맞습니다."

"오… 서정원? 저 여자가 여기 왜 있대?"

"서정원 기자님이 112에 신고했어요. 최초 목격잔데 죽는 순간을 봤는진 아직 모르겠습니다. 많이 놀라셨을 거예요. 근데 진짜 실물도 엄청 이쁘네요."

멍청한 표정을 짓고 있는 태헌에게 순경이 재밌는 얘기라도 하듯 속삭였다.

서울대 3대 얼짱. TNJ 최연소 기자. 여대생이 뽑은 롤 모델 1위. 영향력 있는 언론인 1위. '서정원의 오늘이 아닌 뉴스'의 멱살잡이 진행자. 특종 기자, 스타 기자, 미녀 기자. 프로 멱살러.

바로 그 서정원이었다.

뉴스 전문 채널 TNJ 기자인 정원은 작년 초, 보도국에서 탐사 기획 팀으로 옮기며 팀장으로 승진한 후 자신의 이름을 건 프로그램 '서정원의 오늘이 아닌 뉴스'를 기획했다. 매주 목요일 밤 프라임 시간대에 80분 동안 방영되는 '오늘이 아닌 뉴스', 줄여서 '오아뉴'는 범죄, 부패, 기업 비리, 미제 사건 등의 탐사 보도가 메인이다.

한때 떠오르는 대선 유망주였던 정치인의 비리 사건에서 핵심 증거인 노트북을 쓰레기 매립장을 뒤져 찾아온 일로 스타덤에 오른 뒤 특종상을 연이어 세 번이나 받은 독종 기자 서정원. 국내 주요 인물들, 쉽게 입에 올리기 힘든 사건들을 낱낱이 파헤치는 오아뉴는 정원이 아니면 절대 할 수 없는 프로그램으로 방송마다 화제를 몰고 다녔다. 특히 오아뉴의 마지막 10분을 장식하는 대국민 사이다 코너 '멱살 한번 잡힙시다'는 영웅 서정원이 나쁜 놈들의 멱살을 시원하게 잡아채는 CG로 국민적 인기를 얻고 있다.

태헌은 입사 이후 처음으로 경찰이 되길 잘했다는 생각이 들었다. 꿈의 이상형인 '프로 멱살러' 서정원을 이렇게 직접 보다니. 오늘 당직은 신의 한 수다.

"좀 괜찮으세요?"

오 형사를 제치고 정원에게 성큼 다가간 태헌이 담담한 척 무심한 듯 물었다.

"…."

"강남 경찰서 강력계 김태헌 경위입니다. 목격자시죠?"

대답이 없는 정원을 바라보며 태헌은 부드럽게 말했다.

"많이 놀라셨겠어요. 괜찮으세요? 어디 다친 덴 없으시고? 피가 났는데요?"

"이분한테 다 말씀드렸는데요. 다치지 않았고, 제 피가 아니고, 생각보다 안 괜찮다고."

눈짓으로 오 형사를 가리키며 냉랭하게 대답하는 정원에 당황한 태헌은 순간 말문이 막혔다.

"그럼 간단하게 최초 목격한 상황 먼저 말씀해 주실 수 있으신가요?"

태헌이 가만히 있자 오 형사가 거들었다.

"돌아가신 분이 이 동네에 사신다는 얘기를 들었어요. 그래서 근처에 와서 전화를 드릴 생각이었어요. 제가 길을 잘못 찾아서 한참 헤매는 중이었는데 위쪽에서 뭐가 떨어지더라구요. 갑자기 비가 오나 했더니."

담담하게 사실을 전달하던 정원은 더 말을 잇기가 힘든 듯 미간을 찌푸렸다. 겨우 한 마디씩 입을 떼는 정원을 보며 태헌은 안쓰러운 마음이 들었다.

"아…. 서 기자님, 나머지는 저희랑 같이 강남 서로 가셔서 말씀해 주시죠. 좀 힘드시겠지만 최대한 빨리 말씀해 주시는 게 수사에 좋기도 하고, 무엇보다 신고자에 최초 목격자셔서요."

"그래야죠."

"지금 당장 안 가셔도 됩니다. 힘드시면 병원 가서 진정을 좀 하시고….''

"그럴 필요 없어요. 바로 경찰서로 가시죠."

잠시 인간적인 표정을 봤다 생각했는데 다시 냉랭한 얼굴로 돌아온 정원을 보며 태헌은 왠지 이 밤이 길 것 같다는 생각이 들었다.

미모의 기자, 대한민국에서 가장 핫한 인물 중 한 명. 정원의 등장으로 강남 경찰서가 술렁였다.

"여기, 우선 얼굴이랑 좀 닦으세요."

오 형사가 따뜻한 물에 적신 수건을 정원에게 내밀며 목을 가리켰다.

"고맙습니다."

경찰서로 오는 내내 말이 없던 정원이 수건을 받으며 입을 열었다. 정원의 대답에 형사들의 수군거림은 더 커져갔다. 늘 보는 강력사건에 이골이 난 형사들에게는 오늘 일어난 살인 사건보다 목격자로 서에 방문한 정원을 보는 게 더 흥미로웠다.

"난 일단 현장 주변 카메라 따고 있을게."

자리를 뜨는 오 형사를 대신해 태헌이 정원의 맞은편에 앉아 컴퓨터를 켰다.

"괜찮으시면 간단한 목격자 진술 작성 시작하겠습니다. 사건 현장에는 왜 가신 겁니까?"

"그분, 돌아가신 분 만나려구요."

"피해자랑 아는 사이세요?"

"아니요, 그분께 확인할 내용이 있어서 찾아갔습니다. 제가 취재하고 있는 사건의 주변인으로 인터뷰를 요청드릴 생각이었어요."

정원이 수건으로 얼굴과 목을 대강 닦더니 머리카락을 하나로 모아 묶었다. 가까이서 본 화장기 없는 그녀의 얼굴은 화면에서 본 화려하고 날카로운 이미지와 달리 단아하고 청순했다. 정원의 하얀 목이 드러나자 태헌은 괜히 얼굴이 붉어졌다.

"취재하는 사건이요? 피해자가 관련 있는 사건이 어떤 사건입니까?"

"직접적인 관련은 없는 사건입니다. 아직 취재 단계라 말씀드리긴 어렵고 이 살인 사건과 관련이 있는지는 저도 파악이 안 되네요. 말씀드렸듯 주변인이었는데 이렇게 되어버려 저도 못 만나서요."

"그럼 피해자랑 만나기로 약속은 하셨던 건가요?"

"아니요. 기자라고 밝히고 취재 관련으로 연락하면 피하는 경우가 많아서 우선은 얼굴 먼저 트는 게 좋을 것 같았어요."

"혹시 가해자를 보셨나요?"

"제가 그 골목에 있을 땐 아무도 없었습니다."

태헌이 바쁘게 키보드를 두드리며 정원이 하는 말을 옮기고 있던 그때, 누군가 들어오는 소리가 들렸다.

"아이고, 늦은 시간에 고생들 많으십니다."

호탕한 중년 남성의 목소리에 정원과 태헌은 동시에 입구로 시선을 돌렸다. 하늘색 등산복 아래로 번쩍이는 구두를 신은 목소리의 주인공이 태헌과 정원이 앉은 자리로 성큼성큼 다가왔다. 한 발 뒤에 말끔한 슈트 차림의 남자도 그를 따라 들어왔다.

"누구…시더라?"

어디선가 본 것 같은 낯익은 얼굴에 태헌이 조심스럽게 물었다.

"어? 서 기자님을 여기서 뵙네요? 이야, 나 오늘도 멱살 잡히는 거 아닌가 몰라."

태헌의 질문을 뒤로한 남자가 반갑게 인사하자 정원의 얼굴에 짧게 경멸의 빛이 스쳐 지나갔다.

"…모 의원님, 오랜만이네요."

대답을 기다리는 남자의 능글맞은 표정에 정원이 마지못해 대꾸했다.

국회의원 모형택. 검사 출신 정치인인 그는 몇 개월 전, 정원의 프로그램 오아뉴의 인기 코너 '멱살 한번 잡힙시다'에서 상대 정당의 여성 국회의원을 조롱하며 "밤에나 쓰는 게 여자의 용도"라는 막말을 던진 건으로 시원하게 멱살이 잡혔던 인물이다. 특히나 우스꽝스러운 CG가 들어간 덕분에 오아뉴의 마니아 층에서만 유행하던 '멱살 잡기'는 국민적 붐을 일으켰다. 개그, 예능, SNS는 물론 초등학생들 사이에서도 양심 없는 사람에게는 '멱살 단죄' 돌풍이 일어 이제 '멱살 잡는다'는 말이 일상어가 될 지경이다.

"김태헌 경위님? 이분은 모형택 의원님이십니다. 의원님 댁에서 일하시는 아주머니가 사고를 당하셨다는 소식을 듣고 급하게 오셨습니다."

뒤에 서 있던 족제비 같은 남자가 태헌을 바라보며 대신 소개했다. 남자의 설명에 태헌도 뉴스에 자주 나온 정치인 모형택을 기억해 냈다.

"아이고, 경위님. 이게 무슨 일입니까. 그 착한 분을 누가 이렇게 만들었답니까? 송 실장도 저도 정말 깜짝 놀랐습니다."

"누구한테 연락받으신 겁니까? 몇 시간 되지도 않은 사건인데?"

"진 여사님이 이틀 동안 출근도 안 하시고, 연락이 되질 않아서 근처에 간 김에 집에 들러보려던 참이었습니다. 근데 가는 길에 폴리스 라인이 있길래 순경한테 물어봤습니다."

태헌이 표정 없는 정원과 그런 그녀를 힐끗거리는 형택의 눈치를 살피는 사이, 송 실장이라고 불린 남자가 덧붙여 말했다.

"의원님이 바쁘시지만 오랜 시간 가족같이 지내시던 분이라 각별한 사이셨습니다. 워낙 정이 많으셔서…."

정 같은 소리 하고 있네. 퍽이나. 송 실장의 설명에 속으로 코웃음을 치던 태헌은 귀찮아진 상황을 직감했다. 정치인의 가정부가 살해당했고, 살해 현장의 최초 발견자가 그 정치인의 멱살을 잡아 국민적 망신을 준 기자다.

'어떤 사건'으로 가정부에게 물어볼 것이 있었다는 기자. 한밤중에 트레이닝복 차림으로 경찰서에 나타난 정치인. 그 정치인을 포장하며 큰일은 절대 만들지 않겠다는 태도의 하수인. 조용한 공무원 생활을 꿈꾸는 태헌에게는 달갑지 않은 사건이 될 것 같았다.

"그분이 우리 집 일을 참 오랫동안 잘 봐주셨어요. 그런데 이렇게 안 좋게 가시다니 제가 마음이 정말 안 좋습니다. 그것도 하필 집 근처에서 말입니다. 어떤 나쁜 놈인지 참."

과장되게 슬퍼하는 형택이 어쩐지 불편해 태헌은 말을 돌렸다.

"그 골목이 사망자 주소지 근처인가 보네요. 혹시 연락할 만한 가족은 없습니까?"

"가족?"

'워낙 정이 많아 소식을 듣고 슬픔에 젖었다'는 말과 달리 가정부의 사생활을 전혀 모르는 듯한 형택을 대신해 다시 한번 송 실장이 거들었다.

"제가 알기로는 자식이 한 명 있는데 왕래 안 한 지는 꽤 됐다고 들었습니다. 혼자나 마찬가지인 분입니다."

"뭐, 일단 알겠습니다. 시간도 늦었고 저희도 정리를 좀 해야 하니 우선 기자님도, 의원님도 귀가하시는 게 좋겠습니다. 다시 연락 드리죠. 저희도 연락하겠지만 가능하면 피해자 가족분에게도 연락 부탁드립니다. 아무래도 가까운 분한테 듣는 게 더 나을 수 있겠죠."

얼른 이 불편한 자리를 종료하고 싶은 태헌이 '이제 좀 가라'는 메시지를 던졌다. 그의 말이 끝나기가 무섭게 먼저 자리에서 일어난 정원이 고개를 까닥하고는 경찰서 문을 나섰다.

"얼굴은 예쁜데 언제 봐도 참 쌀쌀맞은 아가씨지요?"

정원의 뒷모습을 눈으로 좇으며 혼잣말인지 뭔지 모를 말을 중얼거리던 형택도 송 실장과 함께 경찰서 밖으로 나갔다. 배웅을 마치고 자리에 풀썩 주저앉는 태헌의 얼굴에는 귀찮은 기색이 역력했다.

"모형택 차는 그 골목에 껴서 들어가지도 않겠던데 뭐 하러 거기까지 행차하셨대."

"가까운 사이였다잖냐. 가, 족, 같, 은."

오랜만에 죽이 맞은 태헌과 오 형사가 동시에 빈정거리며 자리를 뜬 국회의원을 입에 올렸다.

"당직 빡세게 잘못 걸렸네. 난 진짜 딱 질색이야. 유명한 사람."

"피해자는 유명인 아니잖아. 근데 이분 진짜 운도 지지리도 없네."

불평하는 태헌에게 눈길도 주지 않고 열심히 모니터를 보던 오 형사가 말했다.

"왜? 뭐 나온 거 있어?"

"방금 교통과에서 받았는데, 뭔 CCTV가 이렇게 잡힌 게 없냐? 사건 발생한 동네에는 더 없고."

"동네 분위기 못 봤냐. 그런 동네일수록 방범 카메라가 더 있어야 하는데…. 근데 진짜 한 장면도 없어?"

"오죽하면 서정원이도 CCTV에 한 번을 안 잡힌다. 믿기냐? 이 여자 땅에서 솟았어, 거의."

"인근 차량도 없어? 블랙박스는 있을 거 아냐."

"없어, 없어. 차도 몇 대 없고, 그나마 몇 대 없는 차들도 블박 제대로 돌아간 차가 있는지는 수배해 봐야 알 것 같고. 오늘부터 우리는 현장 뺑이 확정이구나."

"근처에 차 한 대 있지 않았어? 흰색 아우디. 그건 블박 멀쩡하지 않을까? 소유주 확인해 보면 뭐 안 나오려나?"

냉장고에서 아이스크림을 꺼내 입에 문 태헌이 우물거리며 말했다.

"일단 거기 있던 차량 넘버는 다 넘겼으니까 소유주 확인되면 연락해 봐야지. 넌 나중 걱정이나 해."

"나중? 뭔 나중?"

"그냥 평범한 주부도 대로변에서 그런 식으로 살해당했으면 기삿감인데, 모형택 의원 가정부 아니냐. 게다가 서정원이 다녀갔으니까 이제 여기 기자 밭 되는 건 시간문제야."

"자기 취재원으로 생각하던 사람이었는데 그렇게 바로 기사 띄울까?"

"딴 사람도 아니고 서정원이잖아. 모형택 가정부 살인 사건. 띄우기 좋네."

어째 최애도 만나고 운수가 좋더라니. 태헌은 절로 한숨이 나왔다.

✳

"정원아!"

"헉."

"또 악몽 꾼 거야? 무슨 땀을 이렇게 흘려."

정원이 눈을 뜨자 우재가 걱정 가득한 얼굴로 그녀를 내려다보고 있었다. 아직 그날 밤의 공포가 남아 있는 정원은 온몸이 땀으로 범벅되어 눈만 껌뻑였다.

"우리 정원이 한동안 잘 자더니, 그때 일이 오래가네. 상담은 또 언제 가는 거야?"

우재가 몸을 일으켜 커튼을 열자 눈부신 초봄의 햇살이 방 안을 가득 채웠다. 밀려드는 햇살에 눈을 찡그린 정원이 여전히 꿈의 잔상에 멍한 표정으로 몸을 일으켰다.

"상담… 아마 오늘일걸?"

석 달 전이다. 정원의 악몽은 그날, 그 골목에서 모형택 의원의 가정부 살해 현장을 본 후부터 시작됐다. 그녀의 머리 위로 뚝뚝 떨어진 죽은 사람의 피. 보라색이 도는 사람의 것이 아닌 듯한 피부. 그어진 목에서 쏟아져 나온 소름 끼치는 피의 웅덩이. 그리고 채 감지도 못해 허공을 떠도는 눈.

철야가 있다던 아내가 피로 뭉친 머리카락에 창백한 얼굴로 집에 돌아오자 우재는 경악하며 무슨 일이냐고 걱정했다. 하지만 정원은 노트북을 열어 방금 전 목격한 사건에 대한 기사를 묵묵히 써 내려갔다.

[단독] 강남구 오월동에서 부녀자 살해된 채 발견, 모형택 의원 가정부로 확인

서울 강남구 오월동에서 50대 여성의 시신이 발견돼 경찰이 수사에 나섰다. 사건 당일인 오늘 오전 1시경 현장을 지나가던 시민이 이를 발견하고 경찰에 신고했다. 피해자는 더불어새통당 모형택 의원의 가정부로 밝혀졌다. 모 의원은 경찰서를 찾아 반드시 가해자를 찾아 억울한 죽음을 밝혀달라고 요청한 것으로 확인되며 경찰은 현재 주변인 수사에 착수했다.

ㄴ 어떻게 알고 바로 경찰서로 간 거? 존* 갑질 쩐다더니 일꾼 몸에
　뭐 박아났나.

ㄴ 켕기는 거 있어서 칼 꽂은 거 아냐?

ㄴ 밤에나 쓰는 게 여자 용도라며 ㅋㅋㅋㅋ 다 썼는가 보네.

　해가 뜨기 전 당직실로 날린 정원의 기사는 아침 뉴스를 시작으
로 사람들의 입방아에 오르내리기 시작했다. 동시에 모형택을 향
한 무수히 많은 댓글이 달렸다. 곧 모형택은 TNJ의 경쟁 방송사와
라디오 인터뷰를 통해 정원을 공격했다.

　"평범한 사람의 잔인한 죽음에 세간이 엉뚱한 관심을 보이고 있습니
다. 유가족에게 죄송한 마음을 이루 말할 수가 없습니다. 제 이름을 앞
에 걸어 자극적인 기사를 내보낸 기자님께 매우 통탄스러운 마음을 전
합니다. 현장에서 보셨고 신고까지 하셨으면서 어떻게 이런 행동을 하
시는지…. 클릭 수에 눈먼 언론에 유감을 표합니다."

　모형택은 특유의 사람 좋은 말투로 '최초 목격자이자 신고자는
서정원이다. 서정원은 측은지심도 윤리도 없다'라는 말을 하고 있
었다. 화살은 다시 정원을 향했다. 그를 지지하는 여론은 기자들의
행태를 비판하는 척 맹렬히 정원을 비난했다. 정원의 프로그램 댓
글 창엔 '서정원은 모형택 이름을 팔아서 뜨려고 하는 직업윤리도
없는 사람이다'와 '기자가 현장에서 직접 보고 들은 내용을 보도한
게 뭐가 잘못이냐'로 싸움판이었다.

　　ㄴ 오늘이 아닌 뉴스라더니 제일 오늘이네.

º ㄹ ᄇ

└ 모형택 멱살 잡고 지 인생 캐리하는 거 보소.

└ 이런 게 쌍* 아냐? TNJ는 서정원을 추방해라.

모욕적인 댓글이 넘쳐났지만 정작 정원은 아무렇지도 않았다. 그녀는 모형택의 말에 반박하는 기사를 내보내지도, 그와 관련된 말을 하지도 않고 쏟아지는 비난을 흥미롭게 볼 뿐이었다. 방송국 내부에서도 그녀에게 뭐라 말을 하는 사람은 없었다.

그렇게 범인은 잡히지 않았고 포털 메인에서 가정부의 죽음이 시들해질 때쯤 정원을 자극하는 댓글이 달렸다.

└ 모형택 집에서 일하는 사람 서정원이 죽인 거 아냐? 특종 왕 특
   종에 눈이 멀어서 ㅋㅋㅋ 솔직히 서정원이 그 동네 뭐 하러 지나
   가냐. 존* 으리으리한 아파트 살면서 ㅋㅋㅋ 무리수 뒀네.

포털에서 '서정원이 살인자다'로 여론이 바뀌려고 할 때 TNJ는 댓글을 단 사람을 고소했다. 곧 경찰에 잡힌 20대 초반의 남자는 그냥 심심해서 그랬다고 변명했고 정원은 그를 용서했다. 사건은 그렇게 모두에게서 잊혀가고 있었다.

"정원아, 아침 먹자."

정원이 이불을 돌돌 말고 넋을 놓은 사이 주방에서 아침 준비를 마친 우재가 그녀를 불렀다. 부스스한 머리의 정원이 눈을 비비며 식탁에 앉았다. 말끔하게 샤워를 마친 우재가 나무 트레이를 들고

식탁으로 걸어왔다. 큰 키에 단단한 몸, 깔끔하게 면도한 얼굴 중앙에 우뚝 선 코, 그에 어울리지 않게 장난스러운 표정을 하고.

"정원아, 오늘 토스트 굽기가 아주 환상이야. 이 적당한 브라운 컬러 좀 봐. 이거 봐, 이거 봐. 부드럽게 절대로 찢어지는 이 감촉. 예술이지? 겉은 바삭하고 속은 촉촉한 이 느낌. 혀에 닿으면 사르르 녹아서 없어져 버릴 것만 같지 않아?"

우재가 양손으로 빵을 찢어서 정원의 접시 앞에 놓아주며 호들갑을 떨었다.

"적당히 해, 왜 그렇게 오버하구 있어."

"이건 오버가 아니야. 한번 먹어봐. 내 입술처럼 부드러울걸? 아님 번갈아 가며 먹어볼래?"

"그만 좀 해. 아침부터 정신 나간 사람 같아."

게슴츠레한 눈빛으로 정원의 얼굴 앞에 얼굴을 들이민 우재가 장난을 멈출 줄 몰랐다. 우재의 귀여운 뻔뻔함에 아직 토스트를 입에 넣지도 못한 정원은 기가 막혔다. 혼자였으면 울적할 뻔했던 아침은 우재 덕분에 시끄럽고 즐거웠다. 구김살이라고는 하나도 없는, 살면서 구겨질 일도 없었던 것 같은 근사하고, 낭만적이고, 유머러스한데 여유롭기까지 한 남자.

정원은 문득 그와 결혼하기 잘했다는 생각을 했다. 음악 감독 설우재. 떠들썩한 대기업은 아니지만, 알 만한 사람은 다 아는 M&A 전문 기업 원앤리의 장남인 그는 업계에서 소문난 한량 재벌 3세였다. 우재는 사업이나 승계 같은 머리 아픈 건 건재하신 아버지와 똑똑한 누나에게 넘겨버리고 일찌감치 음악을 선택했다.

미국에서 음악대학을 졸업한 그는 한국에 들어와 음악 감독으로 활동하고 있다. 적당한 음악성으로 인정받고 있지만, 그게 실력 때문인지 아니면 재벌 3세라는 독특한 배경과 수려한 외모 때문인지는 조금 평이 갈렸다.

그런 남자와 미모의 특종 전문 스타 기자의 결혼. 이 정도면 대박까지는 아니라도 중박은 될 만한 뉴스 아니겠는가. 더구나 우재는 섹시하기까지 하다. 이렇게 화려한 업계에서 깔끔한 싱글로 남아 있었던 게 신기할 만큼 완벽한 그가 정원을 사랑했다. 그리고 1년 전, 특종 기자 서정원은 이 완벽한 남자의 프러포즈를 승낙하고 스스로 특종이 되었다.

20, 21, 22. 엘리베이터가 23층에 도착했다.

서정원의 오늘이 아닌 뉴스

문이 열리자 그녀가 진행 중인 프로그램의 대형 포스터가 입구를 꽉 채우고 있었다.

"흡."

사진 속 자신만만한 표정의 자신과 짧게 눈을 맞춘 정원은 횡격막 깊숙이 공기를 들이마시며 탐사 보도국에 들어섰다. 일을 시작하기 전 크게 숨을 들이켜는 건 진정과 리셋을 동시에 하는 정원의 오랜 버릇이다. 간밤의 지저분한 꿈은 뒤로 던져두고 정원이 사랑해 마지않는 전쟁터인 사무실로 들어섰다. 정원이 자리에 앉자 팀 막내가 종종거리며 다가왔다.

"팀장님, 곧 국장 회의 시작합니다. 아이스 아메리카노로 하실 거죠?"

"우리 막내, 진짜 오랜만이네. 고생 많았지?

"아닙니다. 덕분에 좋은 경험 했어요, 팀장님. 감사합니다!"

"시차 때문에 힘들었을 건데 매번 시간 맞춰서 보고서 보낸다고 애썼다. 덕분에 사건 구성 빨리 끝났다고 양 작가가 엄청 좋아하더라. 근데 오자마자 다시 커피 아저씨 하니?"

"이게 제일 재밌어요. 헤헤. 그럼 팀장님은 아이스 아메리카노, 변경하실 분 없으시죠? 우리 팀 주문서 넣습니다."

미어캣처럼 고개를 쭉 뻗은 막내의 우렁찬 주문이 끝나고 회의가 시작됐다. 탐사 보도국의 국장 회의는 늘 취재로 바쁜 정원의 팀원 다섯 명이 한 테이블에 앉는 소중한 시간이다. "회의에서 가장 중요한 건 맛있는 음료 선정이다!"를 외치는 강인한 국장은 막 배달된 아보카도 스무디를 한 모금 마시며 흐뭇한 표정으로 엄지손가락을 치켜들었다.

"이번에 오아뉴에서 한 건 했지? 수고했어. 여옥시 서정원!"

"이번에는 저 아닙니다. 우리 막내가 한 건 했죠."

정원은 턱으로 회의실 끝을 가리켰다.

"그래. 저 친구 아침마다 카페에 1등으로 주문서 넣을 때부터 내가 알아봤지. 수고했어. 근데 도대체 어떻게 찾은 거야?"

"운이 좋았습니다. 식당에서 만난 동네 사람이 알려줬어요. 아시아 여자가 이사 왔다고."

막내가 수줍은 얼굴로 꾸벅 인사를 하자 정원이 흐뭇한 미소를 지었다.

"그래서, 서정원아. 막내가 가져온 따끈따끈한 이슈로 밥상은 언제 차릴 거냐?"

"내일 방송에 붙일 예고편 파일 메일로 드렸으니 확인해 보세요. 내일 밤부터 후속 기사 붙으면 반응 올라올 텐데 식기 전에 드셔야 하지 않겠어요? 다음 주 방송 충분히 가능합니다."

"그래, 그럼 기다릴 거 뭐 있냐. 유학생 피살 사건 전에 이거에 먼저 집중하자. 이번 방송 끝나면 우리 오아뉴 회식도 한번 해야지."

"그렇게 말씀하시고 또 삼겹살집 가기 없습니다."

정원이 대답하며 막내를 향해 눈짓했다. 막내가 붙은 건 재벌 3세의 횡령과 사기 사건이었다. 피해자 중 한 사업가가 자살하며 남긴 유서로 사건의 내막이 알려지며 사람들의 관심을 한 몸에 받고 있다. 엄청난 금액을 들고 해외로 도피한 그녀를 많은 언론에서 수개월 동안 찾으려 애쓰고 있었는데 막내가 찾아내 인터뷰까지 따온 것이다. 아시아인이 드문 시골 동네를 빨빨거리고 다니며 누나를 찾고 있다는 어린 소년을 그냥 지나치지 못한 마음씨 좋은 주민을 만났다고 했다. 기특하고 운 좋은 짜식.

작년 TNJ 기자 공채 수석으로 입사한 막내는 일반적인 신입들과 달리 보도국이 아닌 시사국을 지원했다. 오아뉴 팀에 처음 온 날은 '서정원 선배님 같은 기자가 되고 싶다'는 신입다운 당찬 포부를 밝히기도 했다. 순둥순둥한 막내가 처음으로 맡은 사건을 훌륭하게 마무리한 것이다.

띠링. 기분 좋게 회의를 마무리하는 정원의 휴대폰이 울렸다.

[서정원 님. 금일 저녁 7시 30분 U1 상담 리더스팰리스 1404호입니다.]

짧은 문자와 함께 지도가 전송되었다. 문자를 확인한 정원이 자리로 돌아와 달력을 체크했다.

"벌써 수요일이야? 시간 진짜 빠르네."

수요일에 동그라미가 쳐진 달력을 보며 정원이 혼잣말을 중얼거렸다.

오후 7시 23분. 강남 한복판에 있는 리더스팰리스 주차장.

이 신축 건물은 유명한 로펌, 연예 기획사, TV에 자주 얼굴을 들이미는 젊은 대표가 운영하는 벤처기업까지 입주해 화려한 라인업을 자랑했다. 으리으리한 외형과 달리 공사가 마무리되지 않아 주차장을 포함한 군데군데가 아직 지저분했다.

엘리베이터는 모두 지하 3층 주차장에 멈춰 서 있었다. 정원은 가장 먼저 문이 열린 엘리베이터에 올라타 14층 버튼을 눌렀다. 아직 입주 중인 사무실이 많아서 엘리베이터에는 붉은 이사용 커버가 씌워져 있었다. 거울의 투명한 커버 너머로 흐릿하게 비친 정원의 얼굴은 조금 피곤해 보였다. 급한 대로 가방에서 립스틱을 꺼내 덧바르는 사이 엘리베이터는 벌써 14층에 도착해 문이 열렸다. 불은 환하게 켜져 있었지만 음산할 만큼 조용한 복도에는 정원의 구두 소리만 또각거리며 요란스럽게 울렸다. 모두가 하교한 학교에 들어선 것 같은 조금 기분 나쁜 느낌.

'1404호….'

문자를 다시 확인한 정원은 문이 살짝 열린 1404호의 문고리를 잡았다. 은은한 음악과 디퓨저의 향기가 새어 나왔다. 문을 활짝 연 정원의 눈앞에 전혀 예상하지 못한 장면이 펼쳐졌다. 그곳엔 빨간 슬립을 입은 여자가 괴기한 포즈로 엎드려 있었다.

　'뭐야, 이건? 피? 설마 죽은 거야?'

　순간 중심을 잃은 정원의 몸이 앞으로 기울었다. 다리가 풀린 정원은 급하게 손을 뻗어 벽을 짚었다.

　'정신 차려, 서정원. 이건 꿈이 아니야. 똑바로 봐.'

　괴기한 포즈로 바닥에 엎드려 있는 빨간 슬립을 입은 여자. 마치 옷이 녹아서 흘러나온 것만 같은 검붉은 액체가 바닥에 흥건했고, 긴 머리카락은 액체와 범벅이 되어 얼굴을 반쯤 가리고 있었다. 여자의 팔과 다리는 각각 다른 방향으로 어긋나 마치 망가진 마리오네트 같았다. 수없이 많은 살인 사건 취재로 어지간한 그림에는 이골이 난 정원이었지만 사진이나 영상과 실제는 너무나도 달랐다. 3개월 전, 그 밤 골목에서처럼 숨이 멎을 것 같은 공포가 또 한 번 밀려왔다.

　"저기, 저기요⋯."

　정원이 덜덜 떨리는 손을 뻗어 여자의 어깨를 살짝 건드렸다. 아직 따뜻한 몸에서 느껴지는 불쾌한 감촉이 손끝으로 전달됐다. 정원은 처음 느껴보는 감각에 등골이 오싹했다. 용기를 내서 여자의 코앞에 손을 대보았지만 숨결은 느껴지지 않았다.

　'이 여자, 죽었구나. 왜 또 이런 일이. 도대체 나보고 어떡하라는 거야?'

꿈일지도 모른다. 3개월 전 사건 이후로 수도 없이 악몽에 시달렸다. 정원은 꿈이라면 깨어나길 바라며 잠시 눈을 감았다가 떠보았다. 다시 눈을 떴을 땐 사무실의 풍경이 더욱 선명히 시야에 들어왔다. 인테리어가 덜 끝난 것 같은 사무실, 죽어 있는 여자. 그리고 피. 꿈이 아니었다. 절망적인 얼굴로 두리번거리는 정원의 눈에 여자의 손톱이 들어왔다. 손 옆엔 손톱에서 떨어진 것 같은 큐빅이 굴러다니고 있었다.

'몸싸움이라도 한 걸까. 뭔가로 찌른 걸까.'

그러나 흉기는 보이지 않았다. 웨인스코팅으로 벽을 두른 파스텔 색의 사무실에는 여기저기 박스가 널브러져 있었고 그 벽 앞으로 각기 다른 디자인의 의자들이 일렬로 서 있었다. 어쩔 줄을 모르고 사무실 안만 두리번거리던 정원은 순간적으로 코를 찌르는 디퓨저 향에 정신이 번쩍 들었다.

'이런 태평한 생각을 할 때가 아니지. 정신 차리자.'

정원은 떨리는 손으로 휴대폰을 꺼내 들고 천천히 112를 눌렀다. 발신 버튼을 누르려는 순간, 전화벨이 요란스럽게 울렸다.

[건강지킴이]

강인한 국장이었다.

"네…. 여보세요?"

"서정원아, 너 잽싸게 퇴근했더라?"

"오늘 저녁 약속이 있어서요."

"그래? 난 또 소식 듣고 도망갔나 했지."

인한의 말을 들은 정원의 심장이 빠르게 뛰었다.

"봉토그룹 봉 회장이 우리가 덴마크에 찾아가서 지 딸내미 그림까지 따온 거 인제 알아챈 모양이야. 지금 비서실 통해서 공문이 왔어. 이거 방송하면 사생활 침해에 명예훼손으로 방송국 문 닫게 할 거라고 길길이 날뛰는 중이다. 광고 뺀다고 협박질도 하는 것 같은데, 뭐 우리가 장사 하루 이틀 하는 것도 아니고 지들 아니면 광고 못 채울까 봐?"

"…."

"서 기자, 듣고 있어?"

"…네, 네. 듣고 있어요."

"너 몸 사려. 서정원이가 지를 못 잡아먹어 안달이라고 난린 거 같으니까. 알았지? 모형택 의원이랑 트러블 잠잠해진 지도 얼마 안 됐으니까 각별히 조심 좀 하자고."

"네."

"일단 윗선에서 얘기 중인데 지금 좀만 틀어지면 방송 못 나갈 수도 있어. 방송 시원하게 내보내고 회식 거하게 해야지, 안 그래?"

"걱정하지 마세요."

"왜 그러냐 너? 이건 다른 의미로 무섭네. 서정원이 성질머리 진짜 많이 죽었다. 뭔 난리냐, 언론의 자유 침해다, 국장 너 실망이다, 한바탕할 줄 알았더니. 어른 됐네, 어른. 걱정 안 해도 되겠어. 알았다. 그럼 쉬고 내일 보자."

"네."

강인한 국장의 들뜬 목소리를 들으며 앞에 놓인 상황을 보자니 누군가 정원의 뒤통수를 세게 때리는 것만 같았다.

서정원이 살인자다.

'여기서 또 이런 사건에 휘말릴 수 없어. 또 그런 여론에 시달릴 수 없어. 난 나가야 해.'

뒷걸음치는 정원의 눈에 핏자국이 선명한 문손잡이가 보였다. 붉은 드레스의 여자는 밖으로 나가보려 애쓴 것 같았다. 휴대폰을 쥐고 있던 손이 더욱 세차게 떨리기 시작했다. 정원은 떨리는 손을 억지로 진정시키며 카메라 버튼을 눌렀다.

찰칵, 찰칵. 여자의 모습과 사무실의 모습을 고스란히 카메라에 담은 정원은 도둑처럼 살금살금 1404호를 나와 사무실 문을 닫았다. 그리고 잠시 문 앞에서 망설이다 잡았던 문고리를 블라우스 소매 끝으로 슥슥 닦아냈다.

복잡한 머리와 달리 정원의 발걸음은 빠르게 비상구 계단으로 향했다. 계단에서 잠시 숨을 고르고 서 있던 그때 누군가 계단을 올라오는 발소리가 들렸다. 긴장한 정원이 계단 난간의 손잡이를 세게 움켜쥐었다.

또각또각. 여자 하이힐 소리.

'침착해. 서정원. 내가 한 게 아니잖아. 괜찮아. 정신 차려.'

소리는 점점 크고 선명해졌다. 질식할 듯한 불안감에 정원은 다리에 힘이 풀려 주저앉을 것만 같았다.

"어머, 정원 님!"

자신의 이름을 부르는 소리에 정원의 얼굴이 파래졌다.

"정원 님!"

"최…최 실장님."

U1의 최혜원 실장이었다.

"정원 님, 어디 아프세요?"

"아, 아니요. 발이 좀 아파서."

"힐 오래 신고 계셨구나. 저도 매일 그래요."

혜원의 시선이 자연스레 정원의 발을 향했다.

"근데 정원 님, 그 구두 한정판이죠? 어머, 그거 제가 갖고 싶던 모델인데 진짜 잘 어울리신다."

다행히도 혜원의 시선이 파랗게 질린 정원의 얼굴을 지나 높은 하이힐에 꽂혔다.

"여긴 왜 올라오셨어요?"

겨우 숨을 가다듬은 정원이 물었다.

"아아, 정원 님, 제가 문자를 잘못 보낸 거 있죠? 저희 1204혼데 엉뚱한 호수를 보내드렸더라구요. 오타 확인을 못 했었나 봐요. 14층은 아직 비어 있는데, 당황하셨겠다. 제가 이런 실수를 하는 사람이 아닌데…. 약속 시간이 지나도 안 오시고 전화했는데 안 받으셔서 혹시나 해서 올라와 봤어요. 올라오기 잘했다. 그쵸? 죄송해요."

정원의 어두운 표정 때문인지 혜원은 숨도 쉬지 않고 한참 변명을 해댔다. 어쩌면 다행이었다. 놀란 정원은 혜원의 말이 귀에 들리지는 않지만 바쁘게 움직이는 입을 보며 천천히 마음을 가라앉혔다. 짧은 단발머리에 마르고 키가 큰, 단정한 투피스 정장을 입은 혜원을 바라보며 그녀는 평정심을 찾기 위해 안간힘을 썼다.

"아…. 아니에요. 저야말로 늦어서 죄송해요. 전화하신지 몰랐어요.”

"제가 바보같이 실수한걸요. 얼른 내려가요. 원장님이 걱정하고 계세요.”

"네, 내려가요. 내려가.”

혜원의 뒤를 따라 계단을 내려가는 정원의 머릿속에 온갖 생각이 교차했다.

'이걸 지금이라도 얘기해? 난 왜 이렇게 당황하는 거야? 사진은 또 왜 찍은 거고. 내보내지도 못할 사진을. 망할 직업병! 정신 나간 서정원!'

여전히 손에 꼭 쥐고 있던 휴대폰을 보니 7시 48분, 부재중 전화는 없었다. 병원에 도착하니 유 원장은 통화 중이었다. 진료를 기다리며 멍하니 앉은 정원의 머릿속에 불현듯 첫 상담 날이 떠올랐다.

"긴장 푸세요, 정원 씨. 이런 상담은 처음이죠?”

"네, 처음이에요.”

유윤영 원장이 이곳, 리더스팰리스로 병원을 옮기기 전, 정원이 훨씬 더 날 서 있었던 그때. 모형택 가정부 사건 이후 불면증으로 고생하는 정원을 위해 우재는 유학 시절 친분이 있던 유 원장을 수소문해 주었다. 한국에서 가장 실력 있지만 아무나 만날 수는 없다는 신경정신과 전문의 유윤영. 정원은 정신과를 드나드는 게 내키지 않았지만 우재의 성화에 마지못해 상담을 받았다. 그나마 내담자의 신분과 상담 내용을 철저하게 지키는 유 원장의 진료 모토가

정원의 마음을 놓이게 했다.

"쉴 땐 보통 뭘 하세요? 특별히 긴장을 풀어주는 게 있어요?"

"글쎄요. 책 읽거나, 웹 서핑? 근데 지금은 바빠서 그것도 잘 못해요."

"어떤 책 읽으시는데요?"

"손에 잡히는 거 아무거나. 요즘은 음악 관련 책도 가끔 봐요. 뭔 소린진 모르겠지만."

"음악책은 남편분 영향인가 봐요. 악기도 배워보면 더 재밌을 텐데요."

"그쪽은 취미도 없고… 그 정도 시간은 없어서요. 제가 하는 일이 그렇죠."

"그럼 놀 때는 뭐 하세요?"

"뭐 하고 노냐구요?"

'논다'는 단어가 이상하게 정원을 자극했다. 우재 때문에 억지로 이곳에 앉아 그나마 '놀' 시간도 빼앗긴 정원은 억누르고 있던 답답함이 터질 것만 같았다.

"얘기해 봐요. 운동이라든지 조깅이나 골프? 그냥 걷기?"

"네, 서울에 그냥 걸어 다니는 사람이 많기는 하죠. 그 사람들도 다 정신병이 있나 봐요?"

유 원장은 빈정거리는 정원을 앞에 두고도 눈썹 하나 움직이지 않았다. 직업 정신인지, 아무 생각이 없는 건지 정원은 궁금하면서 동시에 약이 올랐다. 언제까지 저렇게 부처 같은 표정을 유지할 수 있을지 궁금해지기까지 했다. 그런 정원의 속마음을 읽기라도 한 듯 윤영이 한결같은 톤으로 말했다.

"정원 씨는 매일 그런 걸 보고 살잖아요. 강간, 강도, 살인, 배신. 그게 당연한 삶의 부분인 것처럼. 그리고 기자로서 책임감도 강한 편인 것 같구요."

"죄송하지만, 그게 질문인가요?"

"스트레스를 잘 해소하고 있다고 생각하세요?"

"잘하고 있어요."

"어떻게요?"

집요하게 일상을 파고드는 질문과 유 원장의 미동 없는 표정에 정원은 더 이상 참을 수가 없었다.

"그냥 대놓고 묻는 게 낫겠네요. 스무고개 그만하고."

"제가 뭘 물으면 좋을까요?"

"지금 빙빙 돌려서 묻고 있잖아요. 운동은 하냐, 걸어는 다니냐, 온갖 시답잖은 질문은 계속하면서 왜 불면증인지 알고는 있냐는 도대체 언제 물어볼 건가요? 정신병원은 원래 부모랑은 잘 지내냐, 죽고 싶은 적은 있었냐, 네가 그날 그 시체를 본 건 네 잘못이 아니다. 뭐 그런 얘기해 주는 곳 아닌가요?"

"정확하게는 여긴 정신병원이 아니고, 정원 씨가 죽고 싶어 한다는 말은 아무도 하지 않았어요. 정원 씨가 그날 그 장소에 있었던 건 불행한 우연이 맞구요. 제가 하고 싶은 얘기는 본인이 다 하셨는데, 그럼 부모님 얘기를 하고 싶으신가요?"

"그럴 리가요. 전 아주 부유하고 행복하게 컸답니다."

씩씩대는 정원을 앞에 놓고도 윤영의 표정은 흔들림이 없었다.

0 4 2

그럴수록 정원은 더욱 날이 섰다.

'더럽게 철저한 직업정신이네.'

마침내 윤영의 포커페이스를 무너뜨리는 걸 포기한 정원이 입을 뗐다.

"어쨌든 여기까지 왔으니 말할게요. 매일같이 난 인간성의 바닥만 보고 있어요. 역겨운 인간들과 이해할 필요도 없는 범죄들. 매일매일 화가 나고 환멸이 느껴져요. 그렇지만 내가, 아니면 당신이 그 역겨운 인간들과는 다른 고고한 사람이라는 생각은 단 한 번도 해본 적 없어요. 그래서 죽고 싶거나 미치겠다는 생각도 해본 적 없구요. 내가 못 자는 건 그냥 현대인은 다 가지고 있는 빌어먹을 불면증인 거지 굉장한 트라우마는 아니란 말이에요."

"앞으로도 계속 그럴 것 같은가요?"

"그건 다음 상담 때나 물어보시죠."

문을 쾅 닫고 나가는 정원을 윤영은 여전히 담담한 얼굴로 바라보다 피식 웃으며 중얼거렸다.

"다음에도 오긴 올 건가 보네."

"정원 씨, 요즘 통 못 쉬나 봐요. 피곤해 보여요."

통화를 마친 윤영은 낮은 탁자를 사이에 두고 정원과 마주 앉았다. 첫 상담에서의 분노와 빈정거림이 머쓱하게 윤영을 만난 이후 정원의 불면증은 조금씩 안정되고 있었다.

"좀 피곤하네요. 오늘 계속 회의가 있었거든요."

"요즘 정말 뉴스가 많죠? 이렇게 바쁜 날엔 어떤 기분이에요?

여전히 재밌고 살아 있는 것 같나요?"

부드럽게 말을 거는 윤영을 보며 정원은 상담에 집중하기 위해 안간힘을 썼다.

"글쎄요. 워낙 닳고 닳아서 일상이죠, 이 정도는. 그래도 다음 주 방송은 꽤 볼만할 거예요. 봉토그룹 3세 사건 아세요? 드디어 취재를 완성했거든요. 우리 팀원이 한 건 했어요."

"진짜요? 축하드려요. 어떻게 찾은 거예요? 완전 꽁꽁 숨었다 던데?"

"그러게 말이에요. 이게 무슨 행운인지 저도 궁금하네요. 다른 회사는 스웨덴에 몇 달 있으면서도 못 찾았는데, 우리 막내는 도착 한 지 이틀 만에 성공했어요."

정원은 태연하게 대답을 이어가는 스스로의 모습이 놀랍기까 지 했다.

"그럼 그게 이번 주에 방송되는 거예요?"

"네, 맞아요. 이런 게 뉴스랑은 다른 재미예요. 뉴스는 워낙 객 관화가 필요하고 사실만 보도해야 하니까 이렇게 직접 잠복을 하 고 사람 찾아서 취재를 하는 건 쉽지 않거든요. 그렇게 나서다 깨 진 적도 많지만."

"보도국이 그립진 않아요?"

"엄청 그립죠. 그래도 지금이 좋아요. 아주 약간은 시간도 더 있 고. 그건 그렇고 원장님은 뉴스도 안 보시는 줄 알았는데 봉토그룹 건을 알고 있다니 좀 신나네요. 빨리 방송하고 싶다."

상담 내내 좀 전에 본 장면이 자꾸만 눈앞에 어른거려 정원은 물속에 있는 듯 멍한 기분이었다. 그러는 중에도 입은 제멋대로 움직였고, 초점을 잃은 눈은 억지로 웃고 있었다. 다행히 윤영은 평소와 다른 정원의 표정을 눈치채지 못한 것 같았다.

"모르고 싶어도 모를 수가 없죠. 뉴스는 안 보는 게 아니라 못 보는 거예요. 제 인생도 벅차서. 하하. 이런 말 환자한테 해도 되나 몰라. 아, 맞다. 보내주신 와인 잘 받았어요. 화분은 너무 많이 받아서 처치 곤란인데 와인은 딱 제 취향이었어요. 감사해요."

"우재 씨한테 그렇게 전할게요. 그 사람이 고른 거예요. 되게 좋아하겠다."

지난여름, 우재와 정원이 함께한 프랑스 여행에서 사 온 와인이었다. 와인이라고는 전혀 모르는 정원과 달리 우재의 와인을 고르는 감각은 남달랐다. 특히 선물을 할 때 그 감각이 더욱 빛났는데, 이번에 윤영에게 선물한 와인도 우재의 센스였다.

상담실은 작지만 감각적인 인테리어가 돋보였다. 한쪽 벽을 가득 채우고 있는, 마치 어린아이가 낙서를 한 것만 같은—우재는 정원의 이런 감상평을 질색한다—페인팅과 중앙에 자리한 아이보리색 모듈 소파가 멋들어지게 어울렸다. 그리고 상담실에 어울리는 따뜻하고 달콤한 향이 났다. 아까 그 여자가 누워 있던 방과는 달리…. 생각이 여기까지 미치자 허브차를 들고 있는 손이 떨릴 것 같아 정원은 얼른 컵을 내려놓았다.

'유 원장에게 1404호 얘기를 할까? 아니, 애초에 경찰에 신고를 했어야 했는데. 이렇게까지 신경 쓸 일일까? 내가 한 것도 아닌데? 와, 서정원 진짜 네가 인간이니? 사람이 죽었는데. 그렇지만 그 지

옥을 두 번 경험할 수는 없다고.'

집에 돌아가겠다는 말이 목구멍까지 올라왔지만 정원은 그럴 수가 없었다. 서정원 침착하자, 침착해. 만 끝없이 되뇔 뿐.

"집중이 안 되는 것 같은데, 회사 일 말고 다른 이슈가 있으셨어요?"

"아…. 또 꿈을 꿨거든요."

"그러셨군요."

"이제 괜찮아진 줄 알았는데 그래서 약간 우울해 보이나 봐요."

"그럴 수 있어요. 괜찮아지는 과정에서도 충분히 있을 수 있는 현상이에요. 특별한 일이 있으셨던 건 아니었나요?"

"글쎄요. 딱히."

특별한 일이 있었다. 아니, 끔찍한 일이 있었다. 그 일이 차라리 오늘이 아니었다면, 조금만 더 생각할 시간을 갖고 윤영을 만날 수 있었다면, 어쩌면 오늘 여기서 털어놓았을지도 모른다. 그러나 지금 얘기를 꺼내기엔 정원의 머릿속이 너무나도 복잡했다.

"사람의 뇌라는 건 참 재미있어요. 잊고 있던 일을 생각나게 하거나, 좀 더 중요한 일의 우선순위를 정해주는 그런 장치가 있거든요. 예를 들어 트라우마적인 상황에 처하면 별거 아니지만 나에게 중요한 일을 환기시킨다든지 그렇게 자기 보호를 하는 거죠."

윤영의 말은 14층에서 정원의 행동을 환기시키고 있었다. 설마…. 정원은 지나치게 예민할 것까진 없다고 마음을 다잡으며, 아무렇지 않은 척 상담실을 빠져나왔다.

"다음 예약도 2주 후로 해주세요. 수요일 같은 시간으로 할게요."

"네, 정원 님. 알겠습니다. 그리고 제가 요즘 병원 이사하면서 정말 정신이 없었어요. 문자 잘못 보내드려서 정말 죄송해요. 아휴."

혜원이 진료를 마치고 나오는 정원을 붙잡고 다시 한번 변명을 했다. 어지간히 무안하고 미안한 얼굴이었다.

"근데 정원 님, 혹시 1404호 들어가 보셨어요?"

"네?"

갑작스러운 혜원의 질문에 진료를 받으며 겨우 진정시킨 가슴이 다시 떨리기 시작했다.

"아니요. 복도를 좀 헤매다가 병원이 안 보이는 것 같아서…."

정원이 얼버무렸다.

"그럼 뭐 보신 건 없으시겠네요?"

혜원의 질문이 이상했다.

"네. 본 건 없어요. 아, 그리고 혹시 지난번처럼 또 시간 변경 필요하시면 연락 주세요. 그런데 저도 이제 좀 바쁠 것 같아서 병원 일정에 맞출 수 있을지 모르겠어요."

"네? 정원 님 일정 때문에 변경한 거 아니에요? 전 그렇게 전달받았는데요?"

"병원 이삿짐 정리가 아직 안 끝났다고 원장님이 그러셨던 것 같은데요?"

정원의 질문에 잠시 당황하는 듯하던 혜원이 묘한 표정으로 대답했다.

"그래요? 다른 일 있으셨나? 원장님 가끔 진료 스케줄 바꾸실 때가 있긴 한데…. 아는 체는 하지 말아주시면 안 될까요, 정원 님?"

애교 섞인 혜원의 부탁에 정원이 대답 대신 고개를 끄덕였다.

"그럼 다음 상담 때 뵐게요. 조심해서 가세요!"

배웅하며 문을 열어주는 혜원의 붉은 손톱에서 반짝이는 큐빅이 정원의 눈에 들어왔다. 그 순간, 숨이 막힌 정원은 인사도 하지 못하고 도망치듯 복도를 걸어 엘리베이터에 올랐다. 바닥에 흥건했던 붉은 피와 그 위에 떨어져 있던 큐빅이 정원의 머릿속에 오버랩되었다.

'1404호에 사람이 죽어 있어요.'

밀려오는 죄책감에 정원은 자기도 모르게 목구멍까지 올라오던 말을 꿀꺽 삼켰다. 이제는 정말 얘기하기에 너무 늦어버렸다. 칼에 찔려 죽어 있는 사람을 못 본 척 내버려 두고 태연하게 상담을 받는 건 미친 짓이었다. 아무리 당황하고 겁이 나섰다고 한들, 그런 정원의 행동을 이해해 줄 사람은 세상에 아무도 없을 것이다. 신이 난 다른 회사들이 기사를 써대며 가십을 만들어낼 게 뻔했다. 오아뉴 팀만이 아닌 방송국 전체가 시끄러워질 것이다. 댓글들은 서정원이 살인자라고 떠들 것이고, 경쟁 언론은 정원을 감싸는 척하며 비난할 여지를 남기는 애매모호한 기사를 쏟아낼 것이다.

심지어 정원은 혜원에게 1404호에 들어간 적도 없다고 거짓말을 해버렸다. 사건의 수사가 시작되고, 정원과 얘기를 나눈 유 원장과 최 실장이 정원이 평소와 다름없이 웃었다는 사실을 경찰에게 얘기한다면? 봉토그룹과 모형택을 비롯해 여태껏 정원에게 멱살을 잡혔던 사람들의 비웃음 소리가 들리는 것만 같았다. 전 국민에게 손가락질받는 자신의 모습이 눈앞에 아른거렸다. 상상도 하기 싫은 장면들에 정원이 머리를 흔들었다. 겨우 정신을 가다듬은 정원의 눈에 아까는 보지 못했던 엘리베이터 벽면 공지가 보였다.

리더스팰리스 입주자 여러분께 알려드립니다. 현재 본 건물은 내부 인테리어 공사 마감 중으로 지하 주차장, 메인 출입구를 제외한 공간은 공사 마감 후 CCTV 설치 예정입니다. 입주민 여러분께서는 각 호실 보안에 각별히 신경 써주시기 바랍니다.

정원이 1404호에 들어간 걸 아는 사람은 아무도 없다. 그제야 정원은 숨을 쉴 수 있을 것 같았다.

상담을 마치고 집으로 돌아온 늦은 밤. 침대에서 일어나 가운을 챙겨 입은 정원은 잠든 우재를 슬쩍 보고 금고에서 노트북을 꺼냈다. 살금살금 침실을 빠져나온 정원은 방문 너머 여전히 새근새근 잠든 우재를 보며 조심스레 문을 닫았다. 노트북을 열어 비밀번호를 누르자 숨겨뒀던 메신저가 열렸다. 등록된 친구는 단 한 명. 현재 상태 부재중.

지저스 Almighty Jesus is with Us

볼 때마다 같잖은 닉네임과 상태 메시지지만 본인도 만만찮다는 생각에 정원은 그에게 뭐라 말한 적은 없었다. 지저스와 히어로

049

라니. 차라리 델마와 루이스나 덤 앤 더머가 낫겠는데.

　지저스의 접속을 기다리며, 정원은 그를 처음 만난 9년 전을 떠올렸다.

　2011년의 정원은 매일같이 점심부터 막걸리, 사이다, 소주를 폭탄으로 달리며 이슈가 될 만한 사건에는 물불을 안 가리고 덤벼드는 의욕 넘치고 미숙한 사회부 기자였다. 데스크에 깨지고 짜증이 머리끝까지 나 있던 어느 휴일. 정원은 기삿거리를 찾기 위해 온라인 커뮤니티를 기웃거리고 있었다. 주로 들어가는 곳은 시시콜콜한 사연이 많이 올라오는 한 카페였다.

　[제목] 억울합니다. 아래층 아저씨가 절 위협했는데 명예훼손으로 역고소당했어요
　아래층 아저씨가 다짜고짜 와이파이 증폭기 좀 보자며 집으로 쳐들어오더니 너희 집은 왜 맨날 시끄럽냐고 칼을 들이대며 베란다로 저를 몰아세웠어요. 밖으로 떨어질 것 같아서 너무 무섭더라구요. 근데 그 아저씨는 경찰서에서 자기는 그런 적 없다며… 집에 저 혼자 있던 때라 본 사람도….

　정원은 등업을 위해서 층간 소음 문제로 칼부림이 났다는 사연에 영혼 없는 댓글을 달았다.

　히어로 님, 목격자를 찾는 게 중요해요. 당시에 큰 싸움이 있었다

면 분명 아파트 주민 중 소란스러운 소리를 들었거나 창밖
에서 그 사람이 님을 위협하는 장면을 목격한 사람이 있을
거예요. 경찰에서 그런 부분 조사가 이루어지지 않았나요?

히어로의 댓글에 대댓글이 달렸다.

> **지저스** 누가 요즘 창문 열고 삶? 앞집에서 누가 뛰어내려도 모르
> 는데ㅋ 댓글님은 인류애 만렙인가 봄? CCTV 뒤지면 간단
> 하게 끝날 문제를.

지저스라는 아이디가 정원이 나름 성의껏 쓴 댓글을 비웃었다.

> **히어로** 님, 말씀이 좀 지나치시네요. 그리고 아파트 6층을 촬영하는
> CCTV는 어디에도 없어요. 뭘 잘 모르시면 가만히 계시죠.
> **지저스** 없으면 만들면 됨. 님이 못 찾으면 없는 거임?

'뭐야, 이 새끼? 심심한데 너 잘 걸렸다. 누가 더 또라이인지 붙
어보자.'
약이 오른 정원이 먼저 오픈 채팅을 걸었다.

> **히어로** 지저스 님, 온라인상이라도 예의는 지키시죠. 그리고 그런
> 화면을 어디서 찾아요?
> **지저스** 뭐임? 찾을 수 있는 걸 찾을 수 있다고 했는데 찾을 수 있는

걸 왜 찾을 수 있냐고 하시면 뭐라고 해야 함?

'초딩인가? 쓸데없는 데 기운 뺐네.'
이성을 차린 정원이 헛웃음을 지으며 채팅방에서 나오려는 그
때, 지저스가 파일을 보내왔다.

지저스 이거 아님?

파일을 열어본 정원은 깜짝 놀랐다. 맞은편 건물 CCTV로 추정
되는 화면에는 칼을 들고 난간으로 여자를 밀어붙이는 남자의 모
습이 선명하게 찍혀 있었다. 당황한 정원이 키보드를 두드렸다.

히어로 이 영상 어떻게 찾으신 거예요?
지저스 맞은편 피트니스 센터 CCTV.
히어로 님, 혹시 그 센터 직원이세요?
지저스 나 운동 싫어함ㅋ 글쓴이 IP 주소 따서 근처 CCTV 찾으면
　　　　　바로 나오는데.
히어로 지저스 님, 뭐 하시는 분이에요?
지저스 영어 모름? 나 JESUS. 신이라니까.

생각에 잠겼던 정원을 깨운 건 지저스의 로그인 알림이었다.

히어로 강남구 리더스팰리스 1404호에 대해서 알아봐 줘. 긴급.

메시지를 남긴 정원은 초조한 듯 손톱을 깨물었다. 잠시 후 대화창이 반짝였다.

> **지저스** GY엔터테인먼트 사무실/리더스팰리스 14, 15층 전체 임대. 인테리어 공사 중. 1404호는 임원실.
> **히어로** ㅇㅋ 건물 CCTV 확인 가능?
> **지저스** 잠만.

2분 뒤 다시 대화창이 깜빡였다.

> **지저스** 건물 입구, 주차장 CCTV만 가동 중.
> **히어로** 오늘 출입자 명단 확보 가능할까?
> **지저스** CCTV는 빈 곳이 많고 휴대폰 GPS로 확인 가능. 내일 이 시간에 명단 주겠음.
> **히어로** 땡큐.

엘리베이터 안내문이 맞았다. 리더스팰리스는 아직 CCTV가 설치되지 않은 건물이 확실했다. 메신저를 끈 정원은 포털 사이트 검색창에 GY엔터테인먼트를 검색했다.

GY엔터테인먼트 뮤지컬 스테이지: 쏘 굿

쏘 굿, GY엔터테인먼트 신예 3인방에게 듣는 관람 포인트

뮤지컬 배우 예찬, GY엔터테인먼트 전속 계약

GY엔터테인먼트는 국내에서 가장 큰 뮤지컬 배우들의 소속사이고, '쏘 굿'은 이번에 공연하는 뮤지컬이었다. 정원은 메인 넘버 몇 개를 맡게 되었다는 우재의 얘기가 떠올랐다.

히든 팬텀2, 차은새 역대급 감동 무대 쏘 굿으로 이어지나

기사에는 붉은 드레스를 입은 여자의 활짝 웃는 사진이 같이 올라와 있었다. 사진 속 여자를 알아본 정원은 찬물을 맞은 것만 같았다. 차은새. GY엔터테인먼트의 프리마돈나. 정원이 본 1404호의 여자는 분명 차은새였다. 휴대폰을 꺼낸 정원은 14층에서 찍은 사진을 다시 확인했다. 머리카락이 얼굴을 뒤덮고 있긴 하지만 확실히 알 수 있었다.

'이 옷, 얼굴 라인, 죽은 여자는 차은새다. 누가, 왜 차은새를 죽인 거지?'

떨리는 손으로 휴대폰의 사진들을 노트북으로 옮긴 정원은 범죄를 은폐하듯 휴대폰에 남은 사진을 지워버렸다.

다음 날, 오전 7시 30분. 정원이 출근할 때도 아직 차은새 사망에 관한 뉴스는 들리지 않았다. 혹시나 하는 마음에 밤사이 업데이트된 내부 기자들의 조각 뉴스를 뒤적여 보았지만 차은새는 물론이고 젊은 여자의 변사체에 관한 내용은 찾을 수 없었다.

'아직 아무도 발견하지 못한 걸까. 너무 늦게 발견되면 사건 해결이 더 힘들어질지도 모르는데….'

TNJ의 시사 보도국은 뉴스룸 못지않은 정보통들이 자리 잡고 있는 곳이다. 대한민국에서 가장 빠르게 정보가 모이는 곳. 차은새 정도로 인지도가 있는 뮤지컬 배우가 강남 한복판에서 시신으로 발견된 사건이라면 실시간으로 뉴스가 업데이트되고 있어야 한다. 여전히 이렇게 조용하다는 건 아직 아무도 차은새를 발견하지 못했다는 뜻이다. 정원은 밀려오는 죄책감에 초조했다.

"팀장님, 녹화 준비 마쳤습니다. 9시부터 시작하겠습니다."

"오케이, 나 메이크업받고 바로 올라갈게."

'오늘이 아닌 뉴스'는 녹화 방송으로 스튜디오 촬영은 대부분 방송 당일 오전에 진행됐다. 정원이 오아뉴를 맡아온 2년 동안 두 번 생방송으로 진행한 적이 있었는데 모두 방송이 송출되기 직전에 갑자기 중요한 증거가 추가된 경우였다.

오늘 방송은 결정적인 증거를 확보해 온 막내 덕에 준비를 잘 마쳐 여유롭기도 하고, 시청률이 매우 기대되는 내용이었다. 평소였다면 설레는 마음으로 준비했겠지만 오늘은 그럴 수 없었다. 싱숭생숭한 마음에 정원은 죽은 차은새가 원망스럽기까지 했다.

원고가 든 태블릿 PC를 챙긴 정원이 자리에서 일어나려는데 모니터에 실시간으로 내부 업데이트된 한 줄 기사가 눈에 들어왔다.

[속보/강남 경찰서] 뮤지컬 배우 차은새 오늘 새벽 변사체로 발견… 확인 중

7일 오전 5시경 강남구에 위치한 소속사 건물에서 뮤지컬 배우 차은새가 숨져 있는 것을 인테리어 공사 인부가 발견, 경찰에 신고.

경찰은 살인 사건으로 추정, 정확한 사망 원인 조사 중.

눈에 서리가 낀 듯 모니터가 뿌옇게 흐려졌다.

'진정하자. 이제 발견됐으니 경찰이 수사하겠지. 일단 녹화에 집중하자. 녹화가 끝나면 사건이 해결되고 있을 거야.'

"수고하셨습니다."

"이야, 서정원, 너 오늘 화면발 죽이더라. 맨날 흰 옷만 입는 게 어때? 넌 진작에 연예계로 갔어야 해. 내 말 들었으면 지금쯤 할리우드에 가 있을지 누가 아냐?"

완벽한 메이크업에 굴곡진 머리를 하나로 묶고 하얀 슈트를 입은 정원은 영선의 말대로 기자보다는 배우가 더 잘 어울렸다. 단정하지만 화려한 모습으로 이목을 끄는 거 '오아뉴'와 함께 '멱살잡이' 서정원의 트레이드마크였다. 셔츠에 연결된 마이크 선을 정리하던 정원이 성큼성큼 걸어오는 영선에게 손을 흔들었다.

"괜찮았어?"

"응, 완전. 네가 봉민주 멱살 잡는데 아주 내 속이 다 시원하더라. 여역시 오아뉴 간판! 진짜 서정원 너는, 암튼 물건이야."

"선배 오늘따라 왜 이래? 뭐 나한테 부탁할 거 있어?"

"쫄긴. 옥상 가서 커피나 한잔하자."

영선이 커피를 든 양손을 얼굴 옆까지 올리며 눈을 찡긋했다. 정원의 선배이자 절친인 주영선은 매사에 차분하고 냉정하리만큼 사무적인 정원과 달리 털털하고 시원시원한 매력의 소유자다. 한

때 정원과 특종에 목을 매며 전우애를 나누었던 영선은 지금은 연예부 데스크에서 조금은 여유로운 기자 생활을 즐기고 있었다.

"너 무슨 일 있어? 자세히 보니까 얼굴이 영 맛이 갔네?"

영선이 전자 담배 버튼을 꾹 누르며 정원의 얼굴을 살폈다.

"잠을 좀 못 잤어."

"너 요즘은 그래도 좀 잔다고 그러지 않았어?"

"그랬는데… 오늘은 아니네."

"의사 덕분에 괜찮다더니, 그 여자 순 돌팔이 아니냐? 잠잠하다가 왜 이래?"

영선이 한숨을 쉬자 공기를 따라 연기가 시원하게 하늘로 날아갔다. 그 모습을 바라보던 정원은 뜬금없이 아무것도 모르는 영선이 부럽게 느껴졌다.

"선배, 차은새 죽었다는 소식 들었지? 지금 바쁠 때 아냐?"

"내가 바쁘냐, 내 새끼들이 바쁘지. 안 그래도 우리 팀 시끄러워."

"범인은? 윤곽 나왔대?"

정원은 슬쩍 영선을 떠보았다.

"아직 모르지. 차은새야 워낙 소문이 많잖아. 걔 누구야, 차금새도 사고 많이 쳤었고. 아마 적이 많았을 거야."

"차금새? 차금새가 누구야?"

"너 차은새 오빠 차금새 몰라?"

"응, 난 연예부 쪽 잘 몰라."

"2005년에 반짝 인기 있었던 아이돌, 블루보이스라고 있어. 그때 유행하던 외국 보이 그룹 비슷한."

"어, 블루보이스 알지. 거기 차은새 오빠가 있었어?"

"응, 차은새 남자 버전인데 생긴 건 동생이랑 똑같이 예쁘장한 게 딱 기생오라비라는 말이 어울리는 놈 있어. 야야야, 너 오해는 하지 마라. 내가 차은새를 기생이라고 생각하는 건 아니니까."

소심한 구석이 있는 영선이 엉뚱한 포인트에서 당황하며 얼굴을 붉혔다.

"알아, 알아, 오해 안 해. 암튼 그래서? 차금새가 왜?"

"몇 년 전에 차금새가 마카오에서 도박하다가 돈을 좀 많이 깨먹었어. 15년 전에 아이돌로 반짝했던 놈팡이가 뭔 돈이 있었겠냐, 다 빚이지. 암튼 그때 돈 구해서 해결해 준 게 차은새잖아. 그때 차은새도 뜨지도 못한 신인이라 돈이 없었을 거란 말이지. 근데 그 큰돈을 이떻게 구한 건지 뒷말도 많았어."

영선은 자기 일인 양 팔자 눈썹을 만들며 말을 이었다.

"걔네 남매 금수저 비슷하게 소개되는 거 다 기획이야. 차은새는 고생 많이 하고 컸지. 살 만해지니까 오빠라는 게 사고 치고, 또 살 만해지니까 이젠 죽어버렸네. 그렇게 예쁘고 재능 있는 사람이… 참 인생 허망하지?"

영선은 쓸쓸한 표정을 지으며 다시 연기를 내뿜었다. 그러더니 비밀 얘기라도 하듯 몸을 숙이며 소곤거렸다.

"근데 설마 모형택은 아니겠지?"

"모형택? 왜? 모형택이랑 뭐가 있어?"

"너 몰랐어? 가끔 찌라시도 보고 좀 그래라. 기자도 사람 아니냐. 얼마나 재밌다구.”

✳

허름한 주택가에 위치한 3층짜리 다세대 주택 옥탑방. 한 손에는 우유와 시리얼이 가득 담긴 사발을, 다른 한 손에는 숟가락을 든 남자가 옥상에 서 있었다. 옥상 아래 낡은 집들을 내려다보던 남자는 시리얼을 크게 한입 먹고는 창고 문을 열었다. 옥탑방 옆 작지 않은 크기의 창고에는 자전거와 전동 킥보드, 농구공이 멋대로 굴러다니고 있었다. 창고 안쪽으로는 검정 시트가 다다다닥 붙은 꽤나 큰 창문이 있고 그 아래에 놓인 커다란 책상들 위에는 스크랩된 신문 기사가 잔뜩 쌓여 있었다. 벽에는 크고 작은 모니터들이 빼곡하게 붙어 저마다 다른 색의 불빛을 깜빡였다. 익숙한 듯 의자를 당겨 앉은 남자는 시리얼을 먹던 숟가락을 입에 물었다. 양손이 키보드 위에서 빠르게 움직이는가 싶더니 모니터 아래의 스피커에서 프로그램 매칭음이 쉬지 않고 울려 퍼졌다.

[Download completed.]

빠르게 움직이던 남자의 손이 멈추자 모니터에는 3월 6일 리더스팰리스에 방문했던 모든 사람들의 휴대폰 번호, 이름, 나이, 주소가 순서대로 정리된 파일이 떠올랐다. 그제야 입에 물고 있던 숟가락을 다시 잡은 남자가 메신저를 켜고 남은 시리얼을 먹기 시작했다.

지저스 명단 확보 완료. 파일 확인 바람.

히어로 ㅇㅋ 입금할게.

지저스 ㄱㅅ

사발에 남은 우유를 쭉 들이켠 지저스는 의자에 등을 기댄 채 무심하게 엑셀 파일 속 명단을 훑어보았다. 강지영, 안내 데스크, 패스. 김민철, 엘리베이터 점검, 패스. …박지훈, 세무사, 패스. 아래로 마우스를 움직이던 지저스의 손이 멈췄다.

'서정원… 설우재…? 이 귀족 커플은 여기 왜 간 거야?'

띵동. 이어서 입금 문자와 함께 메시지 도착음이 울렸다.

히어로 뮤지컬 배우 차은새 죽은 거 알지?

지저스 그거 모르는 사람도 있나, 와이? 무슨 일?

히어로 무슨 일?

'아차, 이런 건 묻지 않기로 했는데.'

평소답지 않은 질문을 던진 지저스가 키보드 위에서 움직이던 손을 멈칫했다.

지저스 아냐. 차은새가 왜?

히어로 차은새 계좌에 대해 좀 알아봤으면 하는데.

지저스 급한 거?

히어로 뭐 빠르면 좋지. 오래 걸릴까?

지저스 놉. 알아보고 알려줄게.

히어로 땡큐.

＊

"서정원과 설우재라…. 차은새의 은행 계좌라…."

중얼거리던 지저스의 입가에 묘한 미소가 맺혔다.

＊

"서정원의 오늘이 아닌 뉴스에서는 스페인 유학생 살인 사건에 대한 제보를 기다립니다. '한나리' 양에 대한 정보를 알고 계신 분은 아래 자막의 이메일을 통해 제작진에게 연락해 주시기 바랍니다. 작은 정보도 한 양의 가족에게는 큰 힘이 됩니다. 오늘도 시청해 주신 여러분 감사합니다. 편안한 밤 보내십시오."

노트북 화면 속 자신의 모습을 모니터링하던 정원의 표정이 무거워 보였다.

"끝에서 발음이 씹히네. 항상 끝에 가면 집중력이 떨어져서 원…."

투덜거리다 빈 화면을 멍하니 응시하던 정원은 메시지 알림음이 들리자 서둘러 파일을 열었다. 생각보다 더 많은 출입자 숫자에 한숨을 쉬며 스크롤을 내리던 정원의 손가락이 멈췄다.

"설우재? 우재 씨가 왜 여기?"

엑셀 파일 속 남편의 이름을 본 정원의 얼굴이 굳었다.

"정원아, 많이 남았어?"

그때 서재 문을 노크하는 우재의 목소리에 정원은 급하게 노트북을 닫았다.

"아냐, 우재 씨. 들어와."

"미안해, 너무 늦었지?"

검은 트렌치코트를 입고 서재 문에 기대선 우재는 약간 취한 듯 보였다.

"술 마셨어?"

"조금. 일이 좀 있었어. 나 좀 씻을게."

"무슨 일이길래? 얼굴이 안 좋은데."

"그냥 좀 피곤해서 그래. 씻을게. 일해."

서재 문을 닫으려는 우재를 정원이 불러 세웠다.

"우재 씨."

"응?"

"우재 씨 어제 뭐 했어? 우리 요즘 아침에만 보구 통 대화가 없었네."

"어제? 어제 뭐 했더라. 작업실 갔었지."

"그래…?"

"대화가 고프면 좀 기다려, 우리 마님. 나 씻고 올게."

힘없이 웃은 우재가 돌아섰다.

"알았어…."

지저스가 준 정보는 한 번도 틀린 적이 없다. 분명 우재는 어제 리더스팰리스에 갔다. 그리고 우재는 거짓말을 하고 있다. 평소 정원에게 숨기는 것 없이 다 얘기하는 우재인데, 무슨 일일까.

정원은 찜찜한 생각이 들었지만 더 물어보기엔 우재가 너무나 힘들어 보였다. 괜한 의심은 접고 정원은 우선 나머지 출입자를 봐야겠다고 생각했다. 다시 펼친 노트북의 배경 화면은 우재와 처음 만났던 겨울의 부산 밤바다 사진으로 가득 차 있었다.

2018년 겨울이 끝나갈 무렵, 정원과 우재는 처음 만났다. 그날은 14년 만에 순암 연쇄살인 사건의 범인이 잡힌 날이기도 했다. 사건 관련 취재로 정신없던 나날도 종지부를 찍은 홀가분한 날. 2주 분량의 방송 녹화를 마친 정원은 강 국장에게 연차 신청서를 제출했다. 근로자라면 당연한 권리인 연차를 사용하기 위해, 정원은 한 달 내내 계속됐던 강행군과 시청자들이 한동안은 순암 사건에 대해서만 떠들 거라는 것, 겨울엔 좀 쉬어줘야 건강에 좋다는 둥 생각나는 건 아무거나 구구절절 강 국장에게 떠들었다. 그 결과, 우리 몸에 좋은 음식에 관한 강의를 15분 동안 듣고 나서야 정원은 국장실을 빠져나와 서울역으로 갈 수 있었다.

"5분 후 출발하는 부산행 열차에 탑승하실 고객님은 지금 8번 플랫폼으로 가시기 바랍니다."

휴가지의 조건은 단 하나였다. 가장 빨리 출발하는 열차를 탈 것. 정원은 망설이지 않고 부산행 티켓을 끊었다. 겨울의 바다. 상상만으로도 살짝 흥분한 정원은 숙소와 식당 검색을 시작했다. 겨울 바다에서는 뭘 먹는 게 좋을까.

[부산 맛집 추천: 바다를 담은 해물라면.]

블로그에 있는 라면의 비주얼은 환상적이었다. 딱새우, 전복 문어와 라면, 그리고 바다. 정원은 곧장 기차에 올랐다.

　마침내 도착한 식당은 블로그에서 본 사진과 똑같이 멋스러웠다. 사방은 칠흑같이 어두웠고, 식당만이 은은한 불빛을 밝히고 있었다. 바람에 흔들리는 식당의 불빛을 바라보며 정원은 그곳이 깜깜한 밤을 밝히는 등대 같다는 생각을 했다. 숨을 크게 들이마시자 차가운 바다의 비릿한 냄새가 코끝에 진동했다.

　2층짜리 단독주택을 개조한 식당 마당으로 들어가니 작은 텐트로 나뉜 방들이 보였다. 텐트의 반대쪽 문은 바다로 연결되어 있어서 지퍼를 열면 바다 위에서 음식을 먹는 느낌이 들 것만 같았다.

　꼬르륵. 해물라면 생각을 하며 기차에서 맥주 한 캔으로 배고픔을 달랜 정원의 위장이 요동치기 시작했다. 정원은 하나 남은 빈 텐트에 자리 잡았다. 겨울 바다와 해물라면과 소맥이라니. 계획하지 않은 여행에 의도치 않은 조합이 이렇게 완벽한 하모니를 만들 수 있다는 걸 왜 오늘까지 몰랐을까.

　'서정원 출세했다.'

　행복한 미소를 지으며 열심히 소맥을 말던 그때, 아주머니가 빼꼼 얼굴을 내밀었다.

　"아기씨, 혼자니까 합석해도 되겠지예? 이짝도 혼자 왔그등."

　"합석이요?"

　혼자만의 시간을 즐기고 싶었던 정원이지만 테이블도 많지 않은 식당에서 혼자 넓은 자리를 차지하고 있는 게 미안한 마음도 들어 고개를 끄덕였다.

　곧 매력적인 중저음의 남자 목소리가 텐트 안으로 들어왔다. 이어서 모습을 보인 남자는 까만 코트 위로 감겨 있던 머플러를 풀어 테이블 위에 놓았다.

"실례합니다. 제가 방해가 되는 건 아닌지 모르겠어요."

"아니에요, 괜찮아요."

텐트의 노란 불빛에 어른거리는 남자의 웃는 얼굴이 바닷바람 만큼 산뜻했다. 큰 키에 건장한 체격, 서글서글한 얼굴에 오뚝한 콧날과 깨끗한 피부. 그리고 무엇보다 정원이 한 번도 가져보지 못한 차분함과 여유가 느껴지는 목소리와 말투.

"여행 오셨나 봐요?"

붙임성이 좋은 사람 같다.

"네."

"이 집 처음이세요?"

중저음의 목소리가 듣기 좋았다.

"네."

"맛있으세요?"

까만 머플러 위에 놓인 크고 하얀 손이 예뻤다.

"네."

"나가드릴까요?"

"네…. 아니, 아니에요."

저도 모르게 넋 놓고 남자를 관찰하던 정원의 얼굴이 화끈 달아 올랐다.

"서울에서는 절대 이런 분위기가 없죠. 밤이라 아무것도 안 보이긴 하지만 바다 소리도 좋고. 여기가 라면도 맛집인데 진짜는 해

가 지기 전이에요. 엄청 예쁘거든요. 예쁜 노을은 놓쳤지만 건배할
까요?"

"…네?"

"건배… 실례일까요?"

"아, 아니에요, 실례 아닙니다."

전혀 불쾌하진 않았지만 조금 당황한 정원의 귀에 잔이 부딪치
는 소리가 크게 들렸다. 혼자 겨울 바다를 감상하고 싶었던 정원의
계획과는 다른 저녁이었지만 나쁘지 않은 식사라는 생각이 들었다.

"사람들이 여름에 여길 많이 와요. 그런데 사실 이 집은 지금이
최고예요. 겨울 바다는 여름이랑 파도 소리가 완전히 다른 거 아세
요? 저 아래쪽 바위 보이시죠? 저 앞이 소리가 모이는 곳이에요."

남자와 정원은 각자 소주 반병과 맥주 한 병씩을 마시며 겨울과
바다, 바위와 파도 소리, 해산물과 라면, 그리고 소주와 맥주에 대
한 얘기를 나눴다. 그는 점잖으면서 유머러스했고, 그래서인지 처
음 만났지만 낯설게 느껴지지 않았다. 정원은 남자와 대화를 하며
오랜만에 일상을 완전히 내려놓은 듯 편안함마저 들었다.

"저, 괜찮으시면 아까 제가 말씀드린 파도 소리 들으러 가실래
요? 걸어가도 금방인데."

식당을 나서는 정원에게 남자가 반가운 제안을 했다.

"그럴까요, 그럼?"

"가방, 무거워 보이는데 저 주세요. 제가 들게요."

정원의 손에 들린 가방을 뺏다시피 받아 든 남자가 먼저 걸음을
떼기 시작하자 정원도 남자와 발을 맞춰 걸었다. 그렇게 두 사람은

조용한 어촌 바다를 걸으며 조금은 개인적인 얘기를 나누었다.

설우재. 정원보다 두 살이 많은 그는 음악을 하는 사람이라고 했다. 부산을 좋아해서 자주 여행을 오는 편이고, 그때마다 꼭 한 끼는 이곳에 들러서 저녁을 먹는다고도 했다. 이번에는 출장으로 왔기에 잠시 짬을 내어 들렀으며, 내일 서울로 돌아갈 계획이라고도 했다.

"정원 씨, 눈 감아볼래요? 제가 안 떨어지게 잘 잡아드릴게요."

얘기한 바위에 도착한 우재가 나직한 목소리로 말했다.

"감아봐요. 눈 감으면 지금보다 더 좋은 겨울 바다가 느껴질 거예요."

그의 재촉에 정원이 살며시 눈을 감자, 가장 먼저 얼굴을 스치는 차가운 바닷바람이 느껴졌다. 시원하고 상쾌한 공기가 콧속으로 스며들자 청량한 파도 소리가 더 크게 들려왔다. 세상의 모든 잡음을 삼킬 것 같이 맑고 커다란 파도 소리였다. 정원은 코트 뒤쪽을 꼬집듯이 조심스레 잡고 있는, 덩치가 커다란 오늘 처음 만난 남자가 무섭게 느껴지지 않았다. 그리고 그날, 세상 끝의 겨울 바다가 내는 소리 사이에 서서 하늘을 나는 것 같은 기분을 느꼈다.

다음 날 아침, 눈을 뜬 정원은 시계를 몇 번이나 확인했다. 자정을 넘겨 호텔에 들어와서 지금까지 잤으니 꼬박 12시간을 잤다. 불면증으로 하루 3시간을 겨우 자는 정원에게 타지에서의 그 밤은 생소하리만큼 편안한 시간이었다.

창밖에는 비가 내리고 있었고, 조식은 이미 물 건너갔다. 나가긴 귀찮아서 침대에 누워 룸서비스 책자를 뒤적거리고 있던 정원의 휴대폰에 메시지 알림음이 울렸다.

[정원 씨, 비 오는 바다 보지 않을래요?]

우재의 메시지였다.

"아직 안 갔나?"

오늘 서울로 올라간다고 했던 우재는 아직 출발하지 않은 것 같았다. 정원은 문자를 확인하는 자신의 입꼬리가 살며시 올라가는 것을 느끼며, 이럴 줄 알았으면 옷을 좀 더 가지고 올 걸 그랬다는 실없는 생각에 피식 웃음이 나왔다.

호텔 로비로 내려가자 어제와 다른 회색 코트를 입은 우재의 뒷모습이 보였다. 넓은 어깨, 반듯한 자세, 여유로운 움직임. 밝은 곳에서 바라본 우재는 어제보다 더 근사해 보였다. 반짝이는 우재의 모습에 정원은 어제도 입었던 자신의 코트에서 해물 냄새가 나는 건 아닐까 걱정이 되기 시작했다. 뒤돌아 정원을 발견한 우재가 싱글벙글 웃으며 정원의 앞으로 성큼성큼 다가왔다.

"정원 씨, 잘 잤어요?

"덕분에요. 근데 오늘 서울로 가시는 거 아니었어요?"

정원은 자기도 모르게 한 걸음 뒤로 물러서며 되물었다.

"가려고 했는데 비가 오더라구요. 이렇게 멋지게 비가 오는데 안 들르면 섭섭한 곳이 있어서요. 정원 씨랑 가면 어떨까 해서 차도 빌려 왔어요. 나갈까요?"

미소 띤 우재의 물음에 정원의 심장이 콩닥콩닥 소리를 내기 시작했다. 정원의 심장 소리는 두 사람을 태운 차가 도심을 빠져나와 한적한 해변 도로를 달릴 때까지 계속되었다. 차 안에 울려 퍼지는 감미로운 피아노 소리와 창문에 부딪히는 빗소리는 한 팀이 되어 몽환적인 하모니를 구성했고, 와이퍼는 적당히 방해되지 않는 속도로 움직이고 있었다.

정원은 꿈만 같던 짧은 여행을 마치고 서울에 도착했다. 서울역 택시 승강장은 생각보다 더 줄이 길었다.

"정원 씨!"

지하철을 타기 위해 바쁘게 움직이던 정원은 누군가 자신을 부르는 소리에 고개를 돌렸다. 번쩍이는 자동차 앞에서 해맑게 웃으며 손을 흔드는 커다란 남자가 보였다. 보고도 믿기지 않던 정원이 멍한 얼굴로 걸음을 멈췄다.

"정원 씨!"

한 번 더 정원을 부르는 부드러운 저음이 들려왔다. 어제 만났던 그 남자, 우재였다.

첫눈에 정원에게 반해버린 한결같은 남자, 설우재. 정원은 통속극에 나오는 여자들처럼 남편을 의심하지 않기로 했다. 남편으로서 우재는 너무나도 완벽했기에 의심할 여지도 없었다.

'예민해지지 말자. 잠시 들렀는데 기억을 못 하고 있는 거겠지. 우재 씨는 어제 뭐 먹었는지도 기억 못 하는 사람이잖아.'

정원은 찜찜한 마음을 기적 같았던 그와의 첫 만남으로 지우며 지저스에게 받은 파일을 열었다. 파일 속 명단에는 정원이 잘 아는 인물들이 몇몇 보였다. U1의 유윤영 원장과 최혜원 실장, 그리고 간호사들. 건물 공사와 관련된 인테리어 회사 관계자들과 소방 관리 업체. 같은 건물에 입주한 로펌의 변호사들과 관계자들. 그리고 모수린. 알려진 것만 억 소리가 나는 유학비에도 불구하고 실패한 조기 유학 케이스로 세간의 입방아에 올랐던 모형택의 딸.

'이 여자는 또 뭐야? 그날 여기 왜 갔지?'

정원은 오늘 낮에 옥상에서 영선이 했던 말을 떠올렸다.

"모형택? 왜? 모형택이랑 뭐가 있어?"

"너 몰랐어? 가끔 찌라시도 보고 좀 그래라. 기자도 사람 아니냐. 얼마나 재밌다구."

정원을 놀랍고 한심하게 바라보며 영선이 말을 이었다.

"모형택 의원은 네가 멱살도 잡았으니 너무 잘 알 테고."

"너어무 잘 알지. 그 사람은 이래저래 나랑 악연이야."

"대한민국에서 정치하는 사람 중에 너랑 악연 아닌 사람도 있냐?"

영선의 놀림에 정원이 째려보는 시늉을 하며 손으로는 V 자를 그렸다.

"모형택이 차은새 스폰이라는 소문이 있어."

"뭐? 그 영감탱이가? 아우, 좀 심하다."

"정확한 정보는 아니고, 이게 좀 애매해."

"차은새씩이나 되는 애가 도대체 왜 그런 다 늙어빠진 답답한 영감탱이를. 굳이 필요했을까?"

"글쎄, 오래된 관계라는 얘기가 있어. 차은새 영은예고 시절부터라는 소문도 있고. 사실 배경도 뭣도 아무것도 없는 차은새가 혼자 지금의 자리에 올랐다는 것도 좀 의심스럽긴 하지? 가진 거 없는 형편에 예고 나온 것도 그렇고.”

“근데 연예계 스폰 문제야 새삼스러울 것도 없잖아. 그거랑 살인 사건이랑 연관 짓기에는 좀 많이 간 거 아냐?”

“그치. 많이 간 거지. 겨우 그거면 참 많이 간 거지.”

“뭐가 더 있어?”

감질나게 정보를 주는 영선에 정원은 애가 탔다.

“이건 우리 쪽 오프 더 레코든데… 너 야당에 떠오르는 샛별, 최호현 알아?”

“당연히 알지. 내가 정치부에 몇 년 있었는데. 79년생, 마흔두 살, 하버드 출신 훈남 정치인. 요즘 방송에도 엄청 나오던데.”

“그 최호현이랑 차은새가 얼마 전까지 내연 관계였잖아.”

“진짜야?”

정원의 머릿속으로 비싼 정장을 입고 느끼하게 웃는 최호현과 그의 옆에 서 있는 인형같이 예쁜 차은새가 지나갔다.

“뭐 그건 그나마 좀 이해가 된다. 근데 모형택 그 영감탱이는 좀…”

비위가 상한 정원이 입꼬리를 턱까지 내리며 고개를 절레절레 흔들었다.

“근데 참, 차은새도 하필이면 야당, 여당 제일 앙숙들이랑 어떻게 그렇게 엮이냐?”

“그러니까 말이야. 모형택이 10년 가까이 공을 들여서 스타를 만들어줬는데 애먼 놈이랑 붙어먹은 격이지. 그냥 딴 놈도 아니고,

요즘 둘은 완전 원수잖아. 원수."

영선도 정원을 따라 고개를 가로저었다.

"그래서 그 개족보는 소문이야, 팩트야?"

"아니 땐 굴뚝에 연기 나니?"

"그런 거면 모형택은 허무하겠네. 그렇게 공들여서 스타 만들 어놨더니."

"허무만 하겠니? 사랑에 배신당하고, 업계에서 쪽팔리고. 뭐, 확실한 건 아무것도 없지만 암튼 그렇다네."

정원은 영선의 추론이 그럴듯하다고 생각했다. 한때는 정의로운 검사였다지만 지금은 인성이라면 지나가는 개한테 줄 것도 남아 있지 않은 모형택이라면 그러고도 남을지도 모른다. 정말 톱 뮤지컬 배우의 죽음에 차기 대선 후보가 연루되었다면, 그 사건을 정원이 최초 보도한다면….

그렇게 이 사건을 해결한다면, 죽은 차은새를 버리고 도망쳤다는 죄책감도 조금은 덜 수 있을지 모른다. 그리고 '오아뉴'의 시청률도 수직 상승할 것이다. 네 번째 특종상이 정원의 눈앞에 아른거렸다.

일주일 후, 다음 화 녹화를 마친 정원이 영선과 옥상 난간에 기대섰다.

"너 원래 오늘 녹화 미제 사건이었지? 유학생인가? 내용 바뀌었네?"

"응. 그랬는데, 뭔가 딱 이거다 싶은 게 없더라고. 그래서 계속

보류하고 있어. 이러다 그냥 킬되는 거 아닌가 몰라."

"오, 천하에 서정원이 못 찾는 것도 있어? 못 찾는 게 아니라 안 찾는 거 아니야?"

"사실 이슈가 될 만한 사건인지도 좀 의심스럽긴 해."

"그럼 그렇지. 오늘 녹화처럼 성폭력 정신과 의사. 딱 이 정도는 되어야 우리 멱살잡이 서정원을 빨리 움직이게 할 텐데. 멱살 잡을 놈도 정확하고, 흥미도 있고."

일주일째 이상할 만큼 조용했다. 인터넷에 나도는 차은새 관련 이런저런 소문들도 그저 사람들의 가십거리 정도였고, 강남 경찰서 측에서도 입을 꾹 다물고 있었다. 강남 서 출입 기자들도 관련 기사를 업데이트하지 못하고 있는 걸 보면 사건 해결이 쉽지 않은 것 같았다. 차은새의 개인 SNS에서 그녀를 애도하는 댓글만이 그녀의 죽음을 기억하고 있었다.

"선배, 차은새 관련해서는 소식 없어?"

"늘 그렇듯 소문의 숲이야. 카더라뿐이고 제대로 된 정보가 없네."

영선의 대답에 정원이 고개를 끄덕였다. 영선에게는 티 내지 않았지만, 정원도 나름의 방식으로 차은새 죽음의 비밀을 풀어보려 노력하고 있었다. 하지만 일주일째 이렇다 할 내용을 찾지 못하자 정원도 점차 힘이 빠졌다. 이렇게 사건이 잊힐지도 모른다는 생각에 점점 불안해졌다. 죽은 사람을 두고 도망친 죄책감에서 벗어나기 위해서 정원은 반드시 범인을 찾아야만 했다. 정원의 마음에 죄책감과 함께 묘한 초조함이 엄습해 오던 그때, 문자 메시지 도착음이 울렸다.

[0775234895135789]

맥락 없이 긴 발신 번호에 정원은 무심결에 확인 버튼을 눌렀다.

[서정원, 죽여버릴 거야.]

'뭐지?'

휴대폰 화면을 보는 정원의 얼굴이 굳자 영선이 정원의 손에 들린 휴대폰을 넘겨보았다.

"죽여? 너를? 왜? 미친놈 아냐? 누군지 알아?"

정원보다 더 당황하고 화가 난 영선의 목소리가 물음표마다 높아지고 있는데 전화벨이 울렸다. 영선이 정원의 휴대폰을 낚아채 받았다.

"너 뭐야? 누구야!"

"저기… 팀장님…?"

"응?"

뒤늦게 발신자를 확인한 영선이 휴대폰을 정원에게 건넸다.

"너네 팀 막내다, 야."

정원이 전화를 받자 막내가 우물쭈물 말을 이었다.

"팀장님, 저… 강남 경찰서에서 팀장님을 찾는데요? 가능하면 빨리 와주셨으면 좋겠다고 합니다."

'올 것이 왔구나.'

정원은 머리를 비우기로 했다.

"선배님, 안녕하십니까. 강남 경찰서 담당 TNJ 32기 성동호입니다."

"어, 네, 수고가 많아요."

상황이 상황인 만큼 경찰서에 들어서는데 굳이 쫓아와서 우렁차게 인사를 하는 후배가 정원은 귀찮고 부담스러웠다.

"이야, 우리 서정원 기자님, 오랜만입니다. 이거 얼마 만입니까? 넉 달이 다 되어가죠?"

강력계에 들어서자 한 손에 김밥을 든 김태헌 경위가 정원을 맞았다.

"경위님, 또 뵙네요."

"급하게 연락드려서 죄송합니다. 바쁘신 분을."

"아닙니다."

"뭐, 기자님도 바쁘시겠지만 저희도 바빠요. 아시다시피 골치 아픈 사건이 떨어져서 조용할 날이 없네요. 밥도 못 먹고 이렇게 김밥 쪼가리로 때우는 게 며칠 짼지."

말을 하는 김 경위의 입에서 밥알이 튈 것만 같았다. 정원은 불쾌한 듯 상체를 살짝 뒤로 젖히며 눈을 돌렸다.

"좀 나눠드려요?"

정원이 불편해하거나 말거나 눈치 없는 태헌은 먹던 김밥을 내밀었다.

"됐습니다."

"그럼 너무 공개된 장소는 부담스러우실 테니 이쪽으로 오시죠."

앞장서는 태헌을 따라 정원이 조사실로 향했다. 기자 생활 13년, 사회부 기자로 4년, 시사국 탐사 보도를 2년 넘게 진행하며 경찰서를 수없이 드나들었지만 참고인으로 조사실에 들어가는 건 처음이다. 정원의 추측이 맞다면 태헌은 그녀를 피의자로 생각하고 부른 것일지도 모른다. 이미 수사 중인 사건으로 경찰이 기자에게 먼저 연락하는 일이란 흔치 않으니까. 정원은 상황을 파악하기 위해 애썼다.

"제가 이번에 차은새 씨 사건을 맡았어요. 뭐 서로 알 거 아는 바쁜 사람들이니까 빨리빨리 진행하겠습니다."

"그렇게 하시죠."

"기자님, 혹시 차은새 씨를 아십니까?"

정원이 자리에 채 앉기도 전에 태헌이 물었다. 태헌의 표정과 말투가 조사실 밖에서와는 사뭇 다르게 느껴졌다.

"배우로는 알고 있습니다. 하지만 개인적인 친분은 없습니다."

"아, 그래요? 그럼 차은새 씨가 사망했다는 건 들으셨나요?"

"네, 기사에서 확인했습니다."

"차은새 씨 사망 추정 시각인 3월 6일 17시에서 20시경 어디 계셨는지 여쭤봐도 될까요?"

정원의 불길한 예감처럼 조사는 묘한 방향으로 흐르고 있었다.

"방송국에 있었습니다. 그리고 저녁 7시 30분부터 약 1시간 정도 병원 진료를 받았구요."

"리더스팰리스에 있는 U1 정신의학과에 가셨더라구요?"

"그게 문제가 되나요?"

"차은새 씨 사망 장소가 리더스팰리스라는 건 아시나요?"

"기사를 봐서 알고 있습니다."

"그렇다면 차은새 씨 사망 추정 시각에 서정원 씨는 죽은 차은새 씨와 같은 건물에 계셨겠네요."

"그렇네요."

태헌의 질문에 태연하게 대답했지만 정원의 심장박동은 조금씩 빨라지고 있었다.

"지금 제가 용의자인가요?"

떠보는 질문을 더 들을 이유가 없다고 생각한 정원은 태헌을 똑바로 보며 물었다.

"참고인입니다. 현재까지는요."

"…"

"용의자가 될 가능성도 있겠죠."

"사망 추정 시각에 같은 건물에 있었다고 제가 용의자가 된다는 말씀이신가요? 그 건물에 출입하는 사람이 몇 명인지는 알고 계시는 거겠죠?"

461명. 정원은 지저스의 파일 속 명단을 떠올렸다. 그리고 이어지는 질문들에서 정원은 자신이 14층에 내렸다는 사실을 태헌이 전혀 모르고 있음을 파악했다. 조금 긴장이 풀린 정원이 의자에 등을 기대며 자세를 고쳐 앉자 태헌이 사진 한 장을 꺼내 그녀 앞에 내밀었다.

체인을 따라 촘촘히 박힌 다이아가 가운데로 갈수록 커지며 우아한 V를 만들어내고, 그 아래 둥글고 반짝이는 다이아 펜던트가 달린 낯익은 목걸이 사진. 우재가 정원에게 선물한 것과 같은 목걸이었다.

"사실 오늘 제가 서 기자님을 뵙자고 한 건 이 목걸이 때문입니다. 이 목걸이, 서정원 씨 게 맞습니까?"

"저도 같은 디자인을 가지고 있었습니다."

"지금은 없으신가 봐요?"

"분실했습니다."

"언제 분실하셨죠?"

"3, 4개월 정도 된 것 같습니다. 그런데 이 목걸이 사진은 왜 보여주시는 거죠?"

예상 못 한 질문에 당황한 정원이 허리를 꼿꼿하게 세웠다. 정원의 눈을 빤히 보며 태헌이 덧붙였다.

"이 목걸이가 차은새 씨 살해 현장에서 발견됐습니다. 정확히는 차은새 씨가 쥐고 있었죠. 이 목걸이가 막 회원제로 관리되고 그러는, 아무나 못 사는 목걸이더라구요. 그래서 우리 오 형사가 좀 알아보니까 이건 서정원 씨 이름으로 구매되었던데요. 그런데 이렇게 비싼 목걸이가 없어졌는데 왜 분실신고도 안 하셨나요?"

정원은 놀란 눈으로 태헌을 빤히 보았다.

'이건 또 무슨 소리야? 내가 잃어버린 목걸이?'

사건 당일, 눈에 띄는 곳에 목걸이가 떨어져 있었다면 정원이 못 봤을 리가 없다. 차은새의 손 옆에 떨어져 있던 부러진 손톱까지 생생히 기억나는데.

'목걸이라니. 어떻게… 된 거지?'

정원은 눈만 껌뻑일 뿐 아무 대답도 하지 못했다.

"아우, 형사님들은 점심시간이 너어무 짧아요. 12시에 점심 먹으러 가셨을 텐데 1시에 업무 복귀 바로 하시죠? 점심 드시고 커피도 한잔씩 하려면 1시간은 너무 부족하잖아요? 그러니까 제 말은, 이제 우리나라도 유럽처럼 좀 느그웃하게….."

동생의 피를 빨아먹으며 기생충 같은 삶을 살던 차금새. 그가 리더스팰리스에서 잔인하게 살해된 차은새 살인 사건의 두 번째 참고인으로 태헌과 마주 앉았다.

"차금새 씨?"

태헌이 금새를 향해 그 입을 닥치라는 눈빛을 보냈다. 눈치 없이 떠드는 것으로 보아 금새는 가만히 두면 끝없는 사설로 조사를 때우고 능글맞게 빠져나갈 인간같았다.

"아, 그럼요, 그럼요. 우리 형사님 바쁘시죠? 아무쪼록 바쁘게 수사하셔서 제 동생 죽인 범인 놈 꼭 좀 잡아주십시오. 은새 걔, 불쌍한 년이에요. 아주."

태헌의 차가운 눈빛을 눈치챈 금새는 무안한 듯 자세를 낮췄다.

"근데 형사님, 대체 누굽니까? 대충 의심 가는 놈들 있으시죠? 누가 제 동생을, 아니, 우리 국민 여동생 차은새한테 그런 몹쓸 짓을 했답니까?"

"국민 여동생 하기엔 나이가 좀 많지 않습니까?"

동의하지 않는다는 태헌의 표정에 금새가 분위기를 바꿔 오버를 하기 시작했다. 태헌은 그런 금새를 보며 삼류 광대 같다고 생각했다.

"잡담 끝나셨으면 조서 작성 시작하겠습니다. 차금새 씨 본인 맞으시죠?"

"네. 저 아시잖아요. 2005년 '가요 톱5'에서 1위 했던 블루보이스 리더 차금새."

"네에."

태헌이 한숨을 섞어 대답했다.

"차금새 씨는 동생 차은새 씨 사망 당일인 3월 6일에 뭐 하셨습니까?"

"예? 제가 뭐 했는지도 조사를 하셔야 합니까?"

"그냥 저희 루틴이니까 편하게 말씀해 주시죠."

굳이 '광대'에게 조사 이유와 상황에 대해 설명하고 싶지 않았던 태헌의 말투기 디욱 무성의해졌다.

"저야 뭐, 하루 종일 운동하고 밤에는 친구 놈들 만나서 술 마셨습니다. 저는 항상 그렇습니다. 촬영 없는 날에는 주로 운동을 합니다. 식단 조절도 하구요. 우리 연예인들한테는 몸이 재산이거든요. 하하하. 제가 요즘 활동을 다시 시작했는데 보셨을지 모르겠네요. 케이블에 남성 뷰티 프로그램 '뷰티맨'이라고, 제가 그 프로그램 고정 게스트입니다."

'사석에서 만났다면 저 입을 확 그냥 꿰매버렸을 텐데⋯. 그래, 너 같은 새끼들 세금도 모여서 내 월급이 되는 거지. 참자. 참아.'

"네에."

주먹을 꽉 쥐며 억지 대답을 한 태헌이 이어 물었다.

"저희가 확인해 본 결과, 차금새 씨는 사건 당일 리더스팰리스에 가셨더라고요."

"아, 예. 예. 맞습니다. 저 요즘 거기 주차해 놓고 한강에서 자전거 라이딩 하거든요. 아시다시피 강남은 주차료가 너무 비싸요. 어디든 가면 발렛비가 기본 5천 원이에요. 아, 그렇다고 제가 5천 원이 아깝다는 건 아닙니다. 돈을 내도 마땅히 주차할 만한 데가 없다는 거죠. 그리고 주차비에 2, 3만 원씩은 좀 아깝잖아요. 그래서 은새 사무실에 주차 등록을 해놓고 리더스팰리스에 주차를 하고 있습니다."

[리더스팰리스 주차를 위해 단순 방문. 차은새는 만나지 않았다고 주장.

엔간히 해라. 한 대 처맞기 전에….]

태헌은 금새의 긴 대답을 들으며 무성의하게 키보드를 두드리다가 길게 백스페이스 키를 눌렀다.

"그럼 사건 당일에 주차하고 차은새 씨 사무실에 가셨습니까?"

"아우, 그날만이 아니라 저는 은새 사무실에는 한 번도 못 가봤어요. 은새 그년이 지랄 지랄을 해서 못 올라갑니다. 오죽하면 제가 1층 로비에 있는 화장실 가는 것도 눈치를 봤다니까요. 하하하."

차금새는 자신의 말이 재밌는 듯 깔깔거리며 웃었다. 차가운 태헌의 표정이 아니었으면 예능 프로그램에 게스트로 출연했다고 상상하며, 1층 로비 화장실에 갔다가 쫓겨난 에피소드를 쏟아낼 것만 같았다.

"자전거는 혼자 타셨습니까?"

소리를 버럭 지르고 싶은 마음을 간신히 누르며 태헌이 다시 물었다.

"그럼요, 지는 거의 혼자 탑니다. 사전거는 혼자 타는 게 또 제 맛이거든요. 웬만한 사람은 제 속도 맞추기도 쉽지 않고요. 제가 또 허벅지 근육이 박지성 저리 가라 합니다. 그래서…."

"차금새 씨, 지금 여기 저랑 잡담하러 오신 거 아닙니다. 묻는 말에 대답만 해주세요."

동생이 살해되어 경찰 조사에 와서 싱글벙글 웃으며 떠들어대는 금새의 헛소리를 더 이상 듣고 싶지 않았던 태헌이 말을 잘랐다.

"아, 예. 예. 저는 자세히 말씀을 드려야 수사에 도움이 되실 것 같아서…. 죄송합니다."

태헌의 한마디에 신나게 떠들던 금새의 목소리 톤이 금세 낮아졌다.

"사건 당일에는 몇 시부터 몇 시까지 자전거를 타셨습니까?"

"오후 4시쯤에 주차해 놓고 3시간쯤 탔을 겁니다. 햇빛 많은 시간은 제가 별로 안 좋아하고 아직 밤은 춥거든요."

차은새의 사망 추정 시각은 17시에서 20시. 차금새가 16시에서 19시까지 리더스팰리스에 주차를 했다면, 차은새의 사망 추정 시각과 거의 맞아떨어진다.

"도박 빚이 있으시더군요."

질문하는 태헌의 말투가 아까보다 더 딱딱해졌고, 그럴수록 금새의 말투는 더욱 부드러워졌다.

"아이구, 형사님. 무슨 그런, 도박이라니요. 아닙니다. 그냥 친구들이랑 재미 삼아서 게임 조금 한 겁니다. 아유, 우리 형사님 큰

일 날 말씀을 하시네요."

"재미 삼아 한 게임이라기에 2억은 너무 큰돈 아닙니까?"

"아, 그래서 우리 형사님이 도박이라고 하셨구나. 뭐, 일반인들한 테는 큰돈일 수도 있겠죠. 그렇지만 우리 연예인들한테는 또 그렇 지만은 않습니다. 제가 또 왕년에 한가락 한 게 있으니까 여기저기 행사 들어오는 곳도 많아요. 어중간한 곳은 딱 잘라버려서 그렇지."

금새와 대화를 나눌수록 태헌은 기가 막혔다. 15년 전에 딱 한 번 가요 프로그램에서 1위를 했던 한물간 가수. 그때의 기억에서 벗어나지 못하고 방송국 언저리를 배회하는 30대 중반의 초라한 남자. 아무도 보지 않는 케이블의 킬링 타임용 프로그램에서 남성 발기 지속제 리뷰를 하는 게 유일한 직업인 남자. 동생이 아니라면 5천 원도 없으면서 허세에 절어 있는 한심한 인간. 이제 금새를 쳐 다보기도 싫어진 태헌이 서류를 뒤적이며 말했다.

"지금 살고 계시는 논현동 빌라 월세가 미납되어 보증금도 다 까먹으신 걸로 확인되던데요."

"아, 그거요. 그건 이제 이사 갈 생각인데 보증금 돌려받기 귀찮 아서 일부러 월세를 안 내고 있었던 거죠."

"이사를 가신다고요?"

"예, 이제 우리 은새 발인했으니까 은새 집으로 옮겨야죠. 제가 하나뿐인 오빠인데요."

'동생이 죽자마자 동생 집으로 들어간다고?'

금새를 빤히 보는 태헌의 눈빛에 의심이 가득했다.

"차은새 씨가 사망할 걸 미리 알고 계시기라도 했습니까?"

"무슨 그런 말씀을 하십니까. 제가 그걸 어떻게 알았겠어요. 점쟁이도 아니고."

"좀 이상하군요. 이사를 예정하고 월세를 미납하셨다는 건."

"아, 아, 아. 그러니까 그건 은새 죽기 전부터 계획하고 있던 겁니다. 은새랑 집 합치기로 다 얘기가 되어 있었어요. 그건 그렇고, 형사님 지금 저를 의심하시는 겁니까? 동생 하늘나라로 보낸 지 이제 일주일 된 사람한테 이래도 되는 겁니까?"

금새의 표정에는 당황한 기색이 역력했다.

"동생 죽인 범인을 잡고 싶으시다면서요."

펄쩍 뛰는 금새를 향해 태헌이 무심하게 말했다.

"예, 그럼요. 잡고 싶죠. 제가 이 세상 그 누구보다 잡고 싶죠. 근데 왜 슬픔에서 헤어나지도 못하고 있는 유가족을 붙잡고 이런 기분 나쁜 조사를 하십니까."

얼굴이 시뻘게진 금새가 팔을 휘저으며 열을 올렸다. 그의 파란색 명품 티셔츠 가슴에 그려진 커다란 호랑이가 소리라도 낼 것처럼 울렁거렸다. 팔에 걸린 금색 팔찌도, 손가락마다 낀 조잡한 반지들도, 동생이 사망한 지 일주일 만에 경찰 조사를 받으러 온 사람의 복장치고는 지나치게 화려했다.

같은 날 오후 4시.

"김민철 씨는 소방 자격증을 따신 지 얼마 안 되셨군요."

민철과 마주 앉은 태헌이 손에 든 서류를 보지도 않고 넘기며 질문했다.

"네, 그전에는 그게… 소방공무원 준비를 그게… 하고 있었거든요."

이미 유죄를 선고받은 사람처럼 고개를 푹 숙인 민철이 더듬더듬 대답했다.

"그전이라는 건 차은새 씨 스토킹 혐의로 고소되기 전을 말씀하시는 겁니까?"

조사를 끝내고 보고서도 작성하려면 시간이 많지 않다. 태헌은 6시 퇴근을 목표로 질문에 속도를 붙였다.

"네? 네…."

지나치게 긴장한 듯 보이는 민철은 눈을 어디에 둬야 할지 몰라 쉴 새 없이 동공을 움직이고 있었다.

"그 얘기 좀 해볼까요? 차은새 씨 스토킹 얘기요."

"아, 아, 네. 그게… 잘못했습니다. 저는 그게 은새 누나가 너무 좋아서… 순수한 팬심이었는데. 그러니까 그게 은새 누나를 제가 너무 힘들게 했습니다. 하지만, 더 이상 그게 누나를 힘들게 하지 않았습니다. 그냥 그러니까 그게 마음으로만 좋아하고 응원했습니다. 정말입니다. 믿어주십시오."

김민철의 말은 그놈의 '그게' 때문에 무슨 말을 하는지 알아들을 수가 없었다. 태헌은 빠른 진행을 위해 마음을 가다듬었다. 가뜩이나 저놈의 '그게' 때문에 조사가 분 단위로 미뤄지고 있는데 여기서 짜증을 내버리면 퇴근이 더 늦어질지도 모른다.

'나는 민중의 지팡이다. 진정하자. 김태헌, 나는 참을 수 있다….'

"이후에 차은새에게 접근한 적이 있습니까?"

"아니요. 없습니다."

"한 번도요?"

태헌이 민철의 눈을 쳐다보며 다시 물었다.

"네, 한 번도 없습니다."

웬일인지 민철도 태헌을 똑바로 쳐다보며 대답했다.

"네, 좋습니다. 그럼 지금 있는 회사는 언제 입사하신 겁니까?"

"그러니까 그게… 올 초에… 1월에 했습니다."

"음… 차은새가 소속되어 있던 GY엔터가 사옥 이전을 발표한 이후군요. 혹시 입사 전에 본인의 회사가 GY가 이전할 리더스팰리스 건물을 관리한다는 사실을 알고 있었습니까?"

"아니요. 절대 아닙니다. 저는 그게… 그냥 준비하던 소방공무원 시험을 포기하고, 소방 자격증을 따서 입사했을 뿐입니다."

"모르셨다는 말씀이네요?"

"네, 그럼요. 저는 몰랐습니다."

민철의 진술은 태헌이 확인하고 있는 자료와 같은 내용이었다. 작년 10월, 은새가 민철을 스토킹 혐의로 고소 후 민철이 직접 작성한 반성문이었다. 민철은 열 장 분량의 반성문에 소방공무원 시험을 준비하고 있는 공시생이라고 자신을 소개했다. 반성문에는 본인의 성실함을 어필하기 위해 공무원 시험공부와 함께 소방 관련 다양한 자격증 시험도 준비하고 있다고 장황하게 설명해 놓았다. 자료를 덮은 태헌이 민철의 눈을 빤히 쳐다보며 물었다.

"3월 6일 업무에 대해 구체적으로 말씀해 주시겠습니까?"

"저희는 그러니까 그게 그날 점심 먹고 1시부터 현장에 들어갔습니다. 그리고 현장에서 바로 퇴근했으니까 5시 40분쯤까지 작업했을 거예요. 리더스팰리스 건물 지하에는 그게 방재실이 있습니다. 그날 저희는 계속 그곳에 있었습니다. 주로 스프링클러와⋯."

말투는 어눌했지만 내용은 일목요연했다.

"조사해 보니까 어때? 뭐 좀 나왔어?"

조사실에서 나오는 태헌에게 오 형사가 물었다.

"차은새 오빠랑 소방업체 직원은 병신이고, 서정원은 넘사벽."

지친 태헌이 의자를 쭉 빼 앉으며 대답했다.

"남자 두 놈은 관상부터가 찌질하잖아. 거긴 패스하고, 우리 서정원 기자님은 어땠어?"

"뭐가 어때, 인마."

"아니, 목걸이 뭐랬냐고. 내가 뭐 데이트 어땠냐고 물었냐? 이 새끼 이거 왜 흥분을 하지?"

"뭐야, 이 미친놈은."

"떼끼! 김태헌! 너 멱살 잡히고 싶어? 정원 누님은 꿈도 꾸지 마. 우리 정원 누님 남편 엄청난 재벌 3세야. 우리랑은 레벨이 달라."

오 형사가 음흉한 표정으로 놀려댔지만 태헌은 아랑곳하지 않고 컴퓨터 앞에 앉아 모니터에 시야를 고정한 채 보고서 작성을 시작했다. 경찰서의 벽시계는 오후 5시 50분을 향하고 있었고, 태헌은 이제 만사가 귀찮아질 지경이었다.

"야, 김태헌. 뭐랬냐고, 서정원이."

"아, 어지간히 귀찮게 하네. 목걸이는 자기 거 맞는데 잃어버렸다고. 근데 그렇게 비싼 목걸이 잃어버리고 신고도 안 할 수 있는 거야? 부자들은 원래 그런 거야?"

"야, 생각을 해봐라. 재벌 며느리라고 안 그래도 보는 사람 많은데 그거 잃어버렸다고 하면 또 입방아 오르기 좋잖아. 그러니까 그랬겠지. 그리고 천하의 서정원이 사람 죽이고 목걸이 같은 걸 떨어뜨렸을 리가 없잖아. 그 여자 얼굴을 봐라. 더 한 짓을 했다 해도 훨씬 치밀하게 했을 거야. 그렇게 허술하게 증거를 남겼을 리 없단 말이지. 그러니까 나는 서정원 믿어."

아무 말이나 하는 것 같은 오 형사의 말은 정확하게 정원이 한 말과 일치했다. 두 손을 모은 오 형사가 믿음의 의지를 불태우는 사이 태헌의 눈과 손은 여전히 보고서 작성으로 바빴다.

"나 얼른 보고서 쓰고 퇴근해야 하니까 너 좀 꺼져줄래? 어디 수사하러 안 가나? 엄청난 경찰처럼 잠복 같은 거 안 해? 아님 가서 밥이나 먹어."

"파트너도 없이 무슨 잠복이야. 나는 엄청난 월급쟁이답게 야근할 계획이니까 내 걱정은 끄셔. 근데 태헌아, 너 요즘도 논문은 계속 쓰나?"

"어."

태헌이 귀찮은 듯 짧게 대답했다.

"너 이렇게 큰 사건 맡아서 공부 제대로 하겠어? 박사 논문 그거 만만치 않은 것 같던데."

"내 말이. 아놔, 나 이런 큰 사건 맡기 싫은데 진짜."

태헌이 열심히 움직이던 마우스를 책상 위에 내동댕이치며 짜증을 부렸다. 그는 사건 현장보다는 컴퓨터 앞이 편했다. 아들이 제복 입는 모습은 보고 죽어야겠다며 암 투병에 힘을 낸 아버지에 게 효도한다는 심정으로 딱 한 번만 보려고 한 경찰 시험이었다. 그 시험에 덜컥 합격해서 엉겁결에 경찰이 된 태헌은 사건 해결보 다는 승진 시험 준비가 적성에 맞았다. 업무를 뒷전에 두고 준비해 승진 시험도 한 방에 통과한 그는 사건 현장을 뛰어다니는 게 더욱 싫어졌다. 어떻게든 사건 현장에 나가지 않고 경찰 생활을 이어갈 수 있는 방법을 찾다 선택한 길은 사이버수사대 특채 지원이었고, 그러기 위해서는 박사 학위가 꼭 필요했다. 시험 준비로 바쁜 태헌 에게 살인 사건 해결 따위는 귀찮기만 한 일이었다.

"할 일이 그렇게 많으면서 도대체 왜 경찰 하냐? 그냥 딴 일 해서 돈이나 벌어, 인마. 사명감도 없고, 몸은 겁나 사리고, 돈 좋아하고, 가방끈 욕심도 많고, 컴퓨터도 겁나 잘하는 놈이. 안 그러냐? 김태 헌 김 경위 돈은 좋아 몸 사려 잘하는 건 컴퓨터 그의 꿈 박사."

오 형사가 영화 '기생충'의 제시카 송에 태헌의 이름을 넣어 부르며 그를 놀려댔다.

"미친놈아. 연금 따박따박 나오는 이 좋은 걸 내가 왜 때려치우 냐? 나는 이 사건 얼른 해결하고 박사 학위 따서 사이버수사대 특 채 넣을 거야."

"어유, 너는 다 계획이 있구나? 그래요, 잘해보세요."

티격태격 장난을 치던 태헌이 진지한 표정으로 오 형사를 향해 의자를 당겼다.

"야, 오 형사. 근데 이번 사건 말야, 서정원이 말대로 걔가 우연히 걸려든 거면 그런 걸로 혹시 사건 막 엄청 커지고 그러는 거 아니야? 그렇게 되진 않겠지?"

"뭔 걱정이세요. 해결하신다면서요. 해결하고 박사 따서 사이버수사대로 옮기면 되잖아."

"아이 씨."

망할 차은새, 망할 서정원! 태헌은 기분 나쁜 예감이 들기 시작했다.

*

'목걸이…. 내 목걸이…. 그게 왜 거기 있었을까….'

조사를 마치고 급하게 집으로 돌아온 정원은 침실 금고에서 노트북을 꺼내 서재로 들어가 메신저를 켰다.

히어로 모형택이랑 차은새 관계 좀 알아봤어?

지저스는 대답이 없었다. 답장을 기다리던 정원이 비밀번호로 잠가놓은 폴더를 풀자 차은새 살해 현장 사진이 화면을 가득 채웠다. 빨간 드레스의 은새. 그날의 사진 여섯 장 어디에도 정원의 목걸이는 보이지 않았다. 한참 사진을 확대해서 이곳저곳을 훑어보고 있을 때 메신저가 깜박였다. 애가 타던 정원의 표정이 밝아졌다.

지저스 알아보는 중. 급해?

092

히어로 완전.

지저스 1시간 내로 보내줄게.

히어로 땡큐. 그리고 하나만 더!

지저스 ?

히어로 차은새 살해 현장에 목걸이가 있었다는데 그것도 같이 부탁해.

지저스 목걸이?

히어로 해리 조이스. 시리얼 넘버로 관리되는 목걸이야. 똑같은 모델 사진 보낼게.

지저스 쉬운 것부터 해줄게. 10분만 기다려.

지저스 해리 조이스/파이나리욘/6,200만 원/300개 한정/시리얼 PAI685TA5468.

지저스 2018년 6월 21일 해리 조이스 S 백화점 강남점/구매자 서정원.

지저스 강남 경찰서 강력반 오민기 경사 3월 12일 자로 해당 내용 확인 완료.

　　지저스의 채팅이 한 줄씩 올라올 때마다 정원은 심장이 쿵쾅거렸다. 우재에게 선물받은 정원의 목걸이가 맞았다. 그가 구매하면서 고객 정보에 정원을 등록했다고, 매장에서 한정판이 들어오면 정원에게 사진을 보낼 거라고, 갖고 싶은 게 있으면 언제든 얘기하라던 우재의 의기양양한 표정이 생각났다. 태헌은 목걸이에 대한 조사를 끝낸 후 정원을 참고인으로 소환했던 것이다.

화려하지만 어떤 의상이든 잘 어울려서 정원은 종종 이 목걸이를 착용했고, 특집 방송에도 걸고 나가 값비싼 주얼리로 화제가 되기도 했었다. 작년 연말쯤 목걸이를 잃어버리고는 집과 차, 사무실, 협찬품까지 다 뒤졌지만 찾을 수가 없어 속상했던 기억이 났다. 그 목걸이가 차은새 손에 있었다니. 아니, 차은새를 죽인 범인 손에 있었다니. 뭔가 잘못되고 있다는 생각에 정원은 머리가 지끈거렸다.

지저스 차은새랑 모형택 자료 보냈어. 확인해 봐.
히어로 고마워, 입금할게.

[서정원, 죽여버릴 거야.]

오늘 받은 문자도 지저스에게 알아봐 달라고 할지, 정원은 잠시 망설였다. 정원은 지난 13년간 수백 개의 협박과 장난 문자, 메일을 받았지만 발신인을 궁금해한 적은 없었다. 모형택과의 일로 한창 입방아에 오르내리던 3개월 전에도 시간이 지나가면 금방 잊힐 일이라며 스스로를 다잡았다.

지저스에게 문자에 대해 이야기한다면 그는 히어로가 서정원이라는 사실을 단박에 알아차릴 것이다. 정원은 지저스가 마음만 먹으면 히어로의 정체를 알아낼 수 있다는 걸 잘 알지만 일부러 알려고 하진 않을 거라는 근거 없는 믿음이 있었다. 그러니 굳이 일을 복잡하게 만들 필요는 없다.

'그래, 예민하게 생각하지 말자. 종종 있었던 일처럼 그냥 미친놈의 장난이겠지.'

정원이 이런저런 생각에 빠져 있을 때 지저스가 다시 메시지를 남겼다.

> **지저스** 이번 일 위험한 건 아니지?
>
> **히어로** 갑자기 왜 물어?
>
> **지저스** 너답지 않게 다급해 보여서.
>
> **히어로** 나다운 게 뭔지 네가 아냐?
>
> **지저스** ㅋㅋㅋ 그런 소리 하는 거 보니 됐어.

'설마 이 자식 날 아는 건 아니겠지?'

항상 시간을 넉넉히 두고 일을 처리해 온 정원이었다. 당연히 지저스와 일하는 동안 단 한 번도 그를 재촉한 적이 없었다. 그러니 지저스의 질문도 이상할 것 없는 일이다. 또, 이제 와서 그를 의심한다고 달라지는 건 없다. 정원은 자신이 예민한 거라고 생각하며 마음을 달랬다.

현관문이 열리는 소리에 정원은 노트북을 닫았다. 인기척이 없는 걸 보니 집으로 돌아온 우재가 바로 작업실로 들어간 것 같았다. 평소에는 꼭 퇴근 인사를 하는 우재인데 급한 작업이 있는 걸까? 책상에서 일어난 정원이 우재를 찾아서 작업실로 향했다. 그의 작업을 방해하고 싶지는 않지만 해야 할 중요한 얘기가 있었다. 오늘 강남 서 출입 기자인 후배에게 대충 둘러대 놓았으니 당분간은 잠잠할 것이다. 그러나 며칠 안에 살인 사건에 연루된 서정원에 관한 기사가 전국에 유포될지도 모른다. 정원은 그전에 우재에게 이 사실을 알려야 했다. 아내가 살인 사건 용의자가 될지도 모른다는 사실을 기사를 통해 알게 할 수는 없는 노릇이었다.

방음재로 마감된 무거운 문을 열자, 전자 기기들 사이로 헤드폰을 쓰고 앉아 있는 우재가 보였다. 우재가 음악 작업을 하는 공간은 사방이 고풍스러운 우드로 마감되어 있었다. 평소 그의 가벼운 모습으로는 상상하기 어려운 취향이지만, 의외로 우재는 클래식한 분위기를 좋아했다. 뭔가에 집중한 우재는 정원이 들어온 것도 모르고 모니터를 뚫어져라 보고 있었다. 우재의 일하는 모습을 가만히 바라보던 정원이 빈티지한 검정 가죽 소파에 털썩 주저앉았다. 인기척에 뒤를 돌아본 우재가 헤드폰을 벗고 따뜻한 미소를 지어 보이며 물었다.

"언제 왔어? 저녁은?"

"나 배가 안 고파."

"무슨 일 있었어? 우리 마님, 오늘 얼굴이 좀 안 좋은 것 같은데?"

우재의 얼굴을 지그시 보던 정원이 힘겹게 입을 뗐다.

"나 오늘 경찰서에서 조사받았어."

"왜? 무슨 일 있어?"

장난스럽던 우재의 표정이 빠르게 굳었다. 정원은 애써 담담하게 말을 이어갔다.

"자기도 알지? 우재 씨 같이 작업하던 배우 차은새 말이야. 살해당했잖아. 그 사건 현장에서 내 목걸이가 발견됐다네."

"목걸이? 정원이 네 것?"

"응. 우재 씨가 작년 여름에 나한테 선물했던 목걸이. 기억나지? 전에 잃어버린 거."

우재의 얼굴에 당황한 기색이 역력했다. 화내거나 흥분하지는 않았다. 그저 머리를 한 대 맞은 사람처럼 멍한 얼굴이었다.

'정말 놀랐나 보다. 괜히 나 때문에 우재 씨가 복잡한 일을 겪게 되는구나….'

당황한 우재를 보니 정원은 미안한 생각이 들어 말없이 우재를 꼬옥 껴안았다.

"괜찮아, 금방 해결될 거야."

위로받을 거라 생각한 정원의 예상과 달리 정원이 우재를 위로하고 있었다. 13년간의 기자 생활 동안 온갖 강력 사건으로 이골이 난 정원과 달리 평탄하게만 살아온 우재에게는 적잖은 충격일 것이다. 그날 밤, 정원은 살해된 은새를 보고도 도망쳐 버린 대한 죄책감, 우재에 대한 미안함, 앞으로의 두려움으로 한숨도 잘 수 없었다.

다음 날, 여느 때처럼 출근한 정원의 휴대폰에서 메시지 알림음이 울렸다. 영선의 호출이었다.

[정원! 지금 바로 옥상으로 올라올 수 있지?]

옥상에는 먼저 도착한 영선이 안절부절못하고 서서 전자 담배를 만지작거리고 있었다.

"선배가 옥상으로 올라오라고 하면 꼭 한 대 칠 것 같아. 무슨 일 있어?”

“어, 급한 일이라서.”

장난스럽게 다가가던 정원은 심각한 영선의 표정에 덩달아 얼굴이 굳었다.

“얼굴이 왜 이렇게 안 좋아? 무슨 일인데?”

영선은 쉽게 말을 꺼내지 못하고 머뭇거렸다.

“무슨 일이야? 선배, 괜찮아?”

“정원아.”

“얘기해.”

“아… 진짜. 입이 안 떨어지네.”

“뭔데 그래?”

한참을 뜸들이던 영선이 하늘을 향해 연기를 뿜더니 조심스레 입을 열었다.

“설 감독, 너네 우재 씨가….”

“어? 우재 씨?”

“그래, 우재 씨. 정원아, 너무 놀라지 마. 응?”

“뭐야? 왜 그래?”

“우재 씨가….”

“….”

“설우재가 죽은 차은새랑 내연 관계래.”

너무 어이없는 영선의 말에 정원은 긴장이 툭 풀리는 것 같아서 헛웃음이 나왔다.

“선배 지금 장난해?”

"진짜야. 팩트패치에서 사진 확보했고, 오늘 중에 기사화할 계획인가 봐. 증권사 쪽엔 이미 좀 전에 뿌려진 것 같아."

"뭐? 정말이야?"

"둘이 지난 1월에 부산에도 같이 갔었대."

부산이라면 정원과 우재가 처음 만났던 곳이다. 인정하고 싶지 않지만 영선의 표정에 장난기는 없었다. 연예부 데스크인 영선이 확실한 증거 없이 정원에게 이런 말을 전할 리는 없다. 만에 하나 어딘가에서 오해가 생긴 거라해도 정원이 의심을 받고 있는 이 상황에 사건 피해자와 우재가 불륜이라니. 언론이 시끄러워질 게 불 보듯 뻔했다. 무슨 말을 해야 할지 몰라서 넋을 놓고 있는 정원에게 영선이 다그치듯 말했다.

"서정원, 너 괜찮아? 정신 똑바로 차려."

영선의 목소리가 정원의 귓속에 윙윙 울렸다.

"내가 좀 전에 사회부 임 기자한테 확인했는데 분위기가 안 좋아. 너 어제 강남 서 조사도 받았다며? 증거품 중에 너랑 관련 있는 게 있다던데."

일이 걷잡을 수 없이 커지고 있었다.

"정원아, 너 어떤 사연이 있는지는 내가 모르겠지만 아직 해결되지 않은 사건에 우재 씨마저 불륜으로 이슈가 됐으니 많이 복잡해질 수도 있어. 너 위험해질지도 몰라. 지금 내 말 듣고 있어?"

'차은새… 그날 봤던 그 죽은 여자…. 내가 잃어버린 목걸이를 가지고 죽은 여자…. 그 여자가 우재와 내연 관계였다고?'

걱정하는 영선을 뒤로한 채, 정원은 울리는 전화벨 소리에 무심코 통화 버튼을 눌렀다.

"서정원, 빨리 내 방으로 와."

강 국장이었다.

시사국은 소란스러웠다. 방송국 내부에는 우재와 죽은 은새에 관한 기사가 벌써 노출된 것 같았다.

차은새 - 설우재 열애설… 차은새 사망 전 부적절한 관계

지난 6일 사망한 뮤지컬 배우 차은새(31세)와 음악 감독 설우재(38세)가 열애설에 휩싸였다. 사망한 뮤지컬 배우 차은새와 음악 감독 설우재는 뮤지컬 '쏘 굿' 작업을 하며 연인 사이로 발전해 최근까지 관계를 이어왔다고 팩트패치가 공개한 사진과….

기사에는 모자를 푹 눌러쓴 차은새와 안전벨트를 매어주는 우재가 함께 찍힌 사진이 첨부되어 있었다. 올 것이 오고야 말았다.

서정원 기자 '차은새 살인 사건'… 경찰 조사

차은새 - 설우재 불륜. 서정원, 살인 사건 경찰 조사

심각한 표정으로 모니터를 보고 있던 강 국장이 정원의 노크 소리에 고개를 들었다. 눈에 초점을 잃은 정원이 뭔가에 홀린 듯 국장실로 들어갔다.

"너, 몰랐냐?"

"뭘요?"

"정말 몰랐어?"

"국장님, 지금 무슨 말씀을 하고 싶으신 거예요!"

"설 감독이랑 차은새 관계, 진짜 몰랐냐고."

"국장님은 사모님이 골프 프로랑 바람났을 때 아셨어요?"

정신이 반쯤 나간 듯 힘없이 대답하는 정원을 향해 강 국장이 소리쳤다.

"야, 인마. 나랑 너랑 지금 상황이 같아? 이건 단순한 불륜 스캔들이 아니잖아. 살인 사건이라고. 사건 현장에서 발견된 증거에, 살해 동기까지 생겼어. 까딱 잘못하다가는 너 지금 살인자 되게 생겼다고."

"…."

흥분한 강 국장의 목소리가 더욱 커졌다.

"서정원, 너 경찰 조사 받은 건 나한테 왜 말 안 했냐? 우리 다 같이 죽자는 거야, 뭐야? 그런 상황이면 얘기를 하고 대책을 마련했어야지."

정원이 떨리는 목소리로 소리쳤다.

"차라리 그냥 까놓고 물어보세요. 빙빙 돌리지 말고, 네가 죽였냐고 물어보시라고요. 국장님, 저 아직 아무도 안 죽였어요. 근데 진짜 이거 누군가 꾸민 일이면, 그거 내가 알아내고 나면, 그땐 내가 그 자식 죽여버릴 수도 있을 것 같아요."

정원은 너무 화가 나서 눈물이 날 것만 같았다. 힘들게 버텨온 열흘이었다. 이렇게까지 일이 꼬여버릴 거라고는 생각하지 못했다. 게다가 정원은 믿었던 우재가 자신을 막다른 골목으로 밀어 넣을 거라고는 상상도 해본 적 없었다. 그날, 죽은 은새를 발견했던 그때 신고했어야 했다. 후회와 배신감, 불안감에 온몸이 사시나무처럼 떨렸다.

"서정원."

정원의 팔을 잡은 강 국장은 떨림이 멈추기를 기다렸다가 냉장고에서 생수병을 꺼내 뚜껑을 열어주며 나직한 목소리로 얘기했다.

"정원아, 일단 넌 진정하고 무조건 몸 사려라. 신중하게 사태 파악하면서 다음 대안 생각하자. 회사 차원에서도 팩트패치랑 접촉하고 있고, 다른 회사들에도 협조 구해서 시간을 좀 끌어볼 테니까. 더 이상의 후속 기사는 최대한 막으면서 대응 방안을 모색할 거야."

"…저도 알아볼게요."

"아니다. 서 기자, 너는 움직이지 않는 게 좋겠어. 자칫 잘못하면 문제만 더 커질 수 있어. 당분간은 쥐 죽은 듯 있으면서 내 지시에 따라 움직여. 작은 거 하나라도 보고하고. 초기 진압 못 하면 '오아뉴' 간판 내려야 할 수도 있어."

'뭐라고? 오아뉴를? 내 방송을 내릴 수도 있다고?'

이미 제정신이 아닌 정원은 청천벽력 같은 강 국장의 한마디에 이성을 잃었다.

"국장님, 겨우 참고인 조사 한 번입니다. 경찰 조사 한 번, 그것도 참고인. 그렇다고 방송을 내릴 수도 있다고요?"

흥분한 정원의 목소리가 커지자 강 국장이 질세라 책상을 치며 언성을 높였다.

"야, 인마! 다른 것도 아니고 살인 사건이야! 그냥 살인 사건도 아니고! 세상 사람들이 다 쳐다보고 있는 뮤지컬 배우 살인 사건이라고!"

국장실에서 쫓겨나다시피 나온 정원이 휴대폰에서 '설 서방'을 찾아 버튼을 눌렀다. 신호음이 울리기도 전에 우재가 전화를 받았다.

"정원아."

전화를 받는 우재의 목소리는 의외로 침착했다.

"나 시간 없으니까 빨리 대답해. 기사, 사실이야?"

차가운 정원의 목소리와는 대조적으로 우재는 여유로웠다.

"아니야, 정원아. 오해야. 은새랑은 그냥 일하면서 친하게 지냈던 것뿐이야."

"사진도 있던데."

"그건 안전벨트가 고장이 나서, 그래서 내가 매어준 거야."

"부산에 간 건?"

"일 때문이었어. 작업한 음악 같이 맞춰보러 갔었어. 너 알잖아. 내가 왜 너를 두고 은새를 만나겠어. 절대 아니야. 은새랑은 작품 같이 하는 사이, 그 이상도 이하도 아니었어."

"…"

"정원아, 내 말 듣고 있지? 믿어줘. 정원아. 나는 너뿐이야."

우재가 특유의 부드러운 어투로 말을 이었다. 진심이라고 믿고 싶었다. 흔들림 없는 우재의 목소리를 듣자 정원은 더욱 혼란스러웠다. 그리고 생각했다. 어쩌면 오해일지도 모른다고….

"일단 알겠고 나중에 다시 얘기하자."

"알았어. 그런데 정원아 나 오늘 취소할 수 없는 일정이 있어서 좀 늦을 것 같아. 저녁에 너 만나서 오해 풀어야 하는데 정말 미안해. 점심은 먹었어? 그런데 나 좀 기분 좋다. 우리 정원이 지금 질투하는 거야?"

"죽은 사람 놓고 그런 말이 나오니?"

우재의 실없는 농담에 정원이 싸늘하게 대꾸했다.

"그런가…. 미안해, 실감이 안 나서 그랬어. 그런데 점심은 먹었어? 뭐라도 배달시켜 줄까?"

"됐어. 우재 씨나 먹어."

전화를 끊어버린 정원은 복잡한 머리를 부여잡고 생각하고 또 생각했다. 냉정해져야만 했다.

'우재의 말이 진실일까?'

영선과 강 국장 말대로 이건 그냥 불륜 사건이 아니었다. 정원은 순서대로 차근차근, 우재와 차은새의 관계를 먼저 알아보기로 했다.

퇴근한 정원이 곧장 노트북을 열고 메신저를 켰다. 노트북을 붙잡은 정원의 표정에서 비장함마저 느껴졌다.

히어로 지저스, 차은새 살인 사건 우리가 하자.

지저스 차은새를 죽인 범인을 찾겠다는 거야?

히어로 맞아, 지저스가 도와줘.

　　지금껏 히어로는 지저스에게 구체적인 상황에 대한 정보만을 요청했었다. 누가 어디에 갔는지, 누가 누굴 만나는지, 누군가의 돈이 어떤 경로로 이동했는지, 잠적한 누군가가 어디에 있는지 같은 명확한 문제들이었다. 지저스가 잠적한 누군가의 위치를 찾고 동선을 파악하여 답을 제시하면 히어로는 직접 사건을 해결했다. 지금처럼 어떤 사건의 범인을 찾자고 제안한 건 처음이었기에 지저스가 놀라는 건 어쩌면 당연했다.

히어로 지저스, 일단 차은새에 대한 모든 걸 털어봐 줘. 휴대전화, 메신저, 이메일, SNS, 계좌, 블랙박스 등 확인할 수 있는 건 뭐든지 다.

지저스 어렵지 않지.

히어로 얼마나 걸릴까?

지저스 열어봐야 알 것 같은데 일단 내용 확인만 하는 건 오래 걸리지 않아.

히어로 알았어. 속도 좀 내줘. 부탁해.

지저스 알았어. 그런데

　　프로답게 변경된 고객님의 스타일을 빠르게 흡수한 지저스가 깔끔하게 대답했다. '히어로 너는 형사냐, 아니면 검사? 차은새와는 어떤 관계냐' 등 궁금한 점이 많을 법도 한데, 지저스는 처음 약속처럼 아무것도 묻지 않았다. 질문 대신, 할 말이 남았나 보다.

히어로 왜?

지저스 차은새 카톡은 내가 먼저 확인을 좀 했어.

히어로 그래? 볼만한 내용 있어? 파일 나한테 좀 보내줘.

지저스 오늘 기사 난 설우재하고의 대화 먼저 확보했어.

히어로 설우재?

지저스 이거 먼저 보내줘?

히어로 응, 부탁해. 입금할게.

지저스 미리 말해두자면 가관이야.

　전송되는 파일을 기다리며 정원은 불안했다. 우재와 은새가 정말 불륜 관계였다면 어쩌지? 그럼 이번 사건을 기획한 누군가가 그 사실을 알고 있었다는 뜻일까? 어쩌면 우재와 은새가 불륜이 아니었을지도 모른다. 그렇다면 정원을 용의자로 만들기 위해서 우재와 은새를 엮었다는 말이었다. 둘 중 뭐가 됐건 화살은 정원을 향하고 있는 게 확실했다.

　정원은 지저스가 요청하지도 않은 일을 왜 먼저 하고 있었는지, 혹시 본인에 대해 알아본 건 아닌지 따져볼 시간도, 의욕도 없었다. 남편의 내연녀를 죽인 살인범이 될지도 모르는 지금, 정원에게 다른 건 그 무엇도 중요하지 않았다. 모니터에 메신저 창이 반짝였다.

　[파일 전송 완료.]

전송 목록은 메신저 텍스트 파일과 동영상 하나였다.

4개월 전.

"그럼 작품 마무리는 다 된 거야?"

샐러드를 덜어서 자신의 볼에 담아주는 우재에게 정원이 물었다.

"응, 이제 거의 끝났으니까 12월부터는 본격적으로 공연 연습 들어갈 거야."

"그럼 우재 씨 이제 좀 한가해지는 건가?"

"배우들이랑 호흡 맞춰보려면 아마 더 바빠질걸."

"에휴, 자기나 나나 삶이 왜 이리 고달프냐. 맘 편히 쉬는 날이 없네."

"아무리 바빠도 우리 마님 식사 챙겨드릴 시간은 있으니 걱정 마세요."

"당연하지, 마님네 식사 준비는 설 서방님 영역인데."

우재가 정원의 볼을 살짝 꼬집자 정원이 포크를 입에 물고 배시시 웃어 보였다.

"이번 공연 주역은 누구야?"

"차은새. 너도 알지?"

"당연히 알지. 차은새야 뭐 유명하잖아. 요즘 엄청 예뻐졌다며? 기사에 났던데."

"그래? 잘 모르겠던데. 난 원래 그렇게 인형같이 생긴 애들 보면 예쁜지 모르겠더라."

"나도 그런 스타일 별루. 노래는 잘하는 것 같던데? TV에서 본

적 있거든."

"응, 확실히 실력은 있어. 근데 나는 우리 정원이처럼 독특하게 노래하는 여자가 좋더라. 정원이 넌 음정, 박자가 어디로 튈지 모르게 노래하잖아. 듣는 사람이 긴장을 늦출 수 없게. 그런 게 좋아. 자극적이고, 섹시해. 노래 잘하는 애들은 너무 많이 봐서… 지겨워."

정원이 샐러드를 뒤적이던 손을 멈추고 우재를 째려봤다.

"오버하지 말고 식사나 하셔요."

정원은 우재와 은새에 대해 나눴던 대화를 떠올렸다.

'그래, 우재 씨 말대로 오해일 거야. 누군가 꾸민 일에 우재 씨까지 말려든 게 분명해. 오해를 풀면 내 살해 동기도 자연스럽게 사라질 테니까 거기부터 시작하자.'

정원은 스스로를 다독이며 조심스럽게 전송된 파일을 열었다. 마우스를 클릭하는 정원의 손이 미세하게 떨리고 있었다.

11월 18일

차 감독님, 같이 작품 하게 되어 영광이에요. 앞으로 잘 부탁드려요. 조심히 들어가세요.

설 네. 은새 씨도 조심히 들어가요.

11월 26일

설 은새 씨, 제가 좀 늦을 것 같네요. 먼저 준비들 하고 있어요.

차 네~ 감독님. 천천히 오세요 :)

12월 6일

차 감독님, 사다 주신 마카롱 잘 먹었습니다. 너무 맛있어서 깜짝
　　놀랐지 뭐예요♡

설 다음에 또 사다 드릴게요.

12월 15일

차 맥주, 콜?

설 좋죠.

차 제가 사 갈게요. 먼저 들어가 계세요.

12월 18일

차 감독님, 저 이제 일어난 거 있죠 ㅠㅠ 어젠 제가 너무 취했었어요.

설 속은 좀 괜찮아? 해장할래?

차 좋아요. 저희 집 앞에 엄청 맛있는 쌀국숫집 있어요.

설 30분 뒤에 주차장으로 나와.

차 네~ 조심히 오세요.

설 도착.

12월 24일

차 솔직히 좀 그래요. 감독님 좋아하시는 와인이랑 요리까지 다 준
　　비해 뒀단 말이에요.

설 미안해. 은새야. 이런 날은 좀 봐주라.

차 됐어요. 그냥 술이나 마실래요.

12월 29일

차 보고 싶어요.

설 지금 바로 집으로 갈게.

1월 8일

설 나 오늘 저녁에 부산에 가.

차 갑자기요? 은새랑 저녁 먹기로 했으면서 ㅠㅠ

설 우리 은새랑 같이 저녁 먹을 거야.

차 그게 무슨 말이에요?

설 은새랑 같이 부산에 가서 맛있는 해물라면도 먹고, 파도 소리도

　　듣고, 자고 올 거야.

차 꺄~ 좋아요. 여보.

2월 3일

차 여보. 나 방금 서 기자님 방송 봤는데 기분이 안 좋아요.

설 그런 거 왜 봐. 이상한 사건 나오고, 무섭기만 하잖아. 은새야.

차 응. 난 저렇게 무서운 거 싫어요.

설 그래, 우리 은새는 은새처럼 예쁜 것만 봐.

차 서 기자님은 저렇게 무섭고 기분 나쁜 사건들만 보고 어떻게 살

　　까요? 신기해요.

설 무서워?

차 응, 여보. 꼭 안고 자고 싶어요. 은새 무서워서 여보가 보고 싶어요.

설 바로 달려갈게.

차 울 여보 최고예요.

2월 16일

설 은새야, 가구 박람회에서 본 의자 주문했어.

차 역시 여보는 멋져요.

설 우리 은새가 갖고 싶은 거라면 뭐든 사줘야지.

차 그럼 난 뭘 주지? 오늘 밤 기대해요. 세상에서 젤 뜨겁게 해줄게요.

설 은새야.

차 네? 여보.

설 나 벌써 뜨거워졌어.

차 어디예요? 바로 갈게요.

설 내가 갈게.

3월 6일

차 여보, 여보가 선물한 의자 여기에 너무 잘 어울려요.

설 이따가 갈게. 주소 찍어줘.

차 강남 리더스팰리스 1404호예요.

설 응. 12시까지 도착할 수 있어.

차 네, 여보. 중국 음식 시켜둘게요.

설 아무것도 하지 말고 앉아만 있어. 내가 가서 정리 도와줄게.

차 울 여보는 정말 든든해.

대화 내용을 읽은 정원은 정신이 멍해졌다. 초점 없는 눈으로 전송된 동영상을 클릭했다. 화면에 남자와 여자의 모습이 보였다. 카메라를 들고 있는 남자의 얼굴은 보이지 않았지만 슬쩍 보이는 손의 주인이 우재라는 걸 정원은 알아볼 수 있었다.

"하, 넌 진짜 예술품이야. 너무 예뻐."

우재의 목소리였다.

"진짜? 어울려요, 여보?"

화면 속 화려한 속옷 차림의 여자는 역시나 차은새였다. 그녀는 마치 드레스를 잡고 있는 듯 두 손을 양쪽으로 들고 빙글빙글 돌더니 웃으며 카메라를 쳐다보았다. 정원은 실제로 그녀와 눈이 마주치는 것 같은 기분이 들었다.

"응, 진짜 예뻐. 내가 잡지에서 딱 보고 우리 은새 생각났다니까. 오죽하면 이태리에 있는 친구한테 부탁까지 해서 샀겠어? 진짜 너무 잘 어울린다. 은새야."

'우재 씨가 이런 걸 샀었구나….'

"여보, 근데 이런 거 서 기자님도 잘 어울려요?"

"은새야. 지금 정원이 얘기는 하지 마. 나 섹시한 은새 감상 중인데."

표정이 묘하게 바뀐 은새는 속옷 위에 가운을 걸치더니 테이블에 놓인 와인병을 잡아 입 주변으로 가져왔다.

"안녕하세요. '오늘이 아닌 뉴스'의 서정원입니다. 이번 주 오아뉴에서는 섹시한 음악 감독 설우재의 매력에 대해 파헤쳐 보려 합니다. 그의 매력은 무엇인가? 그는 왜 차은새에게 빠졌는가? 이번 주 오늘이 아닌 뉴스 지금 시작합니다."

일부러 만든 듯 과장된 표정과 허스키한 목소리. 화면 속의 은새는 정원을 흉내 내고 있었다.

"뭐야, 하나도 안 똑같아. 하지 마."

"왜요, 완전 똑같은데. 더 해볼까? 다음 영상 함께…."

들뜬 목소리로 말을 잇는 은새의 목소리 뒤에 우재의 말이 따라 왔다.

"은새는 기자님 역할은 안 어울려. 더 화려한 역이 어울리지."

"맨날 와이프 얘기만 나오면 빼더라."

잔뜩 신이 나 있던 은새가 화가 난 듯 고개를 옆으로 돌렸다. 길고 웨이브진 머리. 긴 속눈썹. 볼륨 있고 균형 잡힌 몸매.

'이렇게 보니까 더 예쁘네…. 저렇게 예쁜데 그렇게 죽다니… 억울하겠다….'

정원은 화가 나지도, 슬프지도 않았다. 지금 보고 있는 모든 것이 그녀의 눈앞에서 맴도는 농담 같았다.

"우리 은새랑 있는 시간이 짧으니까 더 좋은 얘기 하고 싶어서 그러지. 나 좀 봐."

은새는 많이 화가 났다는 걸 피력하려는 듯 우재의 애교 섞인 목소리에도 꼼짝하지 않았다.

"오늘 우리 은새 너무 예쁜데 계속 그러고 있을 거야?"

"…."

"내가 오늘 끝내줄 건데?"

"치, 얼마나 끝내주는지 두고 볼 거야."

조금 표정이 풀린 은새가 다시 카메라를 보더니 살짝 웃었다. 카메라를 어딘가에 놓은 둘은 화면에서 사라지고, 소리만이 화면을 가득 채웠다. 노랫소리같이 리듬감 넘치는 은새의 웃음소리, 자극적인 숨소리. 그리고 우재의 거친 숨소리와 목소리.

"사랑해, 은새야."

정원의 볼을 타고 눈물이 한 방울 떨어졌다.

"사랑해, 은새야."

동영상 속 우재의 목소리는 은새가 아닌 정원의 귀에 속삭이는 듯 생생했다. 배신감과 절망감을 참아보려 주먹을 꽉 쥔 탓에 손톱이 살을 파고들어 피가 나고 있었지만 귀에 울리는 비현실적인 소리에 정원은 아픔도 의식하지 못하고 있었다.

"사랑해, 은새야. 사랑해. 사랑해. 은새야."

우재의 거친 숨소리가 서재에 가득 울렸다. 정원은 양손으로 귀를 막아봤지만 그럴수록 소리는 더욱 선명해졌다.

"사랑해, 은새야."

"그만, 그만해. 제발 그만하라고!"

그 순간, 정원의 눈에 창가에 놓인 화분이 들어왔다. 차은새의 드레스같이 빨간 꽃을 피운, 우재가 가장 아끼던 화분. 창가를 향해 성큼성큼 걸어간 정원이 화분을 높이 들어 올려 바닥으로 내동댕이쳤다. 쨍그랑! 화분이 깨지는 소리에 드디어 정원의 귓가에 속삭이던 우재의 목소리가 멈췄다. 정원은 다리에 힘이 풀려 바닥에 털썩 주저앉았다. 바닥을 짚은 손에 깨진 화분 조각이 눌려 하얀 대리석 바닥에 검붉은 피가 흘렀다.

결혼에 대한 생각도, 환상도 없던 정원의 삶에 갑자기 나타난 우재였다. 일을 핑계 삼아 영감을 얻는다며 여행을 다니고, 매일 작업실에서 잘 팔리지 않는 음악을 만드는 팔자 좋은 한량 재벌 3세 설우재. 그런 그였지만 그가 사랑하는 여자는 오직 한 명, 서정원이었다. 충분히 사랑하고, 사랑받고 있다고 자신했다.

부산에서 처음 만난 후 하루도 빠짐없이 정원을 찾아와서 당장 결혼하자고 졸라댔던, 냉랭한 정원의 반응에도 열심히도 쫓아다녔던, 스몰 결혼식도, 딩크족의 삶도, 정원이 제시하는 모든 조건을 전적으로 받아들여 주었던, 정원과의 결혼에 목을 매던 그런 남자였다. 이번 생에는, 아니 다음 생에도 정원만을 사랑한다고 무릎 꿇고 맹세했던 우재였다. 그 맹세가 이렇게 쉽게 무너지는 것이었다면 정원은 절대 우재를 선택하지 않았을 것이다. 이렇게 막다른 골목에서 정원의 뒤통수를 칠 사람이었다면, 우재는 정원의 인생에 끼어들지 말았어야 했다.

"정원아."

정원은 자신을 부르는 소리에 고개를 들었다. 핼쑥한 얼굴의 우재가 문 앞에 서서 놀란 얼굴로 정원을 보고 있었다. 검은 옷에 핏기 없는 얼굴. 정원은 우재를 바라보며 저승사자 같다고 생각했다.

"정원아, 무슨 일이야? 이게 다 뭐야?"

사랑스러운 눈빛, 부드러운 말투.

'역겨워.'

"피 나잖아. 잠시만 가만히 있어. 약 가져올게."

정원은 자기도 모르는 새 흘러내린 눈물을 손으로 쓸어내리며 거실로 나가 소파에 앉았다.

"당신 나한테 다 오해라고 했었지?"

돌아온 우재를 향한 그녀의 목소리는 의외로 차분했다.

"그 얘기는 다 끝난 거잖아."

"안 끝났어. 오해가 아니었으니까."

우재가 한숨을 크게 한 번 쉬더니 아무렇지도 않은 얼굴로 정원의 손에 흐른 피를 닦고 붕대를 감았다.

"정원아. 은새 걔는, 걔는 불쌍한 애야. 그냥 불쌍해서 좀 잘해 준 건 사실이야. 그렇지만 그게 다야. 걔는 그냥… 길고양이 같은 애였어. 정 둘 곳 없이 가여운 애. 이건 모함이야. 사람들이 만든 가십이라고."

자기 말을 진심으로 믿고 있는 것 같은 우재의 표정과 말투에 정원은 헛웃음이 나왔다. 메신저를 먼저 보지 않았다면 그의 표정과 말에 분명히 속아 넘어갔을 거라고 생각했다. 그렇지만 모든 걸 알고 있는 지금의 정원은 차라리 차은새를 사랑했다는 말을 듣는 게 더 나았을 거라는 생각마저 들었다. 사랑에 빠진 게 죄는 아니니까 나를 한 번만 이해해 달라고, 그래도 나에겐 너뿐이라고. 그렇게 소리쳤다면 인간적이었을까? 그런데 이 남자, 겨우 이 정도라니. 한없는 실망이 밀려왔다. 거짓말만 늘어놓을 게 뻔한 우재와 더 이상 대화를 이어갈 이유가 없었다. 정원이 미워해야 할 상대는 차은새가 아니었다. 지금 정원의 진짜 적은 설우재와 서정원, 그녀 자신이라는 것을 깨달았다. 숨이 막혔다.

'이 집에서 나가야 해.'

대답 없이 자리에서 일어난 정원은 노트북과 옷가지 몇 개를 챙겨 차에 올랐다.

"정원아! 어디 가는 거야!"

우재의 목소리가 점점 멀어졌다. 정원은 그 역겨운 공간에서 도망치듯 빠져나오고 나서야 숨을 쉴 수 있었다.

"그렇게 가버리면 어떡해, 정원아. 어디야? 지금 너 있는 곳으로 내가 갈게."

쉴 새 없이 울리는 휴대폰 소리에 마지못해 통화 버튼을 누르자 다급한 우재의 목소리가 차 안을 채웠다. 정원이 나온 순간부터 그는 끝없이 전화벨을 울리고 있었다.

"나 좀 그냥 내버려 둬."

"네가 그렇게 집을 나가버렸는데 내가 어떻게 그래. 오해라고 했잖아. 얼굴 보고 얘기하자. 정원이 네가 의심받고 있는 거 내가 해결할 수 있어. 내가 다 해결할게."

"하…."

정원은 조금 전까지 사랑스러웠던 우재의 목소리가 이제는 지겨워서 구역질이 날 것만 같았다.

"우재 씨는 끝까지 자기 생각만 하는구나. 나는 안중에도 없지? 왜 그렇게 사람이 이기적이야? 잘 들어. 지금 나는 우재 씨랑 한가하게 오해 풀고 앉아 있을 시간이 없어. 남편이 바람난 줄도 모르고 하하 호호했던 여자도 나고, 그 빌어먹을 내연녀를 죽인 여자로 만천하에 의심받고 있는 것도 나고, 까딱하다가는 하지도 않은 살인죄를 뒤집어쓰게 생긴 것도 나야. 그러니까 나 좀 내버려 둬. 그냥 내가 연락할 때까지 닥치고 좀 가만히 있으라고."

액셀을 세게 밟던 정원의 눈에 파란불로 바뀐 횡단보도가 보였다. 사람이 지나가고 있었다. 깜짝 놀란 정원은 급브레이크를 밟았다. 다행히 새벽 시간이라 뒤따라오는 차는 없었지만 횡단보도를 지나던 중년의 남자가 놀란 듯 정원이 앉은 운전석을 향해 욕을 해대며 길을 건넜다.

"정원아, 왜 그래. 괜찮아?"

가파른 정원의 숨소리에 놀란 우재가 물었다.

"…"

"정원아, 대답 좀 해. 괜찮은 거야?"

"차은새… 죽였니?"

잠들어 있는 도시의 도로 한복판. 가슴속을 꽉 채운 말을 뱉은 정원은 세상에 혼자 남은 것 같은 기분이 들었다.

"그게 무슨 말이야? 도대체 너 왜 이렇게까지 해?"

"그날 거기에서 몇 시에 나왔어?"

"정원아, 네 말 하나도 못 알아듣겠어. 그날 거기가 뭘 말하는 거야?"

거짓말을 반복하는 우재를 정원이 다그쳤다.

"12시에 리더스팰리스 14층에 가서 중국 음식 먹고 몇 시에 나왔냐고."

"…정원아, 그걸 어떻게…."

"대답해. 또 거짓말하면 이제 내가 당신 죽여버릴 거야."

"정원아…."

"대답하라구!"

"…3시가 되기 전에… 2시 45분쯤에 나왔어."

"확실한 거야?"

"3시에 다음 뮤지컬 건으로… 안무 팀이랑 미팅이 있었어."

우재가 체념한 듯 대답했다.

"우재 씨가 죽인 게 아니면 됐어. 해결은 내가 할 거야."

전화를 끊으려는 정원을 우재가 한 번 더 붙잡았다.

"정원아, 그래도 어디서 뭐 하고 있는지 연락은 해줘. 너 곤란하게 만들지 않을게. 내가 너 살인 누명 쓰는 거 지켜보고만 있지 않을 거야. 꼭 너는 지켜줄게. 기다릴 테니 연락 줘."

우재의 말이 끝나기가 무섭게 종료 버튼을 누른 정원이 핸들에 머리를 박았다. 빠앙! 고요한 새벽 도로에 정원의 자동차 클랙슨 소리만 요란하게 울려 퍼졌다.

'이제 어디로 가야 할까? 내가 갈 곳이 있긴 할까?'

한적한 갓길에 차를 세우고 갈 곳을 고민하는데 정원의 휴대폰이 울렸다.

[아버지]

발신자를 확인한 정원이 무거운 머리를 들고 통화 버튼을 눌렀다.

"네."

정원의 짧고 건조한 대답이 끝나기도 전에 정원의 아버지가 고함을 지르기 시작했다.

"넌 대체 뭐 하는 애야!"

'역시.'

조금은 기대했던 자신의 모습에 정원은 헛웃음이 나왔다.

"네가 제정신이야? 살인 사건 뉴스 뭐냐? 넌 정말, 어릴 때부터 그렇게 답답한 짓만 골라서 하더니만. 아버지 얼굴에 먹칠을 해도 유분수지. 부끄러워서 내가 살 수가 없다."

딸이 살인 사건 용의자라는 뉴스를 본 일반적인 아버지들도 이런 반응일까? 적어도 가족이라면, 아버지라면 어떻게 된 건지 물어봐야 하는 거 아닐까? 괜찮냐고 먼저 걱정해야 하는 거 아닐까? 근데 이 작자는 본인 얼굴의 먹칠이 걱정이란다. 정원이 특종상을 받았을 때는 나서서 여성지와 인터뷰도 했던 인간이, 이제는 또 부끄러워서 살 수가 없단다. 아버지에 대해 기대도 없었던 정원이기에 새삼스럽게 실망했다고 할 것도 없었다. 그리고 예상대로 엄마라는 사람은 연락 한 통이 없었다. 유럽으로, 남미로 놀러 다니기 바빠서 뉴스 볼 시간도 없겠지. 그 여자는 자기에게 서정원이라는 딸이 있다는 건 기억할까?

호텔에 들러 샤워를 마친 정원은 아직 해가 뜨지 않아 까맣게 푸른 하늘을 바라보며 방송국에 도착했다. 새벽의 시사국은 대낮처럼 환했다. 당직자들 반은 졸고, 반은 깨어서 컴퓨터 앞을 지키고 있었다. 책상 옆 창문을 열자 싸늘한 새벽 공기가 정원의 콧속으로 스며들었다. 한숨도 자지 않았지만 정신은 또렷했고 심장은 두근거렸다.

정원은 진한 아메리카노를 담은 텀블러와 노트북을 꺼내 밤사이 지저스가 보내둔 자료를 꼼꼼히 읽어 내려갔다. 이메일에는 두 개의 파일이 도착해 있었다.

첫 번째 파일은 차은새의 개인 SNS 메시지들과 주로 사용했던 메신저 내역. 정원은 방대한 내용 중 지저스가 중요하다고 표시해 둔 몇 명의 대화 내용을 먼저 확인했다. 차은새는 친구가 많지 않은 사람이었다. SNS 메시지의 상당수는 팬들의 응원이었고, 메신저로 대화방은 미용실과 피부과 예약 확인, 뮤지컬 단원들의 단체 대화방이 전부였다.

지인이라고 할 만한 사람은 네 명 정도로 사무적인 대화로만 가득한 소속사 '장 대표님', 살고 있는 빌라 월세 보증금이 올라서 돈이 필요하다는 '오빠' 차금새, 하루도 빠짐없이 메시지를 보내는 골수 팬 '개진상' 김민철, 그리고… 야한 농담을 주고받는 '응큼한 여보' 설우재.

자료를 확인하던 정원은 우재의 이름을 보고 한숨을 쉬었다. 크게 건질 게 없어 보였다. 두 번째 파일은 김태헌에 관한 내용이었다.

김태헌. 33세. 강남 경찰서 강력계 경위. 카페 경수동(경찰공무원 수험생 동지들), 이희사(이직을 희망하는 사람들) 회원. 박사 학위 취득 후 사이버수사대 특채 전형 지원을 목표로 사는 미래지향적 인간. 최대한 시간을 들이지 않고, 쉽게 맡은 임무를 마치고 개인 공부를 하고 싶어 하는 시간 쪼개기의 달인. 모형택 가정부 살인 사건도 해결 못 했는데, 차은새 사건까지 맡게 되어 박사과정 수업에 빠지고 있어서 빠른 사건 해결만을 간절히 바라고 있는 학구파.

차은새 담당 수사관 김태헌 경위의 프로필과 특이 사항이었다. 그리고 파일 마지막에는 정원에게 보내는 메모가 남겨져 있었다.

경찰 쪽 사건 관련 파일 확인 불가. 담당 수사관 개인 IP 추적 중. 담당 수사관과 접촉이 가능하면 확인할 수 있는 부분이 많을 것으로 예상되는데 어떰?

정원은 지저스의 메모에 답글을 달았다.

굳이? 담당 수사관 접촉까지 할 필요는 없을 듯. 일단 정보는 더 모아줘.

"팀장님, 일찍 나오셨네요."

1등으로 출근한 막내가 정원을 발견하고는 해맑게 인사했다.

"어제 반차였다며? 일찍 나왔네."

"네, 어제는 급하게 일이 좀 있어서요. 팀장님도 일찍 나오셨네요."

"너도 이미 알겠지만 뒤숭숭해서 그냥 일찍 나왔어."

정원의 말에 눈썹을 올리는 막내의 얼굴이 어리둥절했다.

"어째 기자들이 제일 뉴스를 안 보더라. 재밌으니까 내 이름 검색해서 봐둬."

막내에게 쓸쓸한 농담을 던진 정원은 아무렇지도 않은 얼굴을 했지만 곧 출근할 팀원들과 강 국장, 그리고 수군거릴 방송국 사람들을 생각하니 속이 뒤틀릴 것만 같았다. 막내와 아침 인사를 나누며 노트북을 가방 깊숙이 넣은 정원은 자리에서 일어났다.

"팀장님, 어디 가세요?"

"취재. 오전에 만날 사람이 있어. 나중에 회의록만 메일로 보내줘."

'어디로 가야 할까, 뭐부터 해야 할까.'

당당한 걸음으로 시사국을 빠져나왔지만 정원의 머릿속은 여전히 복잡하기만 했다.

르장.

불청객

"차은새… 죽였니?"

"그날 거기에서 몇 시에 나왔어?"

"우재 씨가 죽인 게 아니면 됐어. 해결은 내가 할 거야."

냉정하고 차가운 정원의 목소리. 일방석으로 끊어진 전화를 손에 들고 있던 우재는 외투도 벗지 않은 채 소파에 넋을 놓고 앉아 있었다. 창밖으로 아침 해가 떠올랐지만 고장 난 로봇처럼 우재는 꼼짝도 할 수 없었다.

그녀가 모든 걸 알아버렸다. 정원만은 모르고 넘어가길 간절히 바랐는데…. 결국 이렇게 모든 게 엉망이 되어버렸다. 힘이 빠진 우재의 손에서 바닥으로 휴대폰이 떨어졌다. 지난 열흘은 우재에게도 견디기 힘든 시간이었다. 살해되어 발견된 은새, 현장에 있었다는 정원의 목걸이, 호시탐탐 정원과 우재를 노리는 언론, 그리고 세상 모두가 알게 된다고 해도 한 사람에게만은 들키고 싶지 않았던 우재의 은밀한 비밀. 어디서부터 잘못된 걸까.

"허허. 우재도 누나보다 잘하는 게 있구나."

오랜만에 가족이 모인 자리에서 '모차르트 협주곡 5번'을 연주하는 우재를 향해 할아버지가 한 말이었다. 그리고 그건 열다섯 살의 우재가 처음으로 할아버지에게 받은 칭찬이었다. 바이올린을 잡은 우재는 태어나 처음 듣는 낯선 칭찬에 시선 둘 곳을 찾을 수가 없었다.

"하하하. 아버지, 우재는 예술가가 되려나 봅니다."

"아버지, 우재가 잘하는 게 있어서 얼마나 다행이에요."

어리둥절한 우재를 대신해 아버지와 고모가 나섰다. 잠시 손자를 칭찬한 할아버지의 관심은 다시 맞은편에 앉은 우재의 누나, 해림을 향했다. 해림은 동생이 바이올린을 켜거나 말거나 무관심한 얼굴로 샐러드에 들어간 건포도를 골라내는 중이었다.

"해림이는 아비를 닮았고 우재는 어미를 닮은 모양이다. 옛날 같았으면 둘이 바뀌었으면 좋았겠다, 하겠지만 요즘 사람들이 어디 그런 거 신경 쓰겠느냐. 잘하는 놈이 하면 됐지."

헛기침 한 번에도 온 가족의 자세를 바르게 만드는 절대 권력의 할아버지. 호랑이보다 무서운 할아버지에게서 듣는 인색한 칭찬에 어린 우재는 얼떨떨한 기분이었다.

'내가 누나보다 잘하는 게 있다니, 세상에 그런 게 존재한다니.'

언제나 똑똑하고 세상 모든 일에 박식한 누나는 쌀쌀맞은 성격까지도 경영자의 덕목이라며 할아버지의 끊이지 않는 지지를 받고 있었다. 그런 누나 몫이었던 칭찬과 스포트라이트를 아주 조금 나눠 가진 그날, 우재의 인생은 전환점을 맞이했다.

'그러면 더 이상 누나와 비교당하지 않아도 되는구나.'

그래서 선택한 음악이었고 한동안은 음악을 정말 좋아했다. 그러나 우재가 자신에게는 음악에 대한 재능도 열정도 없다는 걸 깨닫는 데는 그리 긴 시간이 걸리지 않았다. 차마 음악을 놓을 수는 없었던 그는 음악을 좋아하기 위해 노력하고, 좋아하는 척 연기하는 스스로의 모습에 익숙해지며 사춘기를 보냈다.

철저한 관리 감독하에 대한민국에서 가장 유능하다는 음악가들에게 레슨을 받으며 이미 짜인 각본대로 정해진 시기가 되면 콩쿠르에 나가 상을 받았고, 예술 고등학교에 진학했다. 그가 미국의 유명한 음악대학에 진학하는 것은 그리 어려운 일이 아니었다.

우재는 그런 상황들을 겪으며 음악적 소질을 뛰어넘는 본인의 배경을 마음껏 누렸다. 아무렇게나 쓴 악보에도, 어설픈 연주에도 교수들은 찬사를 보냈고 동급생들은 동경의 눈빛을 보냈다. 적당히 인정받는 음악가 정도는 가만히 앉아 있어도 될 것이라는 건 금방 알 수 있었다. 황금으로 만든 딸랑이를 손에 쥔 그는 갖고 싶은 것도, 꼭 가져야 할 것도 없었고 뭔가를 얻기 위해 노력해야 할 이유도 몰랐다. 천성이 여유로운 건지, 아주 어린 시절부터 누나와의 경쟁에서 밀려 욕심 따윈 부리는 방법도 잊은 건지는 본인도 알 수 없었다. 알아야 할 필요성을 느끼지 못할 만큼 모든 건 언제나 넘치도록 풍족했다.

타고난 그의 짙은 여유로움은 역시 타고난 열등감을 차곡차곡 덮으며 우재를 더욱 빛나게 만들었다. 이러한 후광이 만들어낸 '적당히 감각적인' 음악 감독으로의 삶이 그에겐 대체로 만족스러웠고, 그럴수록 연애는 더욱 쉬웠다. 당연한 듯 셀 수 없이 많은 연애를 해왔지만 지독했던 첫사랑을 제외하고는 딱히 기억에 남는 사람도 없었다. 그렇게 무난한 듯 특별했던 우재의 삶에 열정과 자신감으로 똘똘 뭉친 정원이 나타났다.

　　"정원아, 이번 결혼기념일에 우리 지중해나 다녀올까?"
　　여느 때처럼 아침을 준비하던 우재가 식탁에 앉아 태블릿 PC에 열중하던 정원에게 신이 나서 말했다.
　　"어쩌지? 우재 씨. 나 그렇게 멀리 갈 시간은 없을 것 같은데."
　　"그래? 그럼 동남아라도 가서 좀 쉬고 오자."
　　"동남아? 글쎄, 그만큼도 뺄 수 있을지 모르겠어. 우재 씨, 사실 이건 비밀인데 나 지금 이의진을 쫓고 있거든. 우재 씨도 알지? 지금 난리 난 주식 사기 사건. 그래서 요즘 너무 바빠. 이렇게 밥을 뜰 시간이 있는 게 황송할 정도야. 오아뉴 끌어올리려면 내가 젤 먼저 그 사람 찾아야 해. 그러니까 여행은 다음에 가자. 이번 일 마무리 좀 해놓고. 응? 대신 우리 지중해풍 레스토랑 갈까? 내가 예약할게. 영선 선배가 알려준 곳 있어."
　　말수가 적은 정원은 우재의 부탁을 거절해야 할 때는 말이 길었다. 우재는 양 볼 가득 빵을 물고 열심히 변명하는 그녀의 모습이 귀여웠지만 한편으로는 정원이 왜 그렇게 커리어에 집착하는지 이해가 되지 않았다. 삶은 가만히 있어도 풍족했고 정원과 우재는 이미 모두가 바라는 워너비 그 자체였다. 그럼에도 불구하고 우재는 정원의 지나친 열정까지 사랑했다.

그가 여유를 타고났다면 정원은 그 반대편에 서 있는 사람이었다. 매사에 당당하고 거칠 것 없는 정원의 성격은 열정이 만들어낸 결과물이었고, 스스로 노력해서 이루지 못할 것이 없다고 생각하는 만큼 야망도 컸다. 어느 순간부터는 경쟁자라고 여길 만한 사람도 없을 만큼 독보적인 자리에 올랐지만, 정원은 그럴수록 더욱 그 자리를 붙잡고 있으려 죽도록 노력했었다. 쉴 새 없이 물갈퀴질을 하면서 수면 위에선 고고하고 아름답게 떠 있는 백조. 정상에서 내려갈 생각이 없는 정원은 백조의 모습 그 자체였다. 우재는 정원의 그런 배짱과 열정이 신기하고 부러웠고, 때로는 존경스럽기까지 했다. 그리고 가끔 외로웠다.

모형택의 가정부가 죽었던 그 밤, 피범벅이 되어 집으로 돌아온 아내의 모습에 우재는 기겁했었다.

"정원아, 너 무슨 일이야? 이 피는 또 뭐고. 어디 다쳤어?"

"내가 다친 건 아냐. 나 일이 있어서 좀 이따 얘기해. 서재에서 먼저 일 좀 할게."

피 묻은 머리를 대충 닦은 정원은 할 일이 있다며 서재로 향했고, 늘 그렇듯이 문을 잠가버렸다. 서재 앞을 서성이던 우재는 한참이 지나도 정원이 나오지 않자 서재 문에 기대앉았다.

'뭘 하는 걸까.'

정원은 일하는 데 방해받고 싶지 않다며 방송으로 놀라게 해주겠다는 말을 핑계로 서재에 틀어박혀 있을 때가 많았다. 보안상의 문제라며 노트북도 태블릿도 꽁꽁 잠가 금고에 넣어두기까지 했다. 취재가 있다며 나가면 연락조차 되지 않는 날도 부지기수였다.

궁금하고 알고 싶어서 가슴이 터질 것 같은 날들이 많았지만 우재는 정원에게 언제나 따뜻하고 믿음직한 사람이고 싶었다. 서로를 못 믿고 뒤지고 참견하다가 정이 떨어지면 가족이라는 허울로 남는 것. 정원이 결혼의 가장 끔찍한 모습이라고 치를 떨던 그런 관계를 만들 수는 없었다. 그리고 정원은 그런 기다림의 시간이 지나면 어떤 취재였는지, 어떤 방송이 될 건지 얘기해 주기도 했다.

한참 후, 서재에서 나와 샤워를 마친 정원에게 따뜻한 우유를 건네자 그녀는 우재의 기대대로 그날 겪었던 끔찍한 일에 대해 설명해 주었다. 그녀가 본 지독하게 끔찍한 장면. 경찰서에서 모형택을 만났던 일. 죽은 여지기 모형택의 가정부라는 것.

"너는 괜찮아? 많이 놀랐겠는데."

"놀라긴 했는데…. 그 일 때문에 오늘 이의진 그림을 못 뽑았어. 3개월을 공들였는데 말이야. 이의진만 잡으면 다음 소스 바로 나오는 거였는데."

자신이 겪은 기막힌 사건에 대한 설명도 잠시, 정원의 눈은 다른 곳을 보고 있는 것 같았다.

"정원아, 전에도 얘기했었는데 상담 같은 거 받아보지 않을래?"

"왜 그래, 우재 씨. 내가 알아서 할게. 너무 걱정하지 마. 별일 아냐."

여전히 먼 곳을 향하는 것 같은 정원의 시선에 우재의 목소리가 조금 높아졌다.

"다른 것도 아니고 살인 사건이었어."

"우재 씨, 나 그런 거 매일 보고 사는 사람이야. 내성이 생겨서 괜찮아."

"정원아, 그건 사람들이 일상적으로 보고 사는 게 아니야. 넌 모자이크 안에서 일어나는 모든 걸 보는 사람이잖아. 이번엔 내 말 좀 들어줘."

"알았어…. 생각해 볼게. 우리 서방님 많이 걱정되는구나? 에구 고마워라."

정원이 그의 기분을 맞춰주려고 적당히 대답하는 것, 그리고 한 여자의 처참했던 죽음보다는 오랫동안 준비했던 계획이 틀어졌다는 사실에 더 신경 쓰고 있다는 것을 우재는 느낄 수 있었다. 그 순간, 우재는 그토록 매력적이던 정원의 열정으로부터 아내를 지켜야 할 것 같다는 생각이 들었다. 정원을 바라보는 우재의 눈빛에 불안한 기운이 감돌았다.

"어! 우재야!"

미팅을 위해 호텔로 들어가던 우재가 자신을 부르는 목소리에 고개를 돌렸다. 차은새가 죽은 지 10일째. 정원은 집을 나갔고, 우재는 일상을 유지하기 위해 일부러 더 바쁘게 지내고 있었다. 검은색 세단 뒷좌석에서 네이비 수트에 포마드를 잔뜩 발라 머리를 넘긴 남자가 내리며 그에게 손을 흔들었다.

"형! 오랜만이야."

우재가 반갑게 인사를 하며 손을 내밀자 남자는 떨떠름한 얼굴로 악수를 하며 한 손으로 우재의 어깨를 토닥였다.

"진짜 오랜만이다. 지난번에 최 상무랑 같이 보고 처음이지?"

"그러네, 시간 잘 간다. 형은 얼굴 좋아졌다?"

"내 얼굴이 좋냐? 네 와이프의 그 '오아뉴' 덕분에 죽을 맛인데. 근데 넌 왜 얼굴이 더 안 좋아 보이냐?"

봉토그룹 봉수호 상무. 봉토그룹 봉 회장의 조카이자, 며칠 전 정원이 '오아뉴'에서 멱살을 잡았던 재벌 3세 사기 및 해외 도피 사건의 주인공 봉민주의 사촌 오빠. 우재와 봉수호는 어린 시절부터 집안끼리 알고 지낸 사이였고 미국 유학 시절 종종 모임을 가져서 친분이 있었다.

"우재야, 지금 우리 회장님 노발대발하시는 거 알고는 있냐?"

정원에게 직접 듣지는 않았지만 우재도 어떤 상황인지 예측할수 있었다. 봉민주에 대한 정원의 방송으로 봉토그룹에 비상이 걸렸을 것이고, 특히나 봉 회장의 고명딸을 웃음거리로 만들었다는 사실에 적잖이 약이 올라 있을 것이다.

우재가 대답이 없자 봉수호가 말을 이었다.

"서정원 말이야. 적당히 해야지. 우리 그룹이야 그렇다 쳐도 민주까지 건드리는 건 좀 심했잖아. 우재 너도 제수씨 단속 좀 시켜. 지금 우리 회장님 TNJ 광고 다 내리고 서정원 매장시킨다고 난리셔. 너희 아버지랑 누나 입장도 있는데 자꾸 이렇게 시끄러운 상황만들고 그럼 곤란해."

빈정대는 수호의 말을 듣고 있던 우재가 조용히 입을 열었다.

"형은 사촌 동생 단속이나 해. 괜히 자기 일 잘하고 있는 남의 와이프 가지고 시비 걸지 말고. 그리고 광고 빼려면 빼. 나도 누나 한테 얘기해서 봉토그룹이랑 정리할 거 깨끗이 정리하자고 할 테니까."

"야, 너 협박하냐? 이건 아니지. 먼저 자극한 건 서정원이야."

"협박은 형이 먼저 했어. 그리고 정원이 건드리지 마. 내가 가만히 안 있어. 그리고 서정원 아니고 서정원 기자야."

"하, 지 와이프 챙기는 척은 드럽게 하네. 아직 사랑꾼이다 이거지? 너 그거 이미지 메이킹 아니었어?"

빈정거리는 소리에 우재가 뒤돌아 자리를 떠나버리자 화가 난 수호가 우재의 등에 대고 소리쳤다.

"설우재! 입 다물어주고 있는 거 고마운 줄 알아!"

돌아보지 않는 우재의 뒷모습을 노려보던 수호가 조용히 욕을 뱉으며 다시 차에 올라탔다.

"저 미친 새끼. 내가 몰라서 가만히 있는 줄 아나. 서정원은 저 새끼한테 완전 잘못 걸렸어."

＊

강남 경찰서 맞은편 도로에 차를 댄 정원이 내리지 못하고 운전석에 멍하니 앉아 있었다. 이른 아침의 경찰서를 바라보니 신입 시절 매일같이 이곳에 와서 발을 동동 구르며 기삿거리를 찾아 뛰어다니던 때가 떠올랐다. 뜬금없이 그때의 긴장감과 설렘이 그립기까지 했다.

'이 상황에 추억 팔이나 하고 있다니. 일이 그렇게나 좋니? 나도 참 대단하다.'

정원은 지랄 맞은 자신의 성격에 씁쓸한 웃음이 나왔다. 그때 길 건너편에서 토스트를 입에 구겨 넣으며 출근하는 태헌이 보였다. 정원은 태헌을 보고도 차에서 내릴 엄두가 나지 않았다. 목걸이의 주인인 내가, 남편의 불륜 사실을 알아버린 지금 담당 수사관을 만난다고 해서 얻을 수 있는 게 있을까? 어차피 태헌은 정원에게 아무것도 말해주지 않을 것이다. 정원이 잠시 고민하는 사이 태헌은 경찰서 안으로 들어가 버렸다.

'쉬고 싶다.'

멍하니 있던 정원이 휴대폰을 열자 영선의 메시지가 잔뜩 쌓여 있었다.

[정원, 어디야? 외근 나갔다며? 회사로 다시 들어올 거야?]

[야, 전화받아.]

[정원!]

영선에게 이따 연락하겠다며 답장을 보낸 정원이 다시 고개를 들었을 때, 차창 밖으로 낯익은 얼굴이 보였다. 오 형사와 함께 서 있는 옅은 파란색 블라우스의 여자.

'유윤영 원장? 경찰서엔 왜 왔지? 설마 나 때문에 불려 온 건가.'

정원이 사건 당일 상담을 받으러 건물에 들렀다고 했으니 경찰에서는 충분히 윤영을 불러 사실 확인을 할 수도 있을 것이다. 길 건너편에서 윤영이 오 형사와 인사를 나누고 차에 올라타고 있었다. 자기 때문에 윤영까지 경찰 조사를 받았다고 생각하니 정원은 덜컥 겁이 났다. 어디로 가야 할지, 뭐부터 해야 할지 아무것도 떠오르지 않았다. 집에 갈 수도 없고 호텔에 들어가고 싶지도 않은데 그녀에겐 갈 곳이 없었다. 정원은 그렇게 목적지 없이 차를 움직였다. 집에 두고 나온 수면제가 간절한 정원이 휴대폰 연락처에서 U1을 찾아 통화 버튼을 눌렀다. 수면제 처방과 함께 어쩌면 경찰과 어떤 얘기를 나눴는지 윤영에게 들을 수도 있을 거라는 기대도 있었다.

"네, U1 정신의학과입니다."

명랑한 목소리로 혜원이 전화를 받았다. TV나 연예 뉴스와는 거리가 먼 유 원장이 정원의 기사를 봤을까? 못 봤다고 해도 경찰서에까지 들른 그녀가 아무것도 모르지는 않을 것이다. 예약을 끝낸 정원은 자신이 귀찮고 한심하고 불쌍한 존재가 된 것 같은 기분이 들었다.

저녁 7시 15분. 약속 시간보다 15분 일찍 리더스팰리스 주차장에 도착한 정원이 창문에 머리를 기대고 눈을 감았다. 정원의 머릿속에 살해된 은새를 발견했던 그날이 떠올랐다.

'대체 어떻게 된 일일까…. 범인은 내가 다녀간 이후에 사건 현장으로 돌아왔다. 그리고 죽어 있는 차은새의 손에 내 목걸이를 떨어뜨렸다. 차은새를 죽이고 난 후 내게 뒤집어씌우기 위해 미리 준비했던 걸까? 혹시… 내가 차은새의 사무실에 들어가는 모습을 보고 있었던 걸까? 사건 현장에 도착했을 때는 분명 아무도 없었는

데. 그렇다면⋯.'

정원이 감았던 눈을 뜨고 결심한 얼굴로 차에서 내렸다. 다시 찾은 건물은 일주일 전보다 정돈되어 보였다. 인테리어 공사 마무리 단계로 어수선했던 지난주와는 달리 지저분했던 주차장도 말끔히 치워진 상태였다. 며칠 전의 끔찍한 사건 따위는 깨끗이 지워버린 듯 평온하고 화려했다.

차에서 내려 숨을 가다듬은 정원은 그날처럼 엘리베이터를 타고 14층 버튼을 눌렀다. 엘리베이터 내부에는 아직 붉은색 보호 커버가 그대로 씌워져 있었지만 천장 CCTV를 새로 설치한 흔적이 보였다. CCTV가 보호 커버를 억지로 뚫고 나온 걸로 봐선 사건 이후 급하게 설치된 것 같았다. 정원이 천장을 관찰하는 사이 엘리베이터가 14층에 멈춰 섰다.

'침착하자.'

정원은 엘리베이터 밖으로 발을 디디며 스스로를 다독였다. 14층의 인테리어 공사는 일주일 전, 사건이 발생했던 그날 정지된 듯했다. 복도에 쌓여 있던 공사 자재들도 그대로 방치되어 있었고, 군데군데 쓰레기와 먼지가 보였다.

발을 떼지 못하던 정원이 용기를 내어 천천히 1404호로 향했다. 귀에는 그날의 은은했던 음악 소리가 들리고 코에는 그날의 디퓨저 향기가 진동하는 듯했다. 1404호에 가까워질수록 정원의 머릿속에 죽어 있던 차은새의 모습이 선명하게 되살아났다. 빨간 슬립과 피 묻은 카펫, 기괴한 자세, 아마 우재가 선물했을 디자이너 브랜드 의자, 그리고 정리되지 않은 박스들. 기억이 또렷해질수록 그날의 향기가 점점 강해지며, 정원의 코와 목을 막아버리는 듯한 불쾌한 기분이 들었다.

"은새야, 사랑해."

동영상 속 우재의 목소리가 지독한 향기와 얽혀 숨이 차올랐다. 온몸이 디퓨저 향기 속에서 허우적대는 것처럼 호흡이 가빠왔다.

1404호는 폴리스 라인이 문을 가로막고 있었다.

'분명 내가 다녀간 이후에 누군가 현장에 왔었어. 누가? 왜? 왜 하필이면 내가 잃어버린 목걸이를 현장에 두고 간 걸까.'

문 앞에 선 정원이 떨리는 눈으로 사방을 둘러보았다. CCTV가 눈에 들어왔다.

'메인 출입구와 주차장은 작동한다고 했었지. 내가 다녀간 후에 건물에 들어온 사람. 그 사람을 찾아야 해.'

소름 끼치는 긴장감에 서늘해진 정원은 재킷의 깃을 여몄다. 시계를 보니 7시 28분이었다. 정원은 그날처럼 계단을 이용해 1204호로 향했다.

'그래, 그날 계단에서 최 실장을 만났어.'

띵동. 1204호에 도착해 벨을 누르니 늘 그렇듯이 혜원이 문을 열었다.

"정원 님, 괜찮으세요?"

혜원은 항상 하던 인사인 "오셨어요?" 대신 "괜찮으세요?"라고 인사하며 정원을 맞았다. 정원은 한순간 의심 가득한 눈초리를 감추고 억지웃음을 짓는 혜원의 표정에 묘하게 불쾌한 기분이 들었지만 최대한 담담하게 웃어 보였다.

"네, 어수선하죠?"

"차은새 살인 사건 때문에 건물이 발칵 뒤집혔잖아요. 범인이 빨리 잡혀야 할 텐데. 기자님 마음고생이 심하시죠? 저희도 무서워 죽겠어요."

정원을 떠보고 싶었던 혜원은 상대가 먼저 운을 띄워주니 신이 난 듯 보였다.

"아, 그런데요. 정원 님. 혹시 그날요, 저희가 문자 잘못 보내드린 날에 1404호에 들어가 보시지는 않았죠?"

그러고 보니 혜원도 이상해 보였다. 그날 잘못 보낸 문자는 정말 우연이었을까?

'뭐지? 이 여자….'

"네, 그날 말씀드렸던 것 같은데요."

"네, 알아요. 그럼요. 그날도 그렇게 말씀하셨잖아요. 저도 괜한 말 아무한테도 안 했어요. 안 들어가신 거 뻔히 아는데, 그날 저희가 문자 잘못 보내드렸다고 말하면 정원 님 더 곤란해지실 것 같아서요."

아무렇지 않은 듯 대답했지만 묘한 기분이 든 정원은 혜원을 빤히 쳐다보았다. 눈치가 없는 걸까, 모르는 척하는 걸까? 정원의 표정은 개의치 않고 혜원이 계속 말을 이었다.

"남편분 기사 봤어요. 이래저래 엄청 속상하고 신경 많이 쓰이시겠어요. 원장님도 걱정 많이 하시더라고요. 그래서 오늘 정원 님 오신다는 얘기 들으시고는 일정 조정까지 하시고,"

"실장님 지난번에 저 늦게 왔던 날 전화했다고 하셨잖아요."

정원이 끝날 줄 모르는 수다를 자르자 혜원이 움찔하며 되물었다.

"네? 전화요?"

"서정원 님, 진료실로 모실게요."

혜원이 뭔가 말을 꺼내려는 그때, 유윤영 원장의 인터폰 소리가 울렸다.

"정원 님. 들어가실게요."

"…네."

'분명 전화했다고 했었는데….'

이상한 기분에 진료실로 향하던 정원은 혜원을 돌아보았다. 정원과 눈이 마주치자 그녀는 평소와 같이 기계적인 미소를 방긋 지었다.

진료실에 들어가자 윤영이 환한 미소로 정원을 반겼다.

"오셨어요? 앉으세요."

정원은 윤영의 안내에 따라 아이보리 색 모듈 소파에 기대앉았다. 혜원이 허브티를 가져다주고 상담실 밖으로 나가자 윤영이 상담을 시작했다. 차를 담아 온 쟁반을 들고 나가는 혜원의 기다란 뒷모습을 정원은 뚫어져라 쳐다봤다.

"요즘 좀 어떠셨어요?"

윤영의 부드러운 질문에도 정원의 정신은 온통 혜원을 향해 있었다.

"정원 씨?"

윤영이 부르는 소리에 정원은 깜짝 놀라서 어깨를 꿈틀 했다.

"무슨 생각을 그렇게 골똘히 하세요? 괜찮으신 거죠?"

"아, 네. 제가 잠시 딴생각을…."

"차 먼저 드세요. 안정에 도움이 될 거예요."

윤영이 손끝으로 찻잔을 가리키며 정원에게 권했다. 머릿속이 혼란스러운 정원은 양손으로 찻잔을 잡아 입술에 살짝 대어보고는 그냥 내려놓았다.

"원장님도 아시겠지만 요즘 신경 쓰이는 일이 많아서인지, 잠을 전혀 못 자요. 그래서 수면제를 좀 받아 가려고 왔어요."

"저도 기사 봤어요. 상담하러 오신 날 하필이면 그런 사건이 발생해서 정원 씨가 좀 난처하게 되셨더라고요."

"혐의야 조사를 하면 벗게 될 테니까 괜찮아요. 그것보다 잠을 좀 자고 싶네요."

한가하게 윤영과 정신 건강을 위한 대화를 주고받기에는 정원의 마음이 급했다. 더구나 윤영은 오늘 경찰서에 다녀온 일에 대해 말할 생각이 전혀 없는 것 같았다.

"긍정적으로 생각하고 계시다니 다행이네요. 걱정했거든요."

"…."

"제가 계속 말씀드리지만, 정원 씨는 기자예요. 사건을 보도하는 사람이지 해결하는 사람이 아니라고요. 너무 무거운 부담감에서 벗어나셔야 해요."

"네. 그럴게요."

"정원 씨 지금 많이 불안해 보이는데, 괜찮으신 거 맞아요?"

"불안은… 당연하죠. 경찰에게 살인 용의자로 의심받을지도 모르는데 남편은 죽은 여자와 내연 관계라고 하고. 그 기사도 보셨어요?"

슬쩍 경찰 얘기를 꺼내봤지만 윤영은 미동이 없었다.

"어린 여자 직원들이 많이 있으니까 그런 뉴스엔 제법 빨라요. 정원 씨가 제 환자라서 더 그런 것도 같고…. 그래서 남편분이랑은 요즘 어떤가요?"

'남편은 거짓말쟁이예요. 날 기만했어요.'

"남편은… 자기는 아니래요. 그냥… 불쌍해서 잘해준 것뿐이라고 하네요."

정원의 말에 윤영이 살짝 미간을 찌푸렸다.

"그 얘기를 들었을 때 정원 씨 마음은 어땠어요?"

'화가 났죠. 거짓말이라는 걸 알고 있으니까.'

"그 말을… 믿고 싶다고 생각했어요. 쉽지는 않을 것 같지만."

"과정은 쉽지 않을 거예요. 그렇지만 그 말을 믿건 안 믿건 정원 씨 안에서 결정을 내릴 수 있는 날이 올 테니까 벌써 뭔가를 하려고 너무 애쓰지는 말아요."

"그래야죠. 애쓰지 말아야죠. 그런데 생각보다 갈 곳이 없네요. 만날 사람도 없고, 얼굴이 잔뜩 알려져서 어디 마음 편하게 있을 곳도 없고."

"오늘도 갈 곳이 없어서 여기에 오셨어요?"

"사실은 그런 것도 있어요. 약 처방도 받고 싶었고…."

"그건 참 다행이라고 해야겠죠? 갈 곳 없을 때 올 수 있는 병원이라서? 혹시 지금 집에서 나오셨어요?"

"어제부터 호텔에서 지내고 있어요. 우재 씨 얼굴 보기가 힘드네요. 이렇게 줄줄이 일이 터지니까 처음엔 내 존재가 미안했어요. 이런 직업에 이런 사람이라서. 그런데 이젠 모르겠어요.”

“정원 씨의 직업은 남에게 미안해야 하는 일인가요?”

“가끔은 미안하죠. 적도 많고.”

“정원 씨가 논란의 여지가 있는 일들을 많이 내보내기는 하지만 그건 가족에게 미안해야 하는 일은 아니에요. 정치인도, 연예인도 하다못해 평범한 회사원도 다들 논란의 여지가 있는 순간이 있어요. 그 사람들이 다 누군가에게 미안해야 한다고 생각해요?”

“글쎄요. 원장님이 기자 하셔야겠다. 말로는 못 이기겠어요.”

“이기려고 한 얘기 아닌 건 아시죠? 언제든 와서 이야기하고 가요. 정원 씨는 항상 환영이니까.”

예정보다 길었던 상담이 끝나고 바라던 소득은 없었지만 정원은 야간 마음이 누그러지는 기분이 들었다.

‘왜 나 때문에 경찰서에 다녀왔다는 얘기는 하지 않는 걸까.’

묻고 싶었지만 윤영이 아무 말도 하지 않았듯 정원도 물어보지 않았다. 정원이 탄 엘리베이터가 지하 3층에 도착했다. 문이 열리고, 정원이 내리자 기다리고 있던 여자가 엘리베이터에 올랐다.

‘어? 저 사람은?’

주차해 둔 차를 향해 걸어가던 정원이 멈춰서 뒤를 돌아보자 엘리베이터는 다시 12층에 멈췄다.

“저 여자도 U1에 다니나 보네?”

*

후드를 뒤집어쓴 남자가 컴퓨터 앞에 기대앉아 있었다. 모니터 한 대에서는 좀비들이 득실거리는 영화가, 다른 한 대에는 '차은새'에 관한 폴더 열한 개가 띄워져 있다. 영화에서 나오는 기괴한 좀비들의 신음 소리를 배경으로 차은새 폴더의 자료를 뒤적이던 남자는 영화 볼륨을 줄이고 '방송' 폴더에서 동영상 하나를 재생했다. 앳된 얼굴의 차은새가 나왔다. 촌스러운 색깔의 옷을 입은 MC가 맥락과 상관없는 LTE 스마트폰의 3G 무제한 사용에 관해 늘어놓은 뒤 어색한 표정으로 앉아 있는 은새에게 시선을 돌렸다.

"은새 씨가 오늘 만나본 스타는 어떤 분이신가요?"

"네, 오늘 만나본 분은 퍼포먼스의 새로운 획을 그은 팀이죠, 아트 테크니토입니다. 이번 공연은 많은 아이돌과 뮤지컬 배우들의 협업으로 굉장히 새로운 느낌을 주는데요, 제가 직접 만나서 공연에 관한 이야기도 듣고 퍼포먼스 라이브도 보고 왔습니다!"

"우와, 아트 테크니토는 인터뷰 안 하기로 유명한 팀인데요, 차은새 씨가 인터뷰에 성공하셨군요. 비법이 뭔가요?"

과장된 목소리와 말투에 영상을 보던 남자가 혀를 찼다.

"애쓴다, 애써."

"아, 사실 제가 아트 테크니토 팀 리더님이랑 같은 고향 출신이에요. 직속 선배님이죠. 그래서 인터뷰에 응해주신 것 같아요. 제 고향이 무언이거든요."

"그래요? 은새 씨 고향이 무언이군요. 무언은 요즘 땅값 엄청 올랐다던데, 은새 씨 땅 좀 있어요? 그러고 보니 오늘 옷도 비싼 거 같은데요. 하하하."

탁. 남자가 스페이스바를 내리치자 화면이 일시정지되었다. 눈을 반쯤 감고 있는 은새의 얼굴이 모니터를 가득 채웠다. 그녀의 굴욕 컷이 재밌는지 남자는 피식 웃고는 다시 좀비들이 득실거리는 영화의 볼륨을 높이며 파일 중 하나를 열었다. 그가 열어본 건 차은새의 은행 계좌 입출금 내역이었다.

"어디 보자…."

남자는 자세를 고쳐 앉으며 모니터 가까이 눈을 가져갔다.

"뭐야? 이 사람 완전 거렁뱅이네?"

차은새의 계좌 잔액은 0원.

"진짜 대책 없는 사람이네. 사회생활 한다는 사람이 통장 잔고가 어떻게 0원일 수 있지? 이게 가능한 일이야?"

헛웃음을 뱉는 남자의 표정에서 어이없다는 진심이 느껴졌다. 지난 3월 10일에 두 개의 카드사로부터 총 9,812,100원이 빠져나가고 1원도 남지 않은 걸 보면 카드 대금이 통장 잔고보다 더 많았던 모양이다. 그나마 거의 사용하지 않는 두 개의 통장 잔액은 각 3,270원과 16,513원. 혀를 차던 남자는 심플한 차은새의 통장 잔고에는 신경 끄고, 입출금 내역을 확인하기 위해 마우스를 움직였다. 이사로 등재된 GY엔터로부터 매달 들어오는 급여와 추가 수당이 전부인 입금 내역, 정기적으로 빠져나간 카드 대금과 무수히 많은 대출금, 그리고 적게는 5만 원부터 많게는 수천만 원에 이르는 차금새에게 송금한 기록까지. 특별할 것 없다는 듯 심드렁하게 마우스를 쭉 내리던 손이 2011년에 멈춰 섰다.

"6월에 50만 원, 5월에 또 50만 원, 4월, 3, 2, 1… 2012년도 계속? 이건 또 뭐야?"

일정하게 입금된 내역을 확인한 남자는 눈을 반짝이며 알 수 없는 시그널로 가득한 프로그램에 암호 같은 숫자를 입력했다.

"악! 놀래라."

다른 모니터에서 재생되고 있는 영화의 좀비들이 떼로 달려가며 공포스러운 효과음이 절정에 이르던 그때, 프로그램 매칭음과 함께 두 번째 모니터에 덥수룩한 머리에 초점을 잃고 멍하니 그를 바라보는 여자의 여권 사진이 화면을 채웠다. 좀비같이 무기력한 표정의 늙지도 젊지도 않아 보이는 여자. 상세 정보를 확인하기 위해 사진을 더블 클릭했다.

사진 속 여자는 모형택의 딸이자, 차은새 살인 사건 당일 리더스팰리스 출입자 명단에도 존재했던 모수린이었다. 남자는 차은새 폴더 속에 '모수린'이라는 폴더를 하나 더 만들어 넣었다. 지금은 거래하지 않는 차은새의 계좌 정보까지 모조리 훑어본 뒤 영화를 일시 정지하고, 정원에게 자료를 전송했다.

[히어로 귀하. 차은새는 차금새의 호구. 통장에 건질 만한 별다른 건 없고, 수상한 거래 내역이 있어서 보냄. 확인 바람. 당신의 지저스.]

영화 속 활활 불타고 있는 건물에서 좀비들이 뛰쳐나오고 있었다.

'그 여자도 U1에 다니는구나.'

호텔로 돌아가며 정원은 주차장에서 스친 모수린에 대해 생각했다. 룸에 도착한 그녀는 손에 쥐고 있던 휴대전화와 가방을 소파 위에 아무렇게나 내던지고는 곧장 노트북을 열었다. 기다렸던 지저스의 메일이 도착해 있었다. 그가 얘기한 수상한 거래 내역 파일이었다.

무언은행 2011 0605 500,000.

무언은행 2011 0506 500,000.

무언은행 2010 1207 500,000.

무언은행 2010 1105 500,000.

무언은행 2009 0806 500,000.

무언은행 2009 0705 500,000.

입금자는 모수린이었다. 심각한 표정으로 자료를 확인하던 정원이 다시 메신저에 답글을 남겼다.

[땡큐. 더 알아봐 줘. 경찰 쪽 상황 체크도 잊지 말고.]

띵동. 정원이 지저스에게 답장을 보내던 그때, 룸 초인종 소리가 들려왔다. 예상치 못한 벨 소리에 정원의 심장이 요동쳤다.

'누구지? 기자인가? 아님 경찰?'

불안한 얼굴로 문을 응시하는데 익숙한 목소리가 들렸다.

"정원아, 서정원! 너 안에 있어?"

"영선 선배?"

문밖에서 들려오는 영선의 목소리에 허리까지 내려갔던 정원의 심장이 제자리로 돌아왔다. 정원은 진짜 범죄자라도 된 듯 불안해하는 자신의 모습이 기가 막혀 고개를 좌우로 흔들며 재빨리 노트북을 가방에 넣고 문을 열었다.

"야! 너 뭐야, 왜 이렇게 반응이 느려. 안에 있는 애가 전화도 안 받고, 문도 안 열어주길래 무슨 일 난 줄 알았어. 사람 불러서 문을 부숴버려야 하나 순간 고민했다 야."

양손 가득 비닐봉지를 든 방으로 들어오며 떠들어댔다.

"어떻게 온 거야?"

"어떻게 오긴, 운전해서 왔지. 근데 너는 불도 안 켜고 뭔 청승을 떨고 있어. 우리 서정원이 이러고 있을 줄 알고 또 내가 왔잖냐."

딸을 챙기러 온 엄마처럼 여기저기 불부터 환하게 켠 영선이 가져온 봉지에서 맥주와 감자 칩을 꺼내 탁자 위에 줄을 세웠다.

"선배 나 여기 있는 거 어떻게 알았어?"

"아까 통화하면서 나한테 너 여기 있다고 오라고 했잖아. 몇 호에 있는지까지 알려줘 놓고 뭔 소리야."

"내가?"

프런트에서 체크인을 하며 영선과 통화한 기억이 났다. 눈치 빠른 영선은 전화기 너머 직원이 호수를 말해주는 순간을 놓치지 않았다.

"너 밥 안 먹었지? 배고플 텐데 맥주나 좀 마셔라."

"나 배고플 줄 알았음 밥을 사 왔어야 하는 거 아니야?"

"너 편의점 도시락은 안 먹잖아. 편의점엔 서정원 네가 먹을 만한 건 없더라. 그냥 맥주나 마셔. 이것도 배불러. 밥 대신 맥주로 배 채우는 거 강 국장이 보면 기겁하겠지만 말이야."

신발을 벗고 소파에 양반다리를 하고 앉은 영선이 맥주를 홀짝거리며 아무 말 없이 휴대전화에 시선을 고정시켰다. 우재와 얘기해 봤는지, 왜 호텔에 이러고 있는지, 뭐가 어떻게 돌아가는 건지 궁금한 게 많을 텐데 영선은 고맙게도 아무것도 묻지 않았다.

잠시 후, 마주 보고 앉아 휴대전화만 만지작거리던 정원이 조심스레 입을 열었다.

"선배, 내가 다니는 병원에 상담 실장이 있어."

"병원? 정신병원?"

"정신병원 말고 신경정신과라고 해주면 안 될까?"

영선은 항상 지나치게 직설적이었지만 정원을 걱정하고 있다는 건 알 수 있었다.

"그게 그거 아니야? 그래, 그럼. 신경정신과 상담 실장이 왜?"

"그냥… 걔가 좀 느낌이 이상한 것 같아서 말이야."

"이상하다니? 뭐가 어떻게 이상하다는 거야? 차은새 사건?"

"그냥… 느낌이."

정원은 사건 당일, 잘못 왔던 문자와 기록에 없는 부재중 전화에 대해서는 차마 말하지 못했다. 그 이야기를 꺼내려면 차은새 사망 현장에 정원이 있었다는 이야기도 해야 했다. 정원의 말에 눈을 반짝이던 영선이 한쪽 다리를 세워 앉으며 물었다.

"정원아, 너 다니는 병원 이름이 U1 맞지? 그 여자 이름 알아? 이름이 뭐야? 젊은 애지?"

"이름? 최혜원. 최혜원이구 20대 후반에서 30대 초반쯤 되어 보이던데? 그건 왜?"

휴대전화를 손에 든 영선이 보라색 SNS 마크와 돋보기 커서를 순서대로 터치한 후 양손으로 빠르게 텍스트를 입력했다.

[최혜원]

"정원아, 너 일루 와서 여기 좀 봐봐."

영선의 휴대폰에 수많은 최혜원들이 나타났다.

"이 사람이야?"

"아니."

"얘? 얘는?"

[hyewon], [hyewon_choi], …, [hyewon_love].

몇 번의 시도 끝에 작은 동그라미 속 U1 최 실장의 얼굴이 눈에 들어왔다.

"여기 이 여자야."

"이야, 뭔 셀카를 이렇게 많이 찍었데?"

혜원의 SNS에는 셀 수 없이 많은 셀카와 그에 못지않은 음식 사진이 가득했다.

"서울에 맛집은 다 다니고 있네. 용케 살이 안 찌는데? 야, 온 지구인이 이 여자 하루 일과를 다 알겠다."

영선이 혜원의 SNS를 구경하는 동안 정원도 본인의 휴대전화에 혜원의 아이디를 입력했다.

"어! 정원아, 이 여자 어제 '쏘 굿' 공연 보러 갔었네."

영선이 신대륙이라도 발견한 듯 호들갑을 떨었다.

"뭐? 쏘 굿이면 원래 차은새가 주역이었던 공연이잖아. 차은새 없이 벌써 막 올라간 거야?"

"응, 원래 얼터랑 커버가 스탠바이하고 있었으니까 공연 올리는 데는 문제없었을 거야. 주역이 사고당했다고 공연 일정을 바꿀수는 없잖아. 뭐 냉정한 말로 마케팅이 됐을 수도 있겠지. 이 바닥이 다 그렇잖냐. 근데 최혜원 이 여자 뭐가 이상하다는 거야?"

"그냥 기분이야, 선배. 아무 근거 없는 내 기분."

"정신 차려라. 넌 처녀 보살 아니고 기자다."

무심코 한 영선의 충고가 정원의 뼈를 때리는 듯했지만 혜원에 대한 찜찜한 기분은 지울 수가 없었다.

"어. 잠깐. 이 여자 모형택 딸 아니냐? 왜 그 흐리멍텅한 애 있잖아. 이름이 뭐더라? 모 뭐였는데."

"모수린?"

"그래 맞아, 모수린. 모수린이 얘랑 친한가 본데? 생일 파티래. 근데 이 옆에 있는 여자는 누구야? 엄청 고급스럽다."

영선이 보여준 사진엔 혜원과 U1의 간호사들, 그리고 모수린 옆에 서서 활짝 웃고 있는 유윤영 원장이 있었다.

영선은 새벽 2시가 넘어서 집으로 돌아갔다. 정원은 영선에게 우재와 차은새의 관계가 오해가 아니었다는 이야기를 털어놓았다.

익명의 제보자가 확실한 증거를 보내줬다고 두루뭉술하게 말하는 정원에게 영선은 여전히 꼬치꼬치 묻지 않았다. 대신 욕쟁이 할머니처럼 육두문자를 추임새로 넣어주며 당장이라도 달려가 우재의 멱살을 잡으려 하는 바람에 말리느라 진이 다 빠졌다. 정원은 낮에 윤영에게 받아 온 수면제를 입에 털어 넣었다. 정원이 깊은 잠에 빠지고 몇 분 후, 휴대전화가 새로 도착한 메시지로 반짝였다.

[서정원, 너 내가 죽여버린댔지.]

*

"아오, 피곤해."

태헌이 맹수처럼 커다랗게 기지개를 켜며 경찰서로 들어섰다.

"왔냐?"

요란스럽게 등장하는 태헌에 컴퓨터 앞에 앉아 있던 오 형사가 힐끗 바라보며 무성의하게 인사했다.

"말도 마라. 잠 못 자고 장거리 뛰는 건 이제 다시는 안 할 거야. 정신이 몽롱해서 황천길 한 세 번은 다녀온 기분이야."

"졸음운전은 위험해, 인마. 서울에서 무언까지 그 먼 길을. 그러게 비번인 날은 좀 쉬지, 꼭 그렇게까지 무리를 해야 하냐? 가방끈 짧아서 죽은 귀신이 붙었나."

의자를 쭉 빼고 반쯤 누워버린 태헌이 장거리 운전으로 뭉친 목을 좌우로 돌리자 오 형사가 핀잔을 줬다.

"나도 쉬면서 하고 싶지. 근데 이놈의 사건들이 해결될 생각을 안 하니까 내가 쉬지를 못하잖아. 오 형사야, 네가 주경야독하는 나의 고충을 아냐?"

"몰라! 나는 알고 싶지도 않아. 뭔 박사까지 딴다고 난리야."

"됐고, 뭐 좀 나온 거 있어?"

다크서클이 턱 끝까지 내려온 태헌을 한심한 눈으로 보던 오 형사가 대답했다.

"뭐? 모형택 가정부 진명숙 씨? 아님 차은새?"

"둘 다. 둘 중 하나라도 제발 해결 좀 하자. 뭐 나온 거 없어?"

"진명숙 씨 건은 아직 흰색 아우디 소유주랑 접촉 안 됐어."

"오 형사야, 너 그 차 주인 아직 찾고 있어? 4개월이나 지나서 블랙박스에 저장된 것도 이미 다 날아갔을 텐데 그 사람한테 왜 그렇게 집착하냐?"

"단서가 워낙 없으니까…. 혹시 또 모르잖아."

오 형사는 답답한 듯 깊은 한숨을 내쉬었다.

"하여간 오민기 너도 참 집착 쩐다. 그럼 차은새는?"

"사망 추정 시각까지 건물에 다녀간 사람들 다 파봤는데, 더 이상은 없어. 이젠 진짜 없어. 싹 다 찾았어. 절대 없어!"

"그치? 내 말이 맞다니까. 차금새랑 찌질이 스토커, 둘 중 한 명이야. 뭘 그렇게 사서 고생을 하냐? 어차피 답은 뻔한데."

태헌은 더 생각하기도 귀찮은 눈치였다.

"김태헌, 넌 무슨 경찰이 제대로 수사도 안 해보고 단정 짓고 그러냐? 너 그러다 애먼 사람 잡으면 어쩌려고."

"내가 애먼 사람을 왜 잡아. 이건 너무 뻔하잖아. 그 시간까지 건물 다녀간 사람들 중에 다른 특이점 있는 사람도 없고, 그렇다고 설마 서정원이겠냐? 남편 바람난 거 알았음 이혼하고 위자료만 받아도 평생을 떵떵거리고 살 텐데, 열받는다고 사람을 막 그렇게 죽였겠어? 사건 발생 시간 이후에 다녀간 사람들이야 따져볼 것도 없고."

"우리 김태헌 경위 잘나셨네. 항상 말하지만 네놈이 참경찰이다."

"형님이 하는 게 바로 과학수사라는 거야. 인마."

의자에서 무거운 몸을 일으킨 태헌이 냉장고에서 초코우유를 꺼내 들며 어깨를 으쓱했다.

지이이이잉. 그때 팩스 한 장이 들어왔다. 전송된 페이퍼를 들어 올린 태헌이 회심의 미소를 지으며 오 형사를 바라보았다.

"이야, 요것 봐라?"

"왜? 뭔데 그래?"

"오 형사야, 역시 내 말이 맞았다니까. 이거 보험사에서 온 따끈따끈한 증거라구."

"증거?"

"우리 차금새 씨, 도박 빚이랑 동생 보험금이 딱 떨어지는 건 언제부터 알았을까. 사망 보험금 2억 나올 거 알고 딱 2억 원어치 도박했나?"

"그건 또 뭔 말이야? 이리 줘봐."

의기양양한 표정의 태헌이 방금 온 팩스를 펄럭펄럭 흔들며 오 형사의 책상 위에 놓았다.

"차금새 보험금 탔단다. 자그마치 2억."

눈을 뜨자마자 본 소름 끼치는 메시지와 함께 정원의 전쟁 같은 하루는 다시 시작되었다. 아무 일도 없었다는 듯 깔끔하게 차려입고 턱을 빳빳이 들고 방송국에 들어섰다. 마주치는 몇몇 따가운 시선이 느껴지긴 했지만 그녀는 신경 쓰지 않았다. 사실, 매우 거슬렸지만 아무렇지 않은 척하기로 결심한 정원은 23층에 붙어 있는 대형 포스터 속 자신의 당당한 모습을 바라보며 숨을 크게 들이마셨다.

"선배, 방송국 게시판 보셨어요? 서 팀장님 이슈로 아주 불이 났던데요. 설마 진짜 서 팀장님이 그런 건 아니겠죠?"

시사국에 들어서기가 무섭게 자신에 대해 얘기하는 동료들의 목소리가 들려왔다. 눈을 질끈 감은 정원이 한 번 더 스스로를 가다듬었다.

"양 작가야. 서 선배 같은 독종이 그렇게 티 나게 사람을 죽였겠냐? 난 절대 아니라고 본다. 내가 아는 서정원은 죽이고 싶은 사람이 있었음 그렇게 한 방에 안 죽여. 오랜 시간 동안 공들여서 피를 말려 죽이는 게 훨씬 서정원 스타일이지."

김 기자가 눈을 까뒤집고 기괴한 표정을 지으며 장난을 쳤다.

"오우, 징그러워. 하지 마요, 선배. 어우, 장난 아냐."

"뭐가 징그럽냐? 내가 그렇게 2년 동안 서정원 선배한테 죽임을 당하고 있잖아. 나 매일매일 죽어가는 거 안 보여? 이러다 어느 날 소리 없이 꼴까닥할걸? 으흐흐."

양 작가와 김 기자의 대화를 불안한 표정으로 듣고만 있던 막내가 출근한 정원을 먼저 발견하고 눈치를 줬지만 알아채지 못한 두 사람은 멈출 줄을 몰랐다.

　"김 기자, 한 방에 죽기 싫으면 실없는 소리 그만하고 일해라."

　아무렇지도 않은 얼굴로 김 기자의 등을 툭 하고 때린 정원이 자리에 앉자 잡담을 하던 무리가 일사불란하게 흩어져 제자리를 찾아갔다.

　"언제 왔어?"

　"몰라. 귀신이야, 귀신."

　팀원들이 숙덕임에도 대수롭지 않다는 듯 고개를 빳빳이 든 정원은 재킷을 옷걸이에 걸고 의자를 빼 앉았다.

　"팀장님, 국장님이 출근하시면 바로 국장실로 오라고 하셨어요."

　말없이 듣기만 했던 막내가 괜히 무안한 표정으로 주눅이 들어 정원에게 말했다.

　"알았어. 말 길어질 것 같은데 오늘 브리핑 오후로 좀 미룰까?"

　'저렇게까지 미안해하지 않아도 되는데, 소심하기는. 저런 애가 어떻게 수석 입사를 했을까?'

　정원은 막내와 눈을 맞추며 짧은 미소를 보여주었다.

　"제가 오늘 오후에 병원 예약이 있어서 반차라…. 그러면 브리핑 준비는 작가님께 따로 말씀드려 놓을게요."

　"병원? 어디 아프니?"

　"아니요. 그냥 검진 같은 거예요. 걱정 안 하셔도 됩니다."

"그래. 알았어. 안 그래도 심란한데 아프기까지 하진 말자."

막내에게 한숨 섞인 말을 던지며 업무 준비를 마친 정원이 자리에서 일어나 국장실로 향했다.

"국장님, 서정원입니다."

"들어와."

정원이 국장실에 들어서자 브로콜리 바나나 주스를 빨대로 쪽쪽 빨던 강 국장이 자리에서 일어나 소파로 향했다. 정원도 강 국장의 맞은편에 자리를 잡았다.

"서정원이. 좀 어때?"

"뭐가요? 만천하에 남편 내연녀의 살인범일지도 모른다는 소문 난 기분이요?"

"입은 살아 있는 거 보니까 아직 살 만한가 보네."

"죄송해요. 방송국 게시판 난리라면서요?"

"그래. 내가 아주 너 땜에 옷 벗게 생겼다, 인마. 우리 애들 아직 결혼도 안 한 거 알지? 나 실업자 되면 네가 먹여 살려야 해. 하긴, 네가 먹여 살려주면 지금보다 훨씬 나을 것도 같고."

둘의 대화는 예상보다 부드럽게 이어지는 듯했다.

"저 사람 안 죽였으니까 국장님 실업자 될 걱정은 넣어두세요. 제가 아무리 돈이 많아도 국장님 건강식품값은 감당 못 해요."

"그런 놈이 매번 사고를 치냐?"

차분한 정원의 대답에 농담으로 받아치며 고개를 끄덕이던 강 국장은 그녀를 물끄러미 바라보다 무겁게 입을 뗐다.

"그런 의미에서 정원아. 일단 오아뉴 몇 주만 방송 쉬자."

"네? 앞뒤 문장이 일관성이 없잖아요. 그런 의미에서 사실을 밝혀야지 왜 쉬어요?"

"여론이 너무 안 좋아. 이대로 오아뉴를 끌고 가기엔 회사 입장에서도 리스크가 너무 커. 후속 기사들도 컨트롤이 잘 안 되고. 그도 그럴 게 사건이 너무 크잖냐."

"국장님, 이 사건 기획된 거예요. 어떤 방식으로든 저를 끼워 넣으려고 한 거라구요. 제가 취재하고 보도할 겁니다."

정원의 대답은 강 국장이 예상한 그대로였다. 막 대학을 졸업한 서정원이 애송이 신입 기자였을 때부터 10년 넘게 보아온 강 국장이었다. 기대가 큰 만큼 아끼는 후배이기도 했다. 평소 정원의 이런 저돌적인 스타일을 좋아하는 강 국장이었지만 이번만큼은 그녀의 뜻을 못 이기는 척 들어줄 수가 없었다.

"서정원, 너는 회사 입장은 생각 안 하냐? 지금 이 사건 때문에 회사가 뒤집혔어, 인마. 방송국 게시판은 마비될 지경이고, 다른 회사들은 신이 나서 기사를 쏟아내고 있어. 지금 사람들은 TNJ 서정원 기자가 참고인인지 용의자인지 그런 거엔 관심 없어. 여론이 바라보는 넌 그냥 살인범 수준이라고. 지금 이 상황에 네가 나서는 걸 보면 사람들이 가만히 있겠냐? 개떼같이 널 물어뜯자고 달려들 거다. 회사만 다치는 게 아니야. 그럼 너도 많이 다칠 거야, 인마."

강 국장이 핏대를 세우건 말건 정원의 표정은 변화가 없었다.

"그러니까 제가 한다고요. 제가 취재를 하는 게 더 임팩트도 있어요. 저만큼 이 사건 집요하게 팔 수 있는 사람도 없고 제가 진실을 찾아서 저한테 겨눠진 그 칼, 누구 칼인지 씹어 먹어드릴게요. TNJ 명예도 찾고, 시청률이랑 이슈몰이도 자신 있어요. 이건 단순한 연예계 치정극이 아니에요."

"정원아, 네 말대로 너한테 겨눠진 칼이라면 더더욱 조용히 사건 해결되게 기다리자. 너 말고도 우리 유능한 애들 많잖아. 그 친구들이 해결하려고 애쓰고 있어. 나도 도울 거고. 넌 그냥 좀 쉰다고 생각하고 맘 편하게 있다가 사건 해결되면 그때 오아뉴 다시 하면 되는 거야. 너도 많이 지쳤을 텐데 이참에 건강도 좀 챙기고, 몸에 좋은 것도 좀 챙겨 먹어. 응?"

윽박지르기 작전이 안 먹힌다고 생각했는지 강 국장은 정원을 달래기 시작했다. 하지만 여전히 미동 없는 정원은 장난감 앞에 선 아이처럼 막무가내였다. 회사와 강 국장의 입장 둘 다 이해할 수 없는 건 아니었지만 정원에게 다른 선택지는 없었다. 이렇게 속수무책으로 물러나기엔 살인 사건의 용의자가 될지도 모른다는 억울함이 너무 컸다. 그리고 한 발짝 떨어져서 다가오는 불길을 지켜보고 있는 게 너무 두려웠다. 차라리 그 불 속으로 들어가 버리는 게 마음이 편할 것 같았다. 더욱이, 살인 사건 현장에서 도망친 인간으로 스스로를 기억하며 가만히 기다릴 순 없었다.

강 국장은 목이 타는지 아예 브로콜리 바나나 주스의 뚜껑을 열고 들이켰다.

"TNJ2에서 중계하는 아시안 컵, 우리 쪽으로 가져오기로 했어. 이번 주부터 3주다. 마침 경기 시간이 오아뉴 시간대랑 겹치니까, 3주 아시안 컵 중계하는 동안 일단 상황을…."

정원과 강 국장의 대화가 끝나기도 전에 문밖에서 소란스러운 소리가 들리더니 국장실의 문이 벌컥 열렸다.

"잠시만요, 선생님. 여기서 막무가내로 이러시면 안 됩니다."

"아니, 내가 난동을 부리려는 게 아닙니다. 높으신 분께 확답받을 게 있어서 그럽니다."

정원과 강 국장의 시선이 동시에 문을 향했다. 시선 끝에는 중년 남성과 한창 실랑이를 하는 김 기자가 서 있었다.

"무슨 일이야?"

강 국장의 말에 김 기자가 몸을 돌렸다.

"아, 국장님. 안 된다고 하는데도 계속 국장님을 뵙겠다고…."

"국장님 자리에 계셨네요. 제가 너무 답답해서 왔습니다. 저랑 얘기 좀 하시죠, 국장님."

흥분한 중년 남성의 목소리가 김 기자의 말을 막았다. 귀에 익은 목소리. 그를 본 정원은 당황한 듯 이마 위로 손을 올려 머리를 뒤로 쓸어 넘겼다.

"한…병문 선생님?"

"서 기자님도 계시네요. 정말 너무들 하십니다. 우리 나리 죽음 꼭 밝혀준다고 하셨잖아요!"

*

"죄송해요. 바쁘실 텐데 제가 시간 뺏었죠?"

방송국 앞 카페에서 수척해진 우재가 영선의 커피에 빨대를 꽂

아주며 특유의 부드러운 미소를 지었다.

"그렇죠 뭐."

'뭐가 이렇게 우아해? 재벌은 이런 급박한 상황에도 저런 인자한 미소를 쏘는 교육이라도 받는 거야?'

우재와 마주 앉은 영선은 아무 일도 없었다는 듯 여전히 젠틀하고 태연한 우재의 모습에 어이가 없어 퉁명스럽게 대답했다.

"정원이는 좀 어때요?"

"궁금하시면 직접 연락해 보시지 그러세요."

"제 연락을 안 받아요. 너무 걱정이 되고 보고 싶은데 정작 제가 연락드릴 수 있는 사람은 주 기자님뿐이네요."

"안 받을 만도 하죠. 저도 이렇게 우재 씨랑 같이 앉아 있어도 되는지 모르겠네요. 정원이가 알면 그 성질에 날 삶아 먹으려고 할 텐데."

"죄송해요. 주 기자님까지 난처하게 해서….."

또다시 따뜻한 미소를 보이는 우재. 마치 길 가다가 어깨를 살짝 부딪힌 사람에게 매너 좋게 사과하는 사람 같았다. 영선은 그런 우재를 보니 배알이 꼴렸다.

'저런 모습에 정원이가 반한 거겠지? 서정원이 아니라 그 누구라도 반하지 않고는 못 배기겠군. 저 가증스러운 미소에 차은새도 반했을 거고. 하긴, 나도 엄청 멋진 놈이라고 생각하고 정원이한테 결혼하라고 그렇게 부추겼댔으니. 다 내 죄다. 내가 사람 잘못 본 죄야.'

영선은 오만 가지 생각이 지나가는 머리를 절레절레 흔들며 떨떠름한 표정으로 빨대를 물고 대답했다.

"뭐, 제가 사과 받을 일은 아닌 것 같고 본론만 간단히 하세요. 설우재 씨 보는 게 저도 좀 불편하네요."

"정원이 어떤가요? 아직 화 많이 났나요?"

"화라고 말하긴 너무 귀여운데요. 화는 양말 뒤집어서 세탁기에 넣은 정도의 일에 내는 거죠. 말은 바로 하세요. 정원이를 그냥 화나게 한 게 아니라 벼랑 끝까지 밀어 넣은 거잖아요. 커리어고, 인생이고 다 끝장나게 생겼는데 제정신이겠어요?"

'화났냐'는 우재의 질문에 영선은 욕이 튀어나올 뻔했지만 지성인답게, 아직은 친구의 남편인 우재에게 최소한의 예의를 지키기 위해 목구멍까지 올라오는 쌍시옷을 꿀꺽 삼켰다. 그런 영선의 노력이 무색하게 우재는 여전히 침착했다.

"저도 지금 백방으로 알아보고 있어요. 정원이 사건은 곧 마무리될 겁니다. 제가 그렇게 만들 거구요."

"네, 저야 뭐 설우재 씨가 뭘 하고 계신지는 특별히 안 궁금합니다. 정원이 누명 얼른 벗길 방법이 있다면 빨리 좀 부탁드릴게요. 애 다 죽어가는 꼴 더 보기 싫으니까."

영선이 눈도 마주치지 않고 쏘아댔다.

"정원이 지금 호텔에 있죠? 대신 좀 전해주시겠어요? 저 보기 힘들면 제가 양평 별장으로 옮기면 되니까 집으로 들어와서 편히 지내라고요. 불편하게 호텔에서 왔다 갔다 하지 말아달라고…."

"말은 해보죠. 그 집에 다시 들어가고 싶을지는 모르겠지만."

차가운 대답에도 우재는 한결같은 얼굴이었다. 잔뜩 약이 오른 영선이 뭔가 떠오른 듯 자세를 고쳐 앉으며 우재를 불렀다.

"근데, 설 감독님."

"네, 말씀하세요. 주 기자님."

"혹시 감독님 최혜원 알아요?"

"네? 누구요?"

"몰라요? 최혜원?"

"네. 저는 잘⋯."

"그럼 모수린은 알아요?"

영선이 우재의 표정을 살피기도 전에 우재의 전화벨 소리가 우아하게 울려댔다.

"잠시만요, 주 기자님. 전화 좀 받고 올게요. 죄송합니다."

자리에서 일어난 우재가 전화를 받으러 간 사이, 속에서 올라오는 열불을 식히기 위해 커피를 꿀떡인 영선의 귀에 짜증 섞인 우재의 목소리가 들렸다.

"네, 정원이가 좀 아팠었어요. 병원은 그래서 다닌 거구요."

"거기가 잘하니까 갔죠."

"알았어요. 병원 옮기라고 얘기할 거예요. 그런 일이 있었는데 그 건물에 있는 병원을 어떻게 다니겠어요?"

"그냥 좀 내버려 두세요!"

'설 감독한테 저런 면이 있었나?'

그 어떤 상황에도 꿋꿋이 부드러운 미소와 여유로운 말투를 유지하던 우재에게서 처음 들어보는 흥분한 목소리였다.

"걔는 또 왜요? 걔는 아무 관련도 없어요. 제가 알아서 해요. 아

162

버지, 나중에 집에 들를게요. 그때 얘기해요.”

'아버지인가? 그런데 개? 아무 상관이 없다는 걔는 또 누구지?'

한때 특종 기자가 될 뻔했던 영선이 묘한 기분에 휩싸였다.

*

지친 얼굴의 정원과 강 국장이 한병문을 마주하고 앉았다.

“선생님, 이거 한잔 드시고 좀 진정하십시오.”

강 국장이 병문에게 미지근한 매실차를 권했다. 병문은 갈증이 났는지 매실차를 한입에 털어 넣고 떨리는 목소리로 말했다.

“국장님, 우리 나리 방송은 도대체 언제 하는 겁니까? 작가님들께 물어봐도 계속 기다리라고만 하시고…. 너무 답답해서 실례를 무릅쓰고 이렇게 찾아왔습니다.”

봉토그룹 봉민주 사기 도피 사건, 성형외과 의사 성폭행 사건 등 자극적인 이슈들에 밀려 방송이 미뤄지고 있는 스페인 유학생 살인 사건 피해자의 아버지. 금방이라도 울음을 터뜨릴 것 같은 병문의 맞은편에 앉은 정원도 울고 싶었다.

'가뜩이나 복잡한데 하필이면….'

정원이 한쪽 팔에 무거운 머리를 기대고 말없이 한숨만 쉬고 있자 보다 못 한 강 국장이 입을 열었다.

“한 선생님. 저희가 다른 급한 사건들이 많다 보니 따님 방송이 좀 연기됐습니다. 방송 스케줄이라는 게 참 저희 뜻대로 하기가 어려워요. 정확하게 계획한 대로 진행이 되면 좋은데 변수가 워낙 많으니까요."

"그럼 우리 나리 남자 친구였다는 사람 찾는 방송은 도대체 언제 TV에서 볼 수 있습니까. 방송이 나가야 제 딸 남자 친구였다는 사람도 찾고, 그 불쌍한 녀석 억울한 죽음도 밝힐 수 있지 않겠습니까."

"네, 나리 양 아버님. 저희가 일정을 좀 확인해 보겠습니다. 선생님 말씀은 제가 다 이해했으니 일단 댁에 돌아가셔서…."

울먹이는 병문에게 예의 바른 표정과 말투로 알았으니 빨리 이 방을 나가달라는 뜻을 전하는 강 국장은 정원을 대할 때와 달리 제법 신사답게 보였다.

"더 이상 기다릴 수 없습니다. 방송해 주십시오!"

한 톤 높아진 병문의 목소리에 강 국장과 정원이 놀라 서로를 마주 보았다. 병문은 정원을 쏘아보며 말을 이었다.

"방송해 달라고요. 저는 하루라도 빨리 나리 남자 친구라는 사람 찾아야겠습니다. 안 그러시면 서정원 기자님, 제가 가만두지 않을지도 모릅니다."

병문의 눈에서 살기를 느낀 정원은 등골이 오싹한 기분이었다.

"어떻게 된 거야?"

겨우 병문을 달래서 돌려보낸 강 국장이 빈 생수병을 탁자에 쾅 놓으며 정원에게 물었다.

"매번 방송에서 한나리 양 제보는 꾸준히 받았던 거 아시잖아요. 뚜렷한 진전이 없었어요. 그러다 다른 눈에 띄는 사건이 많아지면서 밀린 거고요.”

“취재 진행은 어디까지 됐고?”

“한나리 양 친구랑 연락이 닿았어요. 남자 친구랑 한국어로 대화하는 걸 들은 적이 있대요.”

“남자 친구? 전엔 남자 친구가 있었다는 얘긴 없었잖아.”

“네. 취재 과정에서 입수한 정보예요.”

“그럼 그 남자 친구라는 사람이 한국인이었단 말이야?”

“그것도 확실하진 않아요. 통화하는 거 듣기만 했지 실제로 만나보거나 남자 친구에 대한 얘기를 많이 들은 건 아니래요. 제보자가 그리스인이라서 한국어를 전혀 몰라요. 그게 한국어였다는 것도 드라마에 관심을 가지면서 알았대요. 그러니까 얼마나 깊은 사이였는지 무슨 대화를 한 건지 확인도 안 되고요. 어쩌면 간단한 한국어가 가능한 외국인일 가능성도 배제할 수 없죠.”

어느 것 하나 확실하지 않은 대답을 해야 하는 정원은 착잡한 기분이었다.

“서 기자야, 저 아버지라는 사람 지금 정상 아니라구. 알고 있는 거야?”

“갑자기 자식 잃은 사람이 제정신이라도 이상하죠. 이번 방송에 기대를 많이 하고 있었어요. 딸 죽은 범인 찾겠다는 의지도 엄청나고요.”

강 국장도 병문에게서 정원처럼 섬뜩함을 느낀 것 같았다. 평소였다면 이 정도 일은 호탕하게 웃어넘겼을 그였지만 이번에는 뭔가 달랐다. 더군다나 지금은 정원의 사건으로 떨어지는 낙엽에도 시사국 전체가 흔들릴 위기여서 병문을 자식 잃고 이성을 잃은 것 뿐이라고 넘길 수도 없었다. 강 국장은 더욱 신중해져야만 했다.

"하…."

30년 차 베테랑 기자에게도 쉽지 않은 상황이라는 것이 한숨으로 느껴졌다.

"서정원, 그럼 우리 이렇게 하자."

잠깐의 침묵을 깨고 강 국장이 조용히 입을 열었다.

"너 지금 어차피 새로운 기획 들어가는 건 무리가 있고, 그렇다고 집에 앉아서 쉬라고 한다고 쉴 위인도 못 될 테고…."

정원은 다시 이어진 강 국장과의 대화에 전혀 집중하지 못하고 있었다.

'날 가만두지 않을 수도 있다고? 그럼 문자 보낸 사람이 한병문 씨였을까?'

"정원아, 내 말 듣고 있어?"

"…."

"서정원! 인마!"

"네? 네."

"서 기자가 한나리 양 사건 마무리하라고."

"네?"

"유학생 사건 마무리해 봐. 어차피 3주 후에는 방송 재개할 계획이니까 그때 방송한다고 생각하고. 여의치 않으면 준비했다가 다른 프로그램으로 넘겨서 방송 내보내도 되잖아. 처음부터 네가 맡았던 일이니까 마무리하는 걸로 하자고. 그게 그림이 좋겠어."

정원은 그제야 강 국장의 말이 귀에 들어왔다.

"국장님, 제가 한나리 양 사건에서 손을 떼겠다는 게 아닙니다. 그 사건도 제가 맡은 거니까 당연히 제가 마무리해요. 그런데 지금 제 상황이….”

"똑똑한 놈이 왜 이렇게 사리 분별을 못 해?"

정원의 대답이 끝나기도 전에 강 국장이 다시 열을 올렸다.

"이럴 때일수록 더 냉정해져야 한다는 거 몰라? 네가 지금 차은새 사건에 손을 대면 여론만 더 악화시키는 꼴이 된단 말이다. 이 바닥 하루 이틀 있었어? 아마추어같이 정말 왜 이러냐?"

"국장님….”

강 국장의 호통에 정원은 아무런 대답도 할 수 없었다. 머리로는 그의 결정이 옳다는 걸 알고 있으면서도 차은새 사건에 손 놓고 있자니 돌아버릴 것 같았다. 또 한편으로는 병문의 협박이 신경 쓰이기도 했다.

'설마 또 일이 꼬이는 건 아니겠지? 한병문 씨도 죽기라도 하면 어쩌지? 서정원. 네가 무슨 저승사자야? 진짜 미쳐가고 있구나.'

본인이야말로 정상이 아닌 것 같았다.

"잔말 말고, 이번에는 내가 지시하는 대로 해. 조용히 유학생 사건 방송 마무리 짓고, 차은새 사건은 나 믿고 기다려. 괜히 하이에나들 눈에 띄는 행동은 하지도 말고. 그리고 다시 나타날 때는 뻔뻔해져야 해."

"뻔뻔한 건 제 전공이니 걱정 마시구요. 저도 생각 좀 해볼게요."

한발 물러선 듯 크게 한숨을 내쉰 정원이 낮은 목소리로 말을 이었다.

"그런데요, 국장님. 의심스러운 부분이 몇 가지 있어요."

"의심? 무슨 의심?"

"모형택 의원 딸이…."

"야! 인마!"

정원의 말에 잠시 집중해 주려던 강 국장이 진절머리가 난 얼굴로 소리쳤다.

"너 내 말 어디로 들었어? 내 말 잘 들어 서정원. 너 이 사건에 더 이상 머리 아픈 사람들 건드리지 마. 지금은 진실보다 네 안전이 더 중요한 상황이야. 알아들어? 현직 국회의원이 스폰서든 포주든 지금 그게 중요한 게 아니라고!"

"그치만 예전부터 모 의원과는 소문이 많았었고, 또 제가 그 딸을…."

"너 언제부터 그런 찌라시를 진지하게 들었냐? 지금 네가 하는 꼴이 차은새 사건을 맡으면 안 된다는 증거야. 넌 이미 객관적이지 않아. 객관성을 잃으면 그건 언론이 아니야."

강 국장은 정원이 모수린에 대해 상의해 볼 기회조차 주지 않았다. 그리고 정원은 스스로가 생각해도 객관성도 공정성도 잃고 있었다. 그때 병문이 앉았던 소파에서 휴대폰 진동음이 울렸다. 강 국장이 손을 뻗어 소파 구석에 떨어져 있던 휴대폰을 들어 올렸다.

"이거 뭐야? 이 양반 전화기를 놓고 갔네?"

강 국장 손 위에 올려진 휴대폰에서 한 번 더 짧은 진동음이 울렸다. 정원의 시선도 반짝이는 휴대폰 화면으로 향했다.

"뭔 문자가 이렇게 많이 와? 근데 번호가 이게 뭐야?"

[07754234895135788]

'어? 저 이상한 번호.'

본능적으로 휴대폰을 뺏어 든 정원이 급하게 액정을 터치했다. 그러나 잠금 설정이 되어 있는 휴대폰 화면은 금세 까맣게 변해버렸다.

＊

차은새 살인 사건 발생 5개월 전. 오아뉴 팀 회의실 분위기가 평소보다 더 밝았다. 지난달 오아뉴에서 심층 취재를 진행했던 미제 사건의 범인이 잡혔기 때문이었다. 사건 발생 30년 만이자, 사건을 배경으로 한 영화가 개봉한 지 16년 만이었다. 취재를 맡은 정원이 경찰에서 놓친 사건의 실마리를 풀 만한 열쇠를 찾아 보도했고, 그로 인해 형성된 여론으로 재수사가 성사됐다. 그리고 영원히 잡히지 않을 것 같던 사건의 진범이 밝혀졌다. 오아뉴와 프로 멱살러 서정원은 다시 한번 국민 영웅으로 등극했고, 이 방송은 주말 예능 프로그램을 웃도는 시청률을 기록했다.

"서정원, 이 분위기 그대로 미제 사건들 좀 더 파보자고. 우리서 기자가 이쪽에 확실히 재능이 있어."

미스터리한 맛이 날 것 같은 자작나무 수액 음료를 마시는 강 국장의 입이 귀에 걸려 있었다. 몸에 좋은 음식 다음으로 시청률에 민감한 강 국장이 시청률 보증 수표인 미제 사건에 관심을 가지는 건 당연했다. 여간해서는 감정 표현에 인색한 정원도 그날만큼은 활짝 웃어 보였다.

"양 작가, 뭐 괜찮은 꼭지 좀 찾았어?"

다음 방송 원고 최종 수정을 마친 정원이 양 작가에게 물었다. 양 작가의 회의 미션은 흥미로운 미제 사건 건져 오기였다.

"팀장님, 이 사건 어떠세요?"

양 작가는 기다렸다는 듯 청와대 국민 청원 페이지를 인쇄한 종이를 정원에게 들이밀었다.

제 딸의 억울한 죽음을 밝혀주십시오

12년 전 딸의 죽음에 얽힌 진상을 밝히고자 하는 아버지의 청원이었다. 한나리, 사망 당시 22세. 그녀는 서울의 한 명문대에서 건축을 전공하며 우수한 학점을 받은 재원이었다. 입학할 때 부터 교환학생을 목표로 했던 한나리는 3학년이 되던 해에 그토록 바라던 스페인 유학길에 올랐다. 그러고는 6개월 만에 머나먼 타국 땅에서 싸늘한 주검으로 발견됐다. 한나리의 아버지는 설렘 가득한 얼굴로 비행기에 오르던 딸의 모습을 마지막으로, 더 이상 그녀의 웃는 얼굴을 볼 수 없게 된 것이다. 그가 믿던 신은 가혹하게도 딸의 죽음에 대한 진실을 밝혀달라는 아버지의 간절한 기도마저 들어주지 않았다. 사건 발생 후 12년이 지난 지금까지, 무엇이 나리를 죽음에 이르게 하였는지, 누가 나리를 죽였는지는 끝끝내 밝혀지지 않았다.

"이거 나쁘지 않은데?"

페이퍼를 검토한 정원의 반응에 양 작가의 표정이 밝아졌다.

"그죠? 괜찮죠? 스토리가 꽤 뭉클해서 네티즌들 반응도 제법 올라오고 있어요. 딸의 죽음에 대한 진실을 밝히고자 하는 피해자 아버지의 눈물겨운 노력이 대중들에게 먹히는 분위기예요. 대사관도 좀 두들겨 맞고 있어서 이래저래 화제성도 있고."

정원에게 가장 중요한 건 시청률, 그다음이 정의 구현이었다.

'해외에서 발생한 한국인 여대생의 의문의 죽음과 부성애라….'

소재만 놓고 봤을 땐 특별할 것 없지만 시청자의 감수성을 공략하기에는 충분해 보였다.

"화제성이라면 치정이 최곤데. 거대 범죄 조직이나 마약 같은 신박한 소스가 들어가 준다면 금상첨화일 테고. 양 작가, 이분 이름이 한병문 씨? 한번 만나봐."

"워낙 여기저기 방송사에서 그동안 많이 찔러봐서 협조해 주실지 모르겠네요. 이만하면 언론에 지쳤을 텐데."

"부모는 절대 자식 일에 지치지 않아. 그리고 우린 그냥 언론사가 아니잖아? 자신감을 가져."

'그럼. 부모는 절대 자식 일에 지치지 않지.'

정원은 본인이 뱉은 말이 대견하고 우스워 빈정거리며 양 작가에게 말했다.

"우리 스페인 출장 가는 거예요? 저 스페인은 한 번도 못 가봐서 진짜 가고 싶었는데."

정원의 빈정거림을 눈치채지 못하고 그저 신이 난 양 작가의 목소리 톤이 높아졌다.

"취재 진행되면 한 번은 가야겠지? 이 사연의 주인공도 같이. 그분이 직접 가시는 게 아무래도 그림이 훨씬 좋겠네."

"신난다! 이번엔 자유 시간 좀 있겠죠? 일정 좀 넉넉하게 잡으면 안 될까요? 그럼 우리 시체스에 가요. 거기 제가 좋아하는 드라마 촬영지거든요."

"양 작가야. 장사 하루 이틀 하니? 시체 같은 소리 하지 말고 한병문 씨한테 연락이나 해. 내용 서치한 거 정리해서 나한테 보내고. 막내는 양 작가가 서치한 자료 중에 우리가 한국에서 확인해야 할 내용 정리해 주고. 김 기자는 다음 주 녹화 건 인터뷰 어디까지 진행됐어? 30분 후에 내가 확인할 수 있게 준비해 줘. 시간 없어. 빨리빨리들 좀 움직입시다."

"힝, 알겠습니다."

스페인 마드리드.

정원과 양 작가는 병문의 안내를 받으며 빨간 띠를 두른 택시에서 내렸다. 4층짜리 건물의 나선형 계단을 올라가자 이국적인 느낌의 파란 철문이 모습을 드러냈고, 병문은 익숙한 듯 열쇠를 돌려 문을 열었다. 마드리드의 작은 스튜디오는 12년 전 겨울에 멈춰있었다.

"우리 나리 그렇게 되고 나서 제가 퇴직금을 털어서 여길 매입했습니다."

"왜 그렇게까지 하셨죠?"

"아무래도 범인이 밝혀질 때까지는 사건 현장이 온전히 보존되어 있어야 할 것 같아서요."

대답하는 병문의 표정이 슬펐다. 출장을 오기 전, 사진으로 수십 번도 넘게 본 작은 공간이 눈에 익었다. 12년 전에 죽은 병문의 딸, 나리가 머문 곳이었다.

좁은 복도에는 화장실과 주방으로 들어가는 문이 각각 하나씩 있고 살림살이가 한눈에 들어올 만큼 작은 방은 침대와 거울이 딸린 협탁, 짙은 녹색 책상, 전공 서적이 가지런히 꽂힌 높은 책장이 놓여 있었다. 방에 비해 커다란 창으로 햇빛이 잘 들어와 작고 새하얀 방이 더 깨끗하게 느껴졌다. 정원은 병문이 이 공간을 얼마나 소중하게 관리했는지 알 수 있었다.

일과에 지쳐 타국의 집으로 들어오는 한나리. 나리는 저 책상에 앉아 스페인어를 따라잡기 위해 열심히 공부하고 틈틈이 아버지에게 안부 편지도 썼을 것이다. 나리의 실루엣을 한 재연 배우의 동선이 정원의 머릿속에 그려졌다.

책상에 놓인 작은 액자 속 가족사진 밑에는 병문이 죽은 딸에게 쓴 편지가 가지런히 놓여 있었다. 모든 편지는 같은 문장으로 시작했다.

사랑하는 우리 공주님에게.

어떤 사건을 만나도 감정 표현을 잘 하지 않는 정원이었지만 가슴 뭉클한 편지와 사진에 코끝이 찡해졌다.

'좋아. 감동적인 스토리. 이거 먹히겠다.'

"방 전체를 풀 숏으로 가면서 이 부분 좀 당겨야겠어."

가슴 찡함도 잠시, 정원은 감성적인 스스로가 멋쩍어 촬영에 더욱 집중했다.

"여기, 바로 이 자리에 우리 나리가 피를 흘리며 누워 있었다고 했어요."

병문은 문 앞, 사람 한 명이 겨우 누울 수 있을 만큼의 공간을 가리켰다. 그의 목소리는 미세하게 떨렸다. 12년이나 흘렀지만 자식의 죽음은 여전히 아버지에게 떠올리기 힘든 기억일 것이다.

"서 기자님, 제가 대사관에 신고를 한 게 연락이 두절된 후 3일째였어요. 그래서 죽은 지 5일이 지났었다는 스페인 경찰의 말을 저는 믿을 수가 없는 겁니다."

"당시 경찰 조사에서도 그렇게 말씀하셨죠?"

"그럼요. 제가 그 부분이 이상하다고 계속 얘기했습니다. 없어진 휴대폰에 대해서도 계속 알아봐 달라고 요청했고요. 근데 나중에 한국에 돌아와서 사건 자료를 번역해 보니 그 내용은 쏙 빠져 있더라고요."

출장 전, 정원이 미리 확인한 사건 관련 파일에도 당시 사건 현장에서 나리의 휴대폰은 발견되지 않았다고 기록되어 있었다. 누군가가 그녀의 휴대폰을 가져간 것이다. 그렇다면 한나리 사망 추정일 이후 그녀의 휴대폰으로 아버지에게 문자를 보낸 사람은 누구일까?

나리와 아버지는 한국어로 대화를 주고받았으니 문자를 보낸 사람은 한국인이거나, 한국어가 매우 유창한 사람일 것이다. 그러나 스페인 경찰이 범인으로 지목한 사람은 멕시코인 불법 체류자였다. 한국어는커녕 한국이라는 나라가 어디에 있는지도 모르는 멕시칸. 당시 경찰은 그 멕시코 남성이 도둑질을 목적으로 나리의 집에 들어갔다가 우발적으로 그녀를 살해했다는 언뜻 그럴싸한 결론을 내렸다. 몇 개월에 걸친 재판 후, 그 남성은 증거 불충분으로 무죄를 선고받았고 멕시코로 추방되며 사건은 유야무야 잊혀 버렸다.

"그것뿐만 아닙니다."

눈물을 글썽이던 병문이 말을 이었다.

"우리 나리가 교환학생으로 간 학교에 연락을 해보니까 죽기 2주 전에 이미 학교를 그만뒀다고 하더라고요."

"아버님께서는 그 사실을 모르고 계셨습니까?"

"네. 저는 처음 듣는 얘기였습니다. 우리 나리는 어려서부터 부모 속 한번 안 썩이던 착한 아이였어요. 그런 제 딸이 지 엄마한테도 얘기를 안 하고 학교를 그만뒀다는 게 저는 정말 이상합니다."

"부모님께는 얘기하지 못할 어떤 사정이 있었을 수도 있지 않을까요? 가끔은 부모가 가장 모를 수도 있어요."

"아닙니다. 저는 제 딸을 잘 알아요. 우리 나리에게 분명 무슨 일이 있었던 게 틀림없습니다."

나리에게는 대체 무슨 일이 있었던 걸까. 병문에게는 냉정하게 얘기했지만 정원이 생각해도 의심스러운 부분이 많은 사건이었다.

"저는 우리 나리 그렇게 되고 나서 회사도 그만뒀습니다. 10년이 넘는 시간 동안 한국과 스페인을 오가며 제 딸의 억울한 죽음을 밝히기 위해서 얼마나 노력했는지 모릅니다. 대사관에서 문전박대도 당해보고, 불법 흥신소에 사기도 당했어요. 이젠 남은 돈도 없어서 포기하고 그냥 죽어버려야 하나 생각하고 있을 때 오아뉴에서 연락을 주신 겁니다."

"…네."

"서 기자님, 제게 이제 희망은 기자님뿐입니다. 제발 저 좀 도와주십시오."

병문은 정원과 함께하는 현장 취재 중에도 틈만 나면 그녀의 양손을 잡고 눈시울을 붉혔다. 그렇게, 스물두 살에 멈춰버린 딸은 이제 중년을 지나 노인이 되고 있는 아버지를 자꾸만 울리고 있었다.

감정 조절이 힘든 병문을 숙소에 남겨두고, 정원과 취재팀은 본격적인 현장 취재를 시작했다. 당시에도 거주했던 한인들을 대상으로 탐문을 시작했지만 교민들이 평범한 유학생의 죽음을 기억하기에 12년이라는 세월은 너무나도 길었다. 마드리드에서의 첫 번째 날은 그렇게 별다른 수확 없이 지나가고 말았다.

마드리드에 도착한 이튿날.

오아뉴 팀 앞으로 그리스에서 메일 한 통이 도착했다. 출장 전 SNS에 한나리를 알고 있는 사람을 찾는다는 공고를 본 또 다른 유학생의 제보였다.

안녕하세요. 저는 안나입니다.

2007년 스페인 제3 유니버시티 교환 학생으로 한나리와 친구 사이입니다. 아마 제가 마드리드에 있는 그녀의 유일한 친구였을 겁니다. 그런데 제가 그리스로 돌아온 후 나리와 연락이 끊겼어요. 그녀가 죽었을 거라고는 상상도 못 했습니다. 저는 나리가 일부러 연락을 끊은 줄 알았습니다. 제가 그리스에 돌아오기 전에 그녀와 몇 번 다툰 적이 있었거든요. 이유는 그녀의 남자 친구 때문이었습니다. 저는 당시 나리에게 무슨 일이 생겼다면 그 남자 친구와 관련이 있을 거라고 생각합니다.

한나리의 남자 친구? 병문은 물론 대사관도 경찰도 나리에게 남자 친구가 있다는 얘기를 한 적은 없었다. 사건 발생 이후 단 한 번도 언급된 적 없던 그가 사건의 단서를 알고 있을지도 모른다. 특종 기자 정원의 촉은 12년 만에 등장한 나리의 남자 친구에게 집중되었고, 오아뉴 팀의 심층 취재가 시작되었지만 긴 시간 동안 꽁꽁 숨어 있던 그의 흔적은 어디에서도 찾을 수 없었다.

*

'이게 뭐지? 나한테 온 협박 문자. 이 번호가 왜 한병문 씨에게도 연락을 하는 거야?'

병문의 휴대폰에서 소름 끼치는 번호를 본 정원은 혼란스러워 견딜 수가 없었다. 지저스, 지저스한테 확인해야겠어. 뭔가에 홀린 듯한 정원이 말없이 국장실을 뛰쳐나갔다.

"서 기자! 갑자기 어디 가?"

당황한 정원에게는 자신을 부르는 강 국장의 목소리도 들리지 않았다. 빠르게 방송국을 빠져나온 정원은 정신없이 호텔로 출발했다. 정원의 다급한 마음과는 달리 퇴근 시간의 도로는 주차장을 방불케했다. 꽉 막힌 도로 탓에 한참 만에 호텔에 도착한 정원은 서둘러 노트북을 열고 메신저에 접속했다.

히어로 지저스, 나 지금 좀 급해. 메시지 확인하면 연락 줘.

정원은 초조한 얼굴로 노트북에서 눈을 떼지 못한 채 그 앞을 서성였다. 다행히도 금방 대화창이 반짝였다.

지저스 무슨 일?

히어로 07754234895135788, 07754234895135789 이런 번호 좀 알아봐 줄 수 있어?

지저스 이게 뭐야?

히어로 문자 발신 번호.

지저스 ㅇㅋ 기다려.

지저스를 기다리는 동안 정원은 다시 한번 휴대폰을 열어 문자를 확인했다.

[서정원, 죽여버릴 거야.]

"어라? 이 자식 이거, 구라였구먼."

한 손에는 핫도그를 들고 책상 위에 발을 올린 채 통신사에서 온 팩스를 확인하던 태헌이 벌떡 일어나 재킷을 손에 들고 경찰서 밖으로 향했다.

"너 어디 가냐?"

외근에서 돌아온 오 형사가 급하게 뛰어나가는 태헌을 보고 물었다.

"오민기. 이거 너 먹어라."

태헌은 오 형사의 손에 먹던 핫도그를 쥐여주고는 대답도 않고 나가버렸다.

"저 자식, 또 뭔 사고를 치러 가는 거야?"

허겁지겁 멀어지는 태헌의 뒷모습을 바라보던 오 형사가 책상 앞으로 자리를 옮겼다. 티슈 두 장을 뽑은 오 형사는 케첩이 휴지에 뭉개지지 않도록 조심스레 핫도그를 싸놓으며 궁시렁거렸다.

"군것질은 너나 좋아하지. 너 혼자 다 처먹어라. 파트너가 뭔지도 모르는 새끼."

티슈로 정성스레 싼 핫도그를 태헌의 책상에 올리던 오 형사의 눈에 방금 태헌이 확인한 자료가 들어왔다.

"통신사에서 온 차은새 문자 수신 내역이네? 태헌이 이 자식 이거 보고 나간 거야?"

종이를 들고 서 있던 오 형사는 자연스레 태헌의 의자에 앉으며 내용에 집중했다.

"어, 김민철 이 스토커 새끼. 차은새 죽기 하루 전까지 계속 문자를 보냈었네. 근데 이 번호는 뭐야?"

오 형사는 휴대폰을 꺼내 태헌의 이름을 찾았다.

"태헌아, 너 지금 김민철한테 가는 거지?"

태헌이 '여보세요'를 끝내기도 전에 오 형사가 물었다.

"응, 통신사 팩스 내용 봤냐? 이 자식 딱 걸렸어."

무선 이어폰을 귀에 꽂고 운전을 하는 태헌의 목소리가 가벼웠다.

"나도 봤어. 차은새 휴대폰 확인했을 때는 없던 내용이잖아."

"김민철 그 자식, 차은새 죽기 하루 전날까지 계속 문자를 보냈더라고. 딱 걸렸으니 이제 빼박이야."

"참고인 조사 할 때도 김민철이 그렇게 말했었지?"

"응, 그때도 스토킹으로 고소된 이후로는 연락 안 했다고 했거든. 그 새끼가 경찰한테 구라를 쳤어."

생각할수록 약이 오르는지 태헌은 핸들을 쾅 내리쳤다.

"그래서 너 지금 김민철 잡으러 가냐?"

"일단 그 자식 휴대폰 들고 와서 복원해야지. 생각 같아서는 증거 인멸 우려가 있으니까 확 잡아 오고 싶은데."

"근데 영장은 받았냐?"

"어느 세월에 그걸 기다리고 있냐? 내가 잘 구슬려볼게."

"아서라. 어설프게 그러다 모가지 날아가면 공무원 연금도 같이 날아간다."

태헌의 욱하고 즉흥적인 성질머리를 누구보다 잘 아는 오 형사가 가장 현실적인 겁을 주며 그를 진정시켰다.

"근데 태헌아, 문자 수신 내역 중에 괴상스런 번호는 뭘까?"

"너 그것 좀 알아봐 주라. 나도 그게 궁금하더라."

태헌은 민철에게 정신이 팔려 잠시 잊고 있던 수상한 번호가 생각났다. 차은새 휴대폰에는 남아 있지 않지만, 수신 내역에는 존재했던 번호 07754234895135787. 그건 뭐였을까?

"차은새가 지우지만 않았어도 더 빨리 진행될 일이었는데 말야. 문자가 오면 그냥 내버려 두면 될 것을 뭘 그렇게 열심히 지웠데? 통신사 조회해 봤자 번호만 나오고 문자 내용은 나오지도 않는데, 여러모로 사람 피곤하게 하네. 참."

수사 초기 단계에서 태헌은 은새의 휴대폰을 증거 자료로 수사를 진행했었다. 하지만 그녀의 휴대폰에는 문자와 통화 내역이 거의 남아 있지 않았고, 추가로 진행했던 휴대폰 포렌식에서도 삭제한 내용은 복구할 수 없었다. 증거도 남기지 않고 죽은 은새가 원망스러웠는지 태헌이 투덜거리자 오 형사가 말을 돌렸다.

"모두가 김태헌 너처럼 휴대폰을 복잡하게 쓰는 건 아니야. 휴대폰 내역들 그때그때 지우고 깨끗하게 쓰는 사람들도 많아. 인마."

"어. 어. 알았어. 나 다 왔어. 끊는다."

뭐든 정리 좀 하고 살자는 오 형사의 잔소리가 시작될 느낌에 태헌은 얼른 전화를 끊으려고 했다.

"아무튼 김민철 말 안 듣는다고 때리거나 억지로 데려오거나 그러진 마라. 그럼 진짜 갑질 경찰로 서정원한테 멱살 잡힌다."

"내가 미쳤냐? 나 잘리면 논문도 못 써, 인마. 그리고 서정원한테 멱살 잡히고 싶진 않다. 그 여자 예쁘긴 한데 얼음이야, 얼음."

"고시텔 방문 부숴버리고 그러지도 말고."

"알았다니까, 짜아식. 끊는다."

전화를 끊은 태헌은 허름한 건물 앞에 엉성하게 주차를 하고 계단을 세 칸씩 성큼성큼 올랐다.

"실례합니다. 강남 경찰서에서 나왔습니다."

신발을 아무렇게나 벗고 고시텔 안으로 들어선 태헌이 입구의 타원형 구멍에 신분증을 밀어 넣었다. 말이 고시텔이지 옛날 영화에 나올 법한 여인숙과 비슷한 모양이었다.

"예? 무슨 일이십니까?"

경찰서에서 나왔다는 말에 놀란 고시텔 직원이 문을 빼꼼히 열며 물었다.

"여기 302호에 김민철 씨 살죠?"

"민철이 형이요? 형 지금 없는데요."

"어디 갔는지 아십니까?"

"회사에서 휴가 받아서 어디 좀 다녀온다고 했어요."

"휴가요? 어딘지는 모르시고?"

"그것까진 저는 모르죠. 고향에 갔나?"

"고향이요? 김민철 씨 고향이 어딘데요?"

"어디라더라…. 무언이랬던 것 같은데, 저도 정확히는 몰라요."

"무언이요?"

무언이라면 태헌의 박사 학위 논문의 배경지이자 며칠 전에도 다녀온 곳이었다.

'김민철 고향이 무언이었어?'

잠시 아리송한 얼굴이 된 태헌이 이내 직원을 다그쳤다.

"아무튼 김민철 씨 방, 문 좀 열어주세요."

"그 형 무슨 사고 쳤어요?"

"아직 모르고요, 일단 문 열어주십시오."

태헌은 급하고 귀찮은 마음에 다짜고짜 방문을 열어달라고 보챘다.

"영장 있으세요?"

'영장'이라는 말에 절로 미간이 찌푸려졌지만 오 형사가 그토록 강조한 '공무원 연금'을 떠올리며 차분함을 가장한 낮은 목소리로 말했다.

"아이고, 이분이 법 공부한 분이신가. 영장 필요하시면 당연히 받아 와야죠. 근데 고시원 재정이 투명하신가 봐요? 세금도 잘 내시고? 이런 곳이 보통 현금 장사던데 탈세도 안 하고, 여기 있는 사람 다 신원도 확실하고 그렇죠? 수상한 사람은 당연히 안 살죠?"

"아, 아, 아니, 근데 지금 사장님도 안 계시고….."

"그럼 직원분이 문을 안 열어주셔서 제가 할, 수, 없, 이, 영장을 요모조모 받아 왔다고 사장님께 말씀드리면 되겠습니까? 참고로 지금 살인 사건 참고인 조사 중입니다."

"살인 사건이요? 잠시만요."

난처한 얼굴로 잠깐 고민하던 직원은 이내 마스터키를 가져와 민철의 방으로 태헌을 안내했다. 오래되어 군데군데 페인트가 떨어진 나무 문을 열자 퀴퀴한 냄새가 진동을 했다. 0.5인용으로 보이는 침대, 책상과 책장이 연결된 가구. 그리고 방을 가로지르는 빨랫줄에 엉망으로 걸려 있는 옷들이 김민철의 살림살이 전부였다.

고개를 움직이며 둘러볼 필요도 없는 작디작은 방을 살피던 태헌의 눈에 미심쩍은 부분이 발견됐다. 책상 아래 5구짜리 멀티탭. 휴대폰 충전기 하나만 꽂혀 있는데 멀티탭이 왜 필요했을까?

"김민철 씨는 원래 컴퓨터가 없습니까?"

태헌이 복도에 서 있는 고시텔 직원에게 물었다.

"당연히 있죠. 거기 없어요?"

대답을 마친 고시텔 직원은 태헌 너머로 방 안을 힐끗 쳐다보더니 의아한 표정으로 중얼거렸다.

"어? 휴가 간다던 양반이 데스크톱을 왜 가져갔지?"

＊

노트북의 메신저 창이 다시 깜빡이자 소파에 기대 있던 정원이 반사적으로 몸을 일으켰다.

지저스 그 번호로 온 문자, 컴퓨터에서 보낸 거야.

히어로 컴퓨터? 그 컴퓨터 위치 추적 가능하지?

지저스 벌써 해봤는데 신임동에 있는 PC방이야.

히어로 PC방?

지저스 근데 완전 후진 PC방인 듯. CCTV가 출입구 쪽 딱 하나뿐이야. PC나 좌석을 비추는 건 없음.

히어로 컴퓨터로 문자 보냈으면 사이트에 접속된 아이디가 있을
거 아니야.

지저스 그게 있었음 내가 벌써 말해줬지.

히어로 문자 발신자를 알 수 없다는 얘기야?

키보드를 두드리는 정원의 손이 더욱 빨라졌다.

지저스 시간이 좀 걸릴 듯. 문자 발송 시간 전후로 PC방 출입자를
대조해 봐야 하니까.

히어로 그럼 부탁해.

지저스 그리고 문제가 하나 더 있어.

히어로 무슨?

지저스 그나마 딱 하나 있는 CCTV 화질이 영 구려.

그거라도 있는 게 어디야. 정원이 깊은 한숨을 내쉬며 다시 키
보드를 꾹꾹 눌렀다.

히어로 그래도 일단 알아봐 줘. PC방 주소 나한테 보내고.

지저스 가보려고?

히어로 나 성격 급해.

지저스 ㅇㅋㅇㅋ 지금 보냄.

히어로 고마워. 입금할게.

일어나 옷을 챙겨 입은 정원은 메신저에 PC방 주소가 도착하자 노트북을 닫고 가방을 챙겨 호텔을 나섰다.

100미터 앞에 목적지가 있습니다.

정원의 차 안에 도착을 알리는 내비게이션 소리가 퍼졌다.

"여기 어디쯤인 것 같은데…."

근처 주차장을 찾기 위해 속도를 줄이며 주변을 두리번거리던 정원의 눈에 맞은편에 닭꼬치를 들고 있는 남자가 보였다.

'김태헌? 경위랬나? 저 사람이 이 동네에 왜 있지?'

잠시 고민을 하던 정원이 갓길에 차를 세우고 내렸다.

"안녕하세요, 경위님."

"어라? 이게 누구십니까. 서정원 기자님 아니세요?"

"네."

"기자님이 이렇게 번쩍거리는 차를 타고 이런 동네는 어쩐 일이십니까?"

"그러는 경위님은 뵐 때마다 열심히도 먹고 계시네요."

무표정한 얼굴로 닭꼬치를 가리키는 정원에게 태헌은 대수롭지 않게 대답했다.

"이거요? 다 먹고살자고 하는 일 아니겠습니까. 근데 여긴 무슨 일로?"

"근처에 취재가 있어서요. 김 경위님은 무슨 일이세요?"

"저도 뭐 그냥 볼일이 있어서."

'볼일? 무슨 볼일? 설마… PC방에 왔나? 차은새 사건 조사가 어디까지 진행되고 있는지 물어볼까? 물어본다고 순순히 알려주진

않겠지?'

인사를 나누는 짧은 시간 동안 정원의 머릿속에는 오만 가지 생각이 교차되었지만, 그녀는 태헌이 눈치채지 못하도록 자연스레 대화를 이어갔다.

"경위님 혹시 이 근처 자주 오세요?"

"그건 왜 물으십니까?"

"제가 길을 좀 찾고 있는데 혹시 아실까 하고요."

"저도 이 동네 몇 번 안 와봐서 잘 몰라요. 어디 찾으세요? 지도 보면 되죠, 뭐."

태헌이 지도를 켜기 위해 휴대폰을 들어 올렸다.

"아니에요. 그냥 제가 찾을게요. 그럼 저는 약속이 있어서요."

"네, 저도 가던 길 가보겠습니다."

정원이 다시 차에 오르자 태헌은 의심 가득한 눈빛으로 정원을 보며 생각했다.

'저 멱살잡이는 여기 왜 온 거야? 설마 김민철 정보 입수하고 왔나? 마구잡이로 기사 날리는 거 아니야? 김민철도 못 잡았는데 저 여자가 선수 치면 골치 아픈데. 서정원이 여기까지 온 걸 보면 김민철이 진짜 범인이라는 뜻인가? 하… 저 특종 기자 이래저래 신경 쓰이네.'

태헌이 정원의 눈치를 살피느라 계속 근처를 서성이는 사이 정원은 아무 일도 없다는 듯 차를 출발시켰다.

'PC방에 가봤어야 하는데…. 저 인간은 왜 또 여기 있는 거야! 혹시 그 문자가 차은새랑 관련 있는 건가?'

목적지를 잃고 운전하는 정원의 머릿속도 복잡하기는 마찬가지였다.

　"나 낮에 설 감독 만났어."

　포장마차에 들어선 정원이 맞은편 의자에 앉자마자 영선이 고해성사를 하듯 속삭였다.

　"우재 씨를? 선배가 왜?"

　"방송국 앞이라고 전화가 와서. 나 보러 왔다는데 안 나갈 수 있냐? 뭐라고 하는지도 한번 들어보고 싶고."

　"그래서 뭐래?"

　욕을 들을지도 모른다는 영선의 각오와 달리 정원은 담담한 반응을 보이며 앞에 놓인 소주를 단숨에 들이켰다.

　"너 집에 들어오랜다. 자기가 별장으로 옮기겠다고."

　"됐다 그래."

　우재 얘기에 착잡해졌는지 정원은 다시 잔에 소주를 채웠다.

　"내가 서정원 성격을 모르냐? 안 그래도 너 안 들어갈 거라고 얘기했어."

　영선도 정원과 속도를 맞춰 깔끔하게 잔을 비웠다.

　"정원아, 근데 설 감독 아버지가 너 병원 옮기라고 하는 것 같던데? 정신과 말하는 것 같았어."

　"뭐?"

　"아니, 나랑 있는데 전화를 받더라고. '아버지' 하면서 말이야. '안 그래도 병원 옮기라고 할 거예요.' 막 이러고 신경질을 내더라고. 설 감독 그런 목소리 난 처음 들어봤다 야. 엄청 열받았더라구.”

“우재 씨가?”

우재가 아버지에게 짜증을 내는 건 정원도 본 적 없었다. 오히려 부모님에게는 지나치다 싶을 만큼 예의 바르게 행동하던 우재였는데….

‘하긴, 내가 설우재 그 사람에 대해 얼마나 안다고. 차은새와 함께했던 영상 속의 모습도 낯설긴 마찬가지였지.’

정원은 또다시 충격적이었던 영상이 떠오르자 머릿속에서 지워버리려는 듯 눈을 질끈 감고 오이를 집어 들어 소주잔을 휘휘 저었다.

“그래. 나는 그래서 설 회장이 최혜원이나 모수린에 대해서 알고 있나? 뭐 그런 생각이 들었어.”

“그건 또 뭔 소리야?”

“시아버지 입장에서 차은새랑 설 감독 스캔들이나 살인 사건 땜에 병원 옮기라는 말이야 할 수 있다고 쳐. 근데 전화 끊기 전에 설 감독이 ‘걔는 아무 상관 없어요!’ 뭐 이런 얘기를 하더라고.”

영선이 우재의 말투와 목소리까지 따라 하며 리얼하게 설명했다. 우재와 전혀 비슷하지 않았지만 당시의 대화 분위기는 느낄 수 있었다.

“걔?”

“응, 걔… 걔가 누군지 모르겠지만, 걔. 혹시 짚이는 걔 없어?”

잠시 생각에 잠겨 있던 정원이 오이를 접시에 놓으며 물었다.

“선배, 모수린 어디서 유학했다고 했지?”

"음."

기억해 내려는 듯 위를 바라보던 영선이 소리쳤다.

"미국! 맞아, 미국이야."

"미국 어디?"

"뉴욕일 거야, 아마. 저번에 얼핏 들었던 기억이 나."

"확실해?"

"완전 확실하지. 너 내 기억력 못 믿냐? 나 멘사 출신이야. 그러고 보니 모수린이랑 설 감독 유학 시기가 좀 겹치네?"

아이큐 150의 영선이 150데시벨도 넘을 것 같은 목소리로 호들갑을 떨어대자, 정원의 표정이 심각해졌다.

"선배. 모수린, 언제 어느 학교 다녔는지 알아봐 줄 수 있어?"

"응, 그거야 뭐 일도 아니지. 내 정보원한테 물어보면 금방이야."

"선배 정보원도 있어? 몰랐네."

"팩트패치에 곱상한 놈 하나 있어."

얼굴이 살짝 붉어진 영선이 휴대폰을 들어 곱상한 그놈에게 질문과 함께 빨간 하트를 찍어 보냈다.

"곱상한 놈? 나도 아는 곱상한 놈 있는데."

"누가 또 곱상한데?"

"차은새 사건 담당 형사가 곱상해. 이 사건 나랑 관련 없는 건이었으면 난 그 형사 인터뷰로 그림 땄을 건데. 아깝단 말이지."

"야, 넌 이 와중에도 인터뷰 놓친 게 아깝다는 생각이 드니? 어유, 정떨어져."

"선배 나한테 떨어질 정이 남아 있었어? 나 좀 기쁜다?"

"으이그, 너무 남아서 탈입니다. 근데… 모수린에 대해 알아볼 필요가 있을까? 너 모수린 얼굴 못 봤냐? 천하의 설우재랑은 매칭이 안 되는 비주얼이잖아. 아무리 생각해도 모수린이랑 설 감독이 뭔 사이였을 것 같진 않아. 한인 사회가 아무리 좁다고 해도 젊은 애들은 안 그래. 다 끼리끼리 놀지."

"또 모르지. 내가 그 사람을 어떻게 다 알겠어."

생각에 잠긴 듯 끝을 흐리던 정원이 또다시 소주잔을 비웠다.

"정원, 답장 왔어."

소주가 식도를 통과하기도 전에 휴대폰이 울리자 흥미진진한 표정으로 휴대폰을 확인한 영선이 또다시 목소리를 높였다.

"야, 야, 야, 서정원! 너 역시, 네 촉. 진짜. 우와."

"뭐? 뭔데?"

"모수린 그레이 유니버시티 경영학과 출신이네? 고등학교 때 유학 가서 2002년에 그 학교에 입학했대. 띨띨해 보여도 공부는 잘했나 보네."

"그레이 유니버시티? 우재 씨가 그 학교 출신인데…."

"거봐라, 내 말 맞지!"

술에 취한 영선의 목소리가 한없이 커졌다.

*

국회의원 모형택의 집.

"야당 쪽은?"

어슬렁거리며 방에서 걸어 나온 형택이 서류 봉투를 들고 서 있는 송 실장에게 물었다.

"거의 축제 분위기랍니다. 이 시점에 봉토에서 해외 도피 건까지 터졌으니 오죽 좋겠습니까."

송 실장이 공손히 대답했다.

"내가 그렇게 자식 단속 잘하라고 했는데 말이야. '쏘리' 하고 도망가면 끝이래?"

무거운 몸을 소파에 털썩 기대는 형택의 표정이 못마땅했다.

"의원님, 식사 준비 다 됐습니다."

심각했던 두 사람의 대화가 끝날 무렵, 주방에서 종종걸음으로 나온 문 여사가 형택을 불렀다.

"송 실장, 자네도 저녁 먹고 가겠나?"

"아닙니다. 의원님 드십시오. 저는 따로 하겠습니다."

"그럼 그렇게 하게."

"네. 그리고 여기, 말씀하신 자료입니다."

"수고했어. 그럼 얼른 들어가 봐. 담엔 저녁 같이 하자고."

송 실장에게 받은 서류 봉투를 슬쩍 열어보던 형택이 방으로 몸을 옮기며 말했다.

"아주머니, 수린이 내려오라고 하시지요."

"네, 의원님."

기다란 8인용 원목 식탁 중앙에 모형택과 그의 딸 수린이 마주 보고 앉았다. 값비싼 테이블 위엔 뚝배기에 보글보글 끓고 있는 꽃

게 된장찌개와 젓갈, 멸치볶음 등 정갈하고 소박한 반찬들이 가지런히 차려져 있다.

"오늘 된장찌개 얼큰하니 좋네요."

"의원님이 얼큰한 거 좋아하시길래 청양 고추를 좀 많이 넣었는데, 이제야 입에 맞으시나 봐요. 감사합니다."

"그렇네요. 아주머니 석 달 만에 내 입맛을 맞추셨습니다. 허허허."

숟가락으로 된장찌개를 조금 떠서 맛을 본 형택이 시원하게 웃어 보이자, 식탁 뒤에서 젖은 손을 앞치마에 쓱쓱 닦던 문 여사의 표정이 밝아졌다.

"전에 계시던 분이 워낙 음식 솜씨가 좋으셨다고 센터에서 들어서 저도 걱정 많이 했었어요. 그분 그렇게 돌아가시지 않았으면 의원님 댁에 더 오래 계셨을 거라면서."

"진 여사님이 된장찌개 하나는 아주 기가 막히게 끓이셨죠. 그래서 제가 무언 지검에 있을 때부터 20년이나 우리 집 일을 봐주신 거 아니겠습니까. 우리 집에서는 이 된장찌개 하나만 잘 끓이시면 됩니다. 진 여사님 그분은 참, 그리 허망하게 가셔서는."

"그러게요, 의원님. 어느 나쁜 놈이 그렇게 잔인하게 사람을 죽였을까요? 아유, 아주 상상만 해도 끔찍스러워서… 정말. 아직 범인 못 잡은 거죠? 아들이 한 명 있다더니 그 아들도 안 나타난 거예요? 억울하고 쓸쓸해서 황천길을 어찌 갔을까요."

형택의 칭찬에 들뜬 문 여사가 몸서리를 치며 호들갑을 떨었다.

"에헴."

형택은 4개월 전 살해된 진 여사를 생각하며 잠시 표정이 어두워지는 듯하더니 이내 된장찌개에 숟가락을 넣었다.

"이 맛이지. 된장찌개는 이런 맛이 나야지. 아주머니, 내 입맛에 맞는 찌개만 끓여주시면 20년이 뭡니까. 30년 근속하십시다."

식사가 입에 맞아서인지 기분 좋게 연신 숟가락을 움직이던 형택의 표정은 젓가락으로 밥알을 세고 있는 딸을 보고는 못마땅하게 바뀌었다.

"수린아, 밥알 세지 말고 제대로 좀 먹어라."

형택이 한마디 하자 수린이 숟가락을 들어 찌개를 조금 뜨고는 먹는 시늉을 했다.

"얼굴 앞으로 내려온 머리도 좀 뒤로 넘기고. 커튼도 아니고. 거참, 미용실을 가든지."

수린은 대답 없이 양손을 들어 머리를 귀 뒤에 꽂았다.

"요즘도 그 친구는 집에 자주 놀러 오냐?"

"누구요?"

"네 친구. 우리 집에 놀러 오는 친구가 걔 말고 또 있냐?"

"가끔요…. 걔는 바빠요."

"걔가 바쁘면 네가 나가서 만나면 되겠구나. 너도 좀 나가서 사람들도 만나고, 뭔가 생산적인…."

"네."

형택과 눈도 안 마주치고 밥그릇만 보고 있던 수린이 아버지의 말이 끝나기도 전에 대답했다. 그런 수린의 행동이 익숙한 듯 형택은 말없이 식사를 이어갔다.

"수린아, 아버지가 괜찮은 놈을 하나 봤어. 너보다 나이는 좀 어린데 아주 탐나는 놈이더라."

"네."

"만나볼래? 아버지가 다리 한번 놓아볼까?"

"아니요."

짧게 대답하는 수린에게서 아버지에 대한 반항심이나 적대심 같은 건 보이지 않았다. 그렇다고 아버지를 귀찮아하는 것도 아니었다. 수린은 그저, 원래 그런 성격이었다.

20여 년 전 사별한 형택은 혼자서 딸 수린을 키웠다. 굳이 따지자면 수린을 키운 건 죽은 진 여사였다. 진 여사의 장례 기간 동안 수린은 꼼짝 않고 장례식장 구석에 사흘을 앉아 있어 형택을 걱정시켰다. 바쁜 검사 아버지와 둘만 남았던 소녀에게 역시 엄마의 빈자리가 컸던 걸까? 소심한 어린 딸을 떼어내 홀로 유학 보냈던 게 잘못이었을까? 제 앞가림 하나 제대로 못 하는 심약한 수린은 형택의 삶에 아픈 손가락으로 나이만 먹어 어느덧 마흔을 바라보고 있었다.

*

다음 날, 한강공원.

한적한 공터에 정원의 차가 한강을 바라보고 주차되어 있었다. 피로와 스트레스로 머리가 무거운 정원은 파묻히듯 의자에 몸을 기대 앉았다. 차 안에는 발라드 가수의 절절한 목소리가 울려 퍼졌고, 한강은 가로등 불빛이 비쳐 잔잔한 물결이 군데군데 반짝이고 있었다. 밖을 응시하는 정원은 멍하니 눈만 껌뻑였다.

"사랑해, 은새야."

속삭이는 우재의 목소리가 차 안을 가득 채웠다. 배가 고파 눈앞의 파리도 내쫓지 못하는 아프리카의 사자처럼, 귀를 막을 힘도 없는 정원은 무기력하게 그 소름 끼치는 울림을 가만히 듣고만 있었다. 그렇게 얼마나 지났을까. 차 한 대가 정원의 차 옆에 서고 우재가 정원의 차 조수석 문을 열었다.

"정원아."

핼쑥해진 우재가 차에 오르며 정원을 불렀다.

"빨리 왔네."

우재를 보지도 않고 앞을 주시하며 정원이 건조한 목소리로 입을 뗐다.

"네가 불렀는데 빨리 와야지. 그동안 어떻게 지냈어? 잘 있었던 거야?"

"잘 지냈겠니? 그렇게까지 속 편한 사람은 아냐."

아무 일 없었던 것만 같은 우재의 인사에 정원이 비소를 보이며 비아냥댔다.

"영선 선배 만났다며?"

차가운 목소리로 정원이 말을 이었다.

"아, 응. 네 걱정이 돼서….."

"앞으로 할 말 있으면 나한테 하고, 내 주변 사람들 번거롭게 만들지 마."

"…미안해. 내가 너 난처하게 했구나."

지금껏 다채로운 방법으로 정원을 난처하게 했던 우재가 이제야 본인 때문에 정원이 대단히 난처하다는 사실을 깨닫기라도 한 걸까?

'설우재, 이제 나는 당신의 그 상냥한 목소리를 듣는 것조차 난처하다고!'

"물어볼 게 있어서 보자고 했어. 얼굴 보고 묻고 싶었어."

얼른 할 말을 하고 이 자리를 떠나야겠다는 생각에 정원이 입을 뗐다.

"응, 얘기해. 물어볼 게 뭔데?"

"모수린이라고 알아?"

정원이 우재의 눈을 빤히 쳐다보며 물었다.

"아, 지난번에 주 기자님도 그 질문을 했던 것 같은데."

"알아?"

"모형택 의원 딸 묻는 거 맞지?"

"아냐고."

"우리 학교 출신이라는 것만 알아. 그 외에는 모르는 사이야."

"몰라?"

"같은 학교 다녔다고 다 아는 건 아니잖아. 난 그 사람 몰라."

따뜻한 눈으로 정원을 바라보며 우재가 대답했다.

"그래? 그럼 알았어. 내 질문은 이게 다야. 나 이제 피곤해서 가 봐야겠다. 내려줘."

정원이 다시 시선을 피하며 싸늘하게 쏘아붙이자 우재가 나직한 목소리로 정원을 다독이기 시작했다.

"그게 다야? 우리 며칠 만에 만났는데 모수린 얘기만 묻는 거야?"

"당신 눈을 봐야 했으니까. 이제 당신이 하는 말 어디부터 어디까지가 진심인지 난 잘 모르겠거든."

"…밥은 잘 먹는 거야?"

싸늘한 정원의 대답에 우재가 화제를 돌렸다.

"며칠 안 먹어도 사는 데는 지장 없어."

"내가 어떻게 너한테 신경을 안 쓸 수가 있겠어. 그리고 정원아, 이제 걱정 마."

다시 설우재다운 말이 시작되었다. 한때는 정원을 행복하게 했던 다정하고 부드러운 속삭임. 지금은 위선적으로 느껴지는 역겨운 소리.

"뭐?"

"이제 넌 걱정 안 해도 괜찮아. 아버지가 나서주신다고 하셨어."

예상치 못한 우재의 말에 기가 막힌 정원은 순간 자신의 귀를 의심했다.

"아버님이 뭘 나서?"

"아버지가 금방 정리해 주신다고 하셨어."

"그러니까, 아버님이 뭘 어떻게 정리를 해주시냐고. 그리고 왜?"

"일단은 네 누명부터 벗기고 봐야지. 최대한 빨리."

"우재 씨는 그게 말이 된다고 생각해? 내 누명을 어떻게 아버님이 벗겨? 설마 사건 조작이라도 하시겠다는 거야?"

'아, 이런 말 같지도 않은 말까지는 할 필요가 없었는데. 설마… 아무리 그래도 내가 우재 씨와 우재 씨 아버지를 두고 이런 저급한 생각까지 한다는 건 입 밖으로 꺼낼 필요 없었는데.'

황당한 우재의 말에 미간을 한껏 찌푸린 채 목소리를 높이던 정원은 금세 자신이 뱉은 말을 후회했다. 그런데 곧바로 이어지는 우재의 말은 정원의 후회를 무색하게 했다.

"아버지가 하실 수 있어. 금방 해결될 거야."

'하실 수 있다니? 설마 했는데…. 설우재, 당신 정말 최악이구나.'

우재의 여유로운 표정과 애매모호한 대답에 정원의 머릿속이 하얗게 변해버렸다.

＊

"오 형사야! 야! 오민기!"

헐레벌떡 뛰어온 태헌이 곧 숨이 넘어갈 듯이 오 형사를 불러댔다.

"야, 야, 야, 나 네 자리에 있던 떡볶이 딱 하나밖에 안 집어 먹었어. 너 파트너가 겨우 그거 하나 훔쳐 먹었다고 그렇게 잡아먹을 듯이 달려오면…."

"아니, 그게 아니고 김민철 영장 나왔어."

변명을 늘어놓으려는 오 형사를 태헌이 가로막으며 소리쳤다.

"뭐? 김태헌 너 영장 신청했었냐?"

"오 형사 네가 한 거 아니었어?"

"내가 벌써 영장 신청을 왜 해. 아직 단정 짓기도 힘든 사건을. 그리고 김민철 한 달 전부터 회사에도 휴가 신청서 내놓았던 거라며. 며칠 기다렸다가 조사해 보고 결정하기로 했었잖아. 그걸 내가 벌써 왜 했겠냐?"

황당해하는 오 형사의 사슴 같은 눈이 더 동그래졌다.

"오 형사 네가 안 했음 반장님이 하셨겠지. 그게 뭐가 중요하냐? 누가 신청을 했건 사건이 끝나간다는 게 중요하지."

"반장님 아침까지 그런 말씀 없으셨는데? 그리고 반장님이 영장 신청을 왜 해. 아직 영글기엔 이른데."

태헌의 말에 오 형사는 오전에 정 반장에게 수사 진행 상황을 보고한 게 떠올랐다. 평소 수사에 큰 진전이 없을 때는 진행 상황에 관심을 보이지 않던 정 반장이었는데, 아침부터 차은새 사건에 지나치게 관심을 보이기에 새삼스럽다고 생각하긴 했다. 1년 전 김민철 스토킹 고소 자료와 통신사 문자 수신 내역까지 가져가시더니…. 왜 이렇게까지 성급하게 영장 신청을 하셨을까? 아직 김민철을 구속할 단계는 아니라고 생각했던 오 형사는 갑작스러운 상황이 얼떨떨했다.

"몰라. 암튼 영장 나왔으니까 잡아 오자. 일단 잡아놓고 수사해 보면 더 정확하게 나오겠지. 안 그러냐?"

혼란스러운 오 형사와 달리 태헌은 신나 보였다.

"휴대폰도 꺼놓고 잠적한 놈을 당장 어디 가서 잡아 오냐?"

"회사에 휴가 사흘밖에 안 냈다며. 일단 고시텔 앞에서 잠복 좀 해야지. 그럼 머지않아 이 지긋지긋한 사건도 끝나겠지?"

태헌은 벌써 범인을 잡고 사건을 마무리한 듯 설레발이었다.

"김태헌, 네가 웬일이냐? 잠복하는 걸 다 좋아하고?"

"사흘만 잠복하면 이제 사건 해결할 수 있겠지. 오 형사야, 이 형님, 소논문 심사하기 전에 사건 마무리할 수 있겠다. 어쨌든 신난다, 민기야. 얼른 마무리하고 농구나 한판 하자. 삼겹살 내기 콜?"

기분이 좋은지 싱글벙글 웃으며 콧노래까지 부르는 태헌을 찜찜한 얼굴로 바라보던 오 형사가 고개를 가로저었다. 그 순간, 경찰서 입구에서 누군가를 발견한 오 형사의 얼굴이 딱딱하게 굳었다.

"어, 야. 근데 잠복… 안 해도 되겠는데?"

"뭔 소리야?"

태헌의 시선도 오 형사를 따라 움직였다.

"뭐야, 네가 왜 여기 있어? 어떻게 된 거야?"

오 형사의 시선이 향한 곳엔 머리를 푹 숙인 남자가 수갑을 차고 서 있었다.

"충성, 삼파 지구대 이정현 순경입니다. 모텔 절도 신고가 들어와서 인근 수사 중이었는데 인상착의가 일치해서 잡았습니다. 신고 들어온 카드랑 나머지 장물도 가지고 있었습니다. 삼파에 최 경사님이 이쪽으로 인계하라고 하셔서 데리고 왔습니다."

갑작스러운 상황이 황당한 듯 태헌이 고개를 갸웃하며 남자에게 다가서자 이 순경이 잔뜩 긴장한 목소리로 대답했다. 믿을 수 없다는 듯 가까이에서 남자의 얼굴을 확인한 태헌의 표정이 오묘하게 바뀌었다.

"기막힌 타이밍이다. 나 진짜 뭐 되려나 봐. 민기야, 어떻게 김민철이 제 발로 찾아오냐?"

＊

"1시간에 4천 원, 선불입니다."

"현금이 없는데 카드 안 되나요?"

"아이참, 누가 이런 데서 카드를 받아요. 일단 저기 흰색 아우디 옆에 주차하시고 차 키 맡기고 가세요. 올 때 돈 찾아 오시고요. 얼마 되지도 않는 돈을 뭘 다들 카드를 해달래."

"네."

툴툴거리는 직원을 뒤로하고 주차장을 나온 정원이 빠른 걸음으로 걷기 시작했다. 정원은 어제 태헌을 만나는 바람에 확인하지 못했던 PC방에 다시 가는 길이었다. 9시가 넘은 시간이지만 학원이 즐비한 신임동 거리는 저녁을 먹으러 나온 온갖 유형의 고시생들로 북적이고 있었다. 거리 뷰에서 미리 확인한 대로 세탁소 왼쪽으로 들어가자 좁은 골목이 나왔고 허름한 3층 건물에 'PC 카페'라고 적힌 낡은 간판이 정원의 눈에 들어왔다. 고개를 들어 간판을 확인한 정원의 걸음이 빨라지려는데, 멀리서 동네와 어울리지 않는 화려한 외투를 걸친 키 큰 여자가 스쳐 지나갔다.

"어!"

정원은 여자의 얼굴을 확인하고는 재빠르게 옆에 있던 세탁소 안으로 들어가 버렸다.

"유 원장이잖아?"

본능적으로 몸을 숨긴 정원이 조심스레 밖을 내다보았다. U1의 유윤영 원장이 정원이 숨어 있는 세탁소를 지나 큰길로 걸어가고 있었다. 윤영은 뭔가 좋은 일이 있는 듯 발걸음이 가벼워 보였다. 숨죽여 그녀의 뒷모습을 바라보던 정원의 귀에 쿵쾅거리는 자신의 심장 소리가 들렸다.

'나 왜 숨은 거야? 아니 그것보다 유 원장이 여긴 무슨 일이지?'

멀어지는 윤영의 뒷모습을 주시하던 정원에게 세탁소 주인아주머니가 말을 걸었다.

"아가씨, 옷 맡기러 왔어?"

"네?"

정원이 당황하자 중년의 세탁소 사장은 걱정스러운 말투로 다시 물었다.

"예쁜 아가씨 얼굴이 하얗게 질렸구만. 왜? 어떤 놈이 쫓아오기라도 해?"

"아, 아니에요. 죄송해요. 안녕히 계세요."

윤영을 따라가 봐야 한다는 생각에 정원이 서둘러 세탁소를 나가려는데 아주머니가 다시 그녀를 잡았다.

"아이고 아가씨. 얼굴이 허옇구먼. 가다가 쓰러지겠다. 내가 딸 같아서 하는 말이야. 공부하는 사람은 아닌 것 같고 선생이야? 이거 하나 마시고 좀 앉아 있다가 가."

"아니요. 괜찮아요. 감사합니다. 안녕히 계세요."

아주머니가 옆에 있던 파란 박스에서 박카스 하나를 꺼내 뚜껑을 따주며 권했지만, 정원은 마음이 급해 대충 인사를 하고는 세탁소를 뛰쳐나왔다. 서둘러 큰 도로로 뛰어나온 정원의 눈에 윤영의 모습은 보이지 않았다. 신임동 거리는 학원이나 독서실에 가는 이들, 저녁을 먹기 위해 나온 사람들만 가득했다.

'유 원장, 유윤영. 그 사람이 여길 왜.'

도로 중앙에 멍하니 서서 북적이는 거리를 바라보던 정원은 자신이 아는 윤영에 대해 떠올렸다.

3개월 전.

"정신과? 정말 내 상태가 그 정도로 심각하다고 생각해?"

"심각하지, 정원아. 사람에게 수면이라는 건 아주아주 중요한 거야."

우재와 정원이 함께 침대에 누워 달콤한 시간을 보내고 있었다.

"보통 사람은 일생 동안 30퍼센트 정도는 잠을 자게 되어 있어. 근데 잠을 못 자면 신진대사, 뇌 기능, 감정에 이르기까지 우리 몸의 모든 것에 영향을 줄 수 있다고."

"우재 씨 생물 열심히 공부했나 봐. 근데 나는 그냥 꿈자리가 안 좋아서 그래."

우재의 설명이 장황해지자 정원이 얼른 말을 자르며 입을 삐죽거렸다.

"너 그거 살인 사건 트라우마 때문이잖아. 그게 다 심리적인 거야. 정신과 상담받으면서 적극적으로 벗어나 보자. 도움이 될 수도 있어. 한번만 가봐."

정신과 상담이라···. 정원은 뭔가 찜찜하고 귀찮아서 싫었지만, 며칠 동안 이어진 우재의 성화에 못 이겨 상담을 시작했다. 우재가 적극 추천했던 윤영의 첫인상은 재수 없는 여자, 그 자체였다. 사무적인 친절함으로 무장해 도도한 이미지. 상대의 머릿속을 꿰뚫고 있다는 거만한 표정. 스무고개 하듯 빙빙 돌려 질문하는 화법.

'니가 무당이야, 점쟁이야. 웃기고 있네.'

그러나 무당도 점쟁이도 아닌 윤영은 그런 정원의 생각마저도 이미 알고 있는 것처럼 능숙하게 그녀의 마음에 파고들어 왔다. 우재의 말대로 윤영이 정말 능력 있는 의사이기 때문인지, 정신과 진료라는 것이 원래 이런 건지 윤영과의 상담 후 정원의 수면 시간은 조금씩 길어졌고, 기분도 많이 나아지는 것이 느껴졌다. 그렇게 정원은 조금씩 윤영을 신뢰하게 되었다.

"정원 씨, 혹시 오늘 저랑 저녁 같이 하실래요?"

진료를 시작한 지 한 달쯤 지났을 때였다. 상담이 끝나갈 무렵 갑작스레 윤영이 저녁 식사를 제안했다. 마침 우재도 지방 출장을 간 데다 별다른 계획도 없었던 정원은 그녀의 제안을 흔쾌히 승낙했다.

정원과 윤영은 당시 U1이 있던 건물 스카이라운지의 작은 레스토랑에 마주 앉았다. 돌이켜 보면 그날 정원은 윤영에게 조금 더 마음을 열게 된 것 같다.

"우재 씨랑 같은 시기에 미국에서 유학하셨다고 들었어요."

상담 시간과는 반대로 정원이 먼저 질문했다.

"아니에요, 저는 어릴 때 가족이 다 같이 미국에 이민을 갔었어요. 재미교포 1.5세죠."

"그럼 지금은 가족분들이 다시 한국으로 오신 거예요?"

"저 혼자요. 의대 졸업하고 바로 저 혼자 한국에 왔어요."

"어머, 혼자요? 어린 시절부터 미국에서 생활하셨으면 쉽지 않은 결정이었을 텐데요."

정원의 질문에 윤영은 잠깐 생각에 잠기더니 다시 입가에 미소를 가득 머금고 대답했다.

"애인이 한국으로 돌아가야 했거든요. 그래서 따라왔죠."

애인 얘기를 하는 윤영의 얼굴이 순간 어린아이처럼 맑아졌다. 차갑게만 보였던 그녀가 인간적으로 느껴지는 순간이었다.

"저희는 자그마치 16년간 연애를 하고 있답니다."

"우와, 16년이요? 정말 오래 만나셨네요."

윤영은 비혼주의자로 결혼은 생각하지 않는다고 했다. 16년을 한결같이 사랑한 남자 친구와 평생 함께할 거라며 행복해했다.

'16년을 만나고도 저렇게 눈이 하트로 변할 수 있다니 놀랍군. 유 원장, 은근히 순수한 면이 있는 사람이구나…'

정원은 윤영과 오랜 시간을 함께한 그녀의 남자 친구가 어떤 사람일지 궁금하기도 했지만, 더 이상 물어보는 건 실례라는 생각에 화제를 전환했다.

"우재 씨랑은 미국에서 친하셨어요?"

상담 시간에는 항상 본인의 얘기를 해왔던 정원이 밖에서는 다른 이야기를 하고 싶은 마음에 찾은 주제였다. 물론, 우재의 학창 시절이 궁금하기도 했다.

"음. 글쎄요. 설 감독님은 뭐래요?"

괜한 질문을 했다. 우재는 윤영을 잘 모른다고 했는데. 단체 모임 자리에서 몇 번 마주친 적은 있지만, 개인적인 친분은 없다고 했던 우재의 말이 떠올랐다. 뭐 꺼낼 만한 다른 주제 없으려나 고민하던 정원에게 윤영이 장난스럽게 물었다.

"결혼, 해보니 어때요? 좋아요?"

"네, 뭐. 그런 것 같아요."

정원의 대답에 옅은 미소를 머금고 그녀를 빤히 바라보던 윤영이 잔을 들었다. 천천히 원을 그리며 향을 맡더니 와인을 한 모금 마시고 얘기를 이어나갔다.

"그래요? 서 기자님은 설 감독님이랑 왜 결혼하셨어요?"

자칫 불쾌하다 느낄 수 있는 질문이었지만 정원은 윤영의 질문이 재미있게 느껴졌다. 이모에게 질문하는 어린 조카처럼 윤영의 표정과 말투가 순수해 보였기 때문이다. 잠시 고민하던 정원은 '결혼식 날은 공주 드레스를 입을 수 있으니까'라는 장난스러운 대답 대신 어른의 대답을 택했다.

"우재 씨는 여러모로 좋은 사람이에요."

"신기하네. 좋은 사람이라서? 많이 가져서나 사랑해서가 아니구요?"

의외의 대답에 놀란 윤영이 눈을 동그랗게 뜨고 되물었다.

"하하, 이거 상담 아닌 거 맞죠? 많이 가진 사람도 맞고 사랑도 하죠. 근데 가진 건 사라질 수도 있고 사랑만 갖고 살 수 있는 시간은 짧으니까요."

"그런가요. 전 사랑 뒤에 남겨진 시간은 생각해 본 적이 없네요, 그러고 보니. 결혼이나 해볼 걸 그랬어요."

창가를 바라보며 잠시 생각에 빠진 윤영의 표정은 어딘지 모르게 쓸쓸해 보였다. 조명에 비친 윤영의 눈이 반짝거렸다.

"우리 건배나 할까요?"

생각이 끝난 듯 윤영은 지나치게 밝은 표정과 말투로 잔을 들며 눈을 찡긋 웃어 보였다.

"뭘 위해서?"

정원도 잔을 들어 올리며 물었다. 고개를 갸우뚱하며 잠시 고민하던 윤영이 활짝 웃으며 말했다.

"짧은 사랑을 위해서."

인파 속으로 사라진 윤영을 찾길 포기하고 다시 골목에 있는 PC방 건물로 돌아온 정원이 'PC 카페' 간판이 있는 허름한 건물을 바라보고 섰다. 1층의 우유 보급소는 운영 시간이 아닌 듯 불이 꺼진 채 셔터가 굳게 닫혀 있었고, 셔터 앞 일렬로 세워진 오토바이들 옆으로 위층으로 올라갈 수 있는 계단이 보였다. 어두컴컴한 계단은 센서가 고장이 났는지 팔을 높이 휘저어보아도 조명이 작동하지 않았다.

"계단이 이렇게 어두워서야 원, 장사하는 거 맞긴 한 거야?"

오싹한 기분이 든 정원은 혼잣말을 중얼거리며 휴대폰 플래시를 켜고는 한 발 한 발 조심스레 계단에 올랐다. 곳곳에 떨어진 담배꽁초, 쓰레기 등으로 지저분한 계단을 지나자 2층에 '승리 기원' 이라는 작은 나무 현판이 보였지만 그 역시 굳게 문이 닫혀 있기는 마찬가지였다.

"기원은 원래 낮에만 영업하나?"

기원 문 앞에 선 정원이 투덜거리며 3층을 향해 휴대폰 플래시를 비췄다. 2층 계단에서 올려다본 3층도 어둡고 깜깜하기는 마찬가지였다.

"오늘 휴무 날인가? 아님 성인 전용 PC방 같은 건가?"

정원은 3층을 바라보며 이 PC방은 어쩌면 철문 안에서 불법적인 영업을 하는 곳일지도 모른다는 생각이 들었다. 긴장한 정원의 숨소리가 계단에 울렸다. 곧이어 결심한 듯 성큼성큼 계단을 올라 철문 앞에 서서 손잡이에 손을 가져다 대고 조심스레 살짝 돌려보았다. 문고리가 돌아가자 눈을 한번 질끈 감았다 뜬 정원은 혹시 모를 상황에 대비하기 위해 휴대폰의 동영상 녹화 버튼을 누르고 철문을 조심스레 열었다.

삐익. 소름 끼치는 소리를 내며 문이 열리자 가장 먼저 콧속에서 먼지 냄새가 진동했다. 눈을 크게 뜨고 얼굴 앞으로 휴대폰을 들어 올린 정원의 표정이 그대로 굳어버렸다. 오랜 시간 사용하지 않은 듯 먼지가 하얗게 쌓인 책상, 의자, PC들. 휴대폰에서 뿜어져 나온 작은 불빛을 따라 보이는 그곳에는 아무도 없었다. 의아해진 정원은 휴대폰 플래시를 천장 쪽으로 비추어 보았다. 계단, 가게 안, 입구 어디에도 CCTV의 흔적은 없었다.

'어떻게 된 거지? 분명 지저스가 여기라고 했는데….'

209

"아이고, 아가씨. 얼굴이 더 하얗게 질렸네?"

계단을 뛰어 내려온 정원이 세탁소 문을 벌컥 열고 들어서자 아주머니가 놀란 표정으로 정원을 맞았다.

"정말 무슨 일 있어? 아까보다 얼굴이 더 안 좋아."

"아주머니. 저기, 저 PC방 영업 안 해요?"

숨을 헐떡이며 문에 기대선 정원이 아주머니에게 물었다.

"어디? 우유 보급소 3층? 거기 문 닫은 지가 언젠데…. 작년 여름부터 안 했지, 아마. 근데 거긴 왜?"

아주머니의 대답에 정원의 등줄기에 식은땀이 맺혔다.

책상에 앉은 정원이 주머니에 손을 넣고 지저스의 메신저와 연결된 시계를 만지작거렸다. 어제 PC방을 살펴보고 온 후로 수차례 지지스에게 메시지를 보냈으니 연락이 닿지 않았다.

히어로 지저스! 확인 즉시 연락 바람!

'한 번도 이런 적이 없었는데…. 어떻게 된 거지?'

오직 두 사람의 소통을 위해 지저스가 직접 만들어 보내준 시계였다. 통신망을 이용하지만 추적할 수 없고 보안이 완벽하다고 귀가 떨어지게 자랑을 늘어놓곤 했었다. "웬만하면 1시간 안에 답장할 거야"라고 했지만 지저스의 답장은 30분을 넘긴 적이 거의 없었다. 아침까지 몇 번이나 같은 메시지를 지저스에게 전송한 정원은 혹시나 시계의 진동음을 놓칠까 온 신경을 손끝에 집중하고 있었다.

"팀장님, 이거….”

무거운 머리를 볼펜으로 꾹꾹 누르고 있는 정원을 향해 쭈뼛거리며 걸어온 양 작가가 책상에 조심스레 서류 뭉치를 놓으며 얼버무렸다.

"이게 뭐야?”

"그게… 엊그제 팀장님 급하게 나가시고 국장님이 우리 팀 전체를 호출하셨어요.”

"국장님이? 왜?”

"미뤄지고 있는 유학생 사건 마무리할 수 있도록 추가 취재 먼저 진행하라고 하셨어요. 아시안 컵 끝나면 방송 나갈 거라고…. 이건 제가 일단 다시 정리를 좀 해본 거고요.”

정원의 눈치를 살피며 양 작가가 대답했다.

"알았어. 나도 검토해 볼게.”

잠시 자료를 빤히 본 정원이 고개를 끄덕이며 파일을 받아 들었다.

"근데 양 작가, 혹시 한병문 씨에 대해 좀 알아본 거 있어?”

"한병문 씨요? 나리 양 아버지 말씀이시죠? 그분 기본적인 프로필이나 사건에 관련된 내용이 있기는 한데 업데이트가 필요한 부분도 있어요. 그 부분 취재 진행할 건데 바로 공유해 드릴게요.”

지시 없이 취재를 다시 시작해서 영 찜찜했는지 양 작가는 긍정적인 정원의 질문에 밝게 대답했다.

"지금까지 사건 해결을 위해 그분이 시도했던 것들도 전부 빼먹지 말고 모아줘. 그리고 한병문 씨랑 미팅 일정도 잡아주고."

"넵."

"양 작가, 잠깐만."

파일을 살피던 정원이 자리로 돌아가는 양 작가를 다시 불러 세웠다.

"여기 새로운 내용이 있네. 올리비아 대학교?"

정원이 자료에 연두색 형광펜으로 동그라미를 치며 양 작가를 올려다보았다.

"네, 팀장님. 그거 막내가 서치한 내용이에요. 바른아! 잠깐 이쪽으로 와볼래?"

양 작가가 사무실 끝을 향해 부르자 의자에서 벌떡 일어난 막내가 잽싸게 정원의 자리로 걸어왔다.

"네가 찾은 올리비아 대학교 관련해서 팀장님께 설명 좀 해드려."

"아, 네. 당시에 한나리 씨가 부모님 모르게 학교를 그만뒀잖아요. 알아보니까 마드리드의 올리비아 대학교로 편입 절차를 밟았더라고요."

정원 앞에서 긴장한 막내가 숨도 쉬지 않고 설명을 시작했다.

"학교를 옮겨? 거기까지 가서? 왜?"

정원이 물었다.

"저도 그게 좀 이상해요. 기존에 다니던 학교에 비해 옮긴 학교가 인지도도 떨어지거든요. 굳이 왜 집에 말도 안 하고 그런 행동을 했는지 이해가 안 되더라고요."

옆자리의 김 기자가 의자 바퀴를 굴리며 막내 옆으로 비집고 들어와 세 사람의 대화에 끼어들었다.

"혹시 학교에서 왕따 같은 거 당했던 거 아니야? 그러다 살해당했나?"

"선배님은 생각이 너무 한국적인 거 아니에요?"

"아니 왜? 사람 사는 거 다 똑같아. 유럽 인종차별이 얼마나 심한데. 아시안들 살기 빡세."

"그런가? 김 선배님 말대로 진짜 그런 걸 수도 있겠어요. 스페인 애들이 막 괴롭히고 그랬을까요? 그럼 엄청 무서웠겠다."

김 기자의 말에 양 작가가 두 손으로 입을 가리며 호들갑을 떨었다.

"일단 여러 가능성을 열어놓고 살펴보자. 조사하면서 짐작 가는 거 없었어?"

정원이 진지한 표정으로 막내를 바라보며 물었다.

"네, 팀장님. 제가 좀 알아보니까 스페인 제3대학이면 건축하는 학생들한테는 꿈같은 학교라고 하더라고요. 근데 올리비아 유니버시티는 미국으로 유학 갈 거 아니면 딱히 메리트도 없어 보였어요."

"미국 유학?"

정원이 관심을 보이자 자신감이 붙었는지 막내의 목소리에 힘이 들어갔다.

"네. 한나리 씨가 옮긴 올리비아 대학교가 미국이랑 연계가 잘되는 학교였어요. 미국에 웬만한 주립 대학부터 사립대들까지 전공별로 교환학생이나 연수 프로그램이 아주 활성화되어 있었고요.”

“제법 탄탄한 학교인가 봐?”

“그럼 답 딱 나왔네. 둘 중 하나 아니겠어? 왕따 아니면 아메리칸드림.”

막내의 설명에 양 작가와 김 기자가 신이 난 듯 추리를 하기 시작했다.

‘미국 유학…. 우재 씨는 정말 모수린을 모르는 걸까? 나한테 온 이상한 문자와 한병문 씨의 문자는 뭐지? 김태헌 경위는 왜 신임동에 갔을까? 그리고… 죽은 차은새 손에 내 목걸이를 쥐여준 건 누구일까? 지저스 이 망할 자식은 왜 연락이 안 되는 거야!’

막내의 상세한 설명과 양 작가, 김 기자의 추임새에도 정원의 머리에는 ‘미국 유학’만 맴돌았다.

‘우연이 너무 많아. 정말 그냥 다 우연하게 일어난 일들일까?’

꼬리에 꼬리를 문 생각들로 머릿속이 복잡해진 정원은 자신의 대답을 기다리는 막내를 향해 형식적으로 말했다.

“그래, 이번에도 우리 막내 수고했네. 자세히 조사해 봐.”

모두가 자리로 돌아간 후, 정원은 다시 한쪽 손을 주머니에 넣고 시계를 확인했지만 여전히 지저스의 연락은 없었다.

“막내 말이야, 한나리 양 학교 옮기려고 한 건 또 어떻게 알았대?”

김 기자와 양 작가가 탕비실에 나란히 서서 소곤거렸다.

“그러니까요. 애가 워낙 조용해서 몰랐는데 입사 시험 1등이었다네요. 지난번에 스위스에서 봉토그룹 건 찾아온 것도 그렇고. 아무튼 신통한 애예요.”

“서 선배가 그래서 예뻐하나? 난 대학 후배라서 예뻐하는 줄 알았는데 말이야. 공부 잘하는 애들은 별걸 다 잘하더라.”

김 기자가 커피 머신 버튼을 누르며 입을 삐죽거렸다.

“서 선배 대학 후배가 여기 한둘인가요. 근데 걔는 커피 주문도 1등이라던데, 진짜 별걸 다 1등을 해. 회사에 무슨 뒷배라도 있나?”

“넌 그렇게 좋은 뒷배를 겨우 카페 주문하는 데 쓸 거니. 내가 봤을 때는 부모님이나 누가 언론 쪽에 있는 거 같아. 그래서 도움받고 그런 거 아냐?”

김 기자의 추리에 양 작가가 검지를 좌우로 흔들었다.

“무언 출신이라던데, 되게 금수저는 아닌 거 같아요. 옷 입는 거나 씀씀이 봐서는. 그러지 말고 선배, 우리가 알아볼까요? 어떤 뒷배가 있는지?”

*

청담동 미용실.

“모수린 아니야?”

직원의 안내를 받으며 머리를 감으러 가던 수린이 자신을 부르는 목소리에 고개를 돌렸다. 포마드를 잔뜩 바른 머리를 옆으로 넘긴 봉토그룹의 봉수호 상무가 슈트 조끼와 세트인 재킷을 걸치며 능글맞게 웃고 있었다.

"맞네, 모수린. 이야, 너 살아 있었구나?"

반가운 듯 아닌 듯 애매한 수호의 인사에 수린은 대답 없이 그를 빤히 쳐다보았다.

"이게 얼마 만이야. 나 한국 들어오고 처음이지? 10년도 더 됐네."

"…."

"너 나 몰라?"

수린이 대답 없이 빤히 쳐다보고만 있자 수호는 손가락을 쭉 펴고 자신과 그녀의 얼굴 앞을 번갈아 가며 가리켰다. 수호의 손가락이 눈을 찌를 듯이 다가오자 수린은 작은 소리로 입을 열었다.

"네. 수호 오빠. 오랜만이네요."

"어라, 너 나이 먹으니까 말 잘한다. 예전에는 더듬더듬하면서 한 문장 말하기도 힘들었잖아."

"…."

"너는 어째 그대로네? 늙지도 않았는데, 그렇다고 예뻐지지도 않냐?"

히득거리며 조롱하는 수호의 말에 수린은 대꾸도 인사도 없이 가던 길을 가기 위해 몸을 틀었다.

"의원님은! 잘 계시고?"

피하는 수린을 자극하기로 작정한 듯 수호는 더 큰 소리로 말을 이었다. 우렁찬 소리에 미용실에 있던 스태프와 손님들이 거울을 통해 수린을 힐끗힐끗 쳐다보기 시작했다.

"네."

체념한 수린이 다시 가던 걸음을 멈추고 뒤돌아 짧게 대답했다. 그런 모습이 재미있는지 수호가 개구지게 웃으며 다가왔다.

"근데 너도 여기 다니냐? 여기 스타일링도 해주지 않나? 그런 것도 좀 받고 그래라. 세월이 얼마나 지났는데 무언 촌티를 아직도 못 벗고 그러고 있음 어쩌냐? 요즘은 무언 애들도 그러고 안 다녀. 거기 우리 봉토그룹이 경제 많이 살려줘서 세련된 애들도 얼마나 많은데."

눈을 가늘게 뜬 수호가 수린을 위아래로 훑으며 비아냥댔다.

"…."

"아아, 맞다. 네 친구가 여기 다니지?"

수호는 갑자기 재미있는 일이라도 생각난 사람처럼 박수를 치며 즐거워했다. 수린은 그의 반짝이는 시계를 멀뚱히 보며 이 조롱이 끝나기를 기다렸다.

"걔는 아직도 그러고 사냐?"

수린 가까이 성큼성큼 다가온 수호가 작은 소리로 속삭였다.

"…."

"네 친구 말이야. 하이스쿨 프렌드."

대답을 하거나 말거나 계속되는 조롱에도 수린의 표정에는 변화가 없었다.

"그것들 내가 조만간 확 불어버릴까 싶다. 조용히 있어주니까 내가 뭐 지들 무서워서 그러는 줄 알더라고. 아, 참. 그러고 보니까 얼마 전에 모 의원님도 설우재 그 자식 와이프한테 멱살 잡히셨지? 크크크. 그거 보고 배 쨌다 야. 모 의원님도 꽤나 열받아 계시겠네? 그 성격에 칼을 갈고 계시려나?"

"…."

"너도 결혼을 한 번은 해야지? 아버지가 걱정이 많으시겠다."

"오빠가 제 몫까지 결혼 많이 하셨잖아요. 얘기 다 하셨으면 저이제 머리 감으러 가야 해서요."

이만큼 당해줬으면 됐다 싶었는지 수린이 건조하게 입을 뗐다.

"짜식 여전하기는. 나도 바빠. 네 친구한테 안부 전해라."

샴푸실로 향하는 수린을 바라보며 억지웃음을 짓던 수호의 표정이 매섭게 바뀌더니 혼잣말로 투덜댔다.

"설우재, 그 새끼 생각하면 할수록 빡치네. 진짜."

＊

민철과 태헌이 다시 마주 앉았다. 열흘 전 참고인 조사 이후 김민철이 강남 경찰서로 온 건 오늘이 두 번째였다. 용의자 신분으로 전환된 민철과 구속영장을 손에 쥔 태헌에게서 첫 번째 조사 때와는 사뭇 다른 긴장감이 감돌았다.

"김민철 씨, 컴퓨터 어쨌어요?"

태헌이 먼저 입을 뗐다. 사건 발생 이후 한 달이 다 되어가는 지금까지 이렇다 할 진전이 없어 답답하던 차였다. 그는 오늘 안에 기필코 자백을 듣고 사건을 해결해 버리겠다는 결의로 가득 차 있었다.

"네? 컴퓨터요?"

예상치 못한 질문에 민철이 푹 숙이고 있던 고개를 번쩍 들어 올렸다.

"컴퓨터 있잖아요. 김민철 씨 고시텔 방에 있던 거. 데스크톱 두 대 말이에요. 그거 어쨌냐고."

뚫어지게 민철을 쳐다보는 태헌의 눈이 매서웠다.

"아… 그거… 팔았습니다. 근데 그건 왜…?"

"뭐? 팔아?"

민철이 모기만 한 소리로 대답하자 화가 난 태헌의 목소리가 조사실에 쩌렁쩌렁 울렸다.

"제가 돈이 없어서….."

"돈이 없어서 컴퓨터도 팔고, 모텔에서 도둑질도 하셨다? 우리 팀 수색영장 들고 지금 김민철 씨 집에 간 건 아직 모르죠? 거짓말하면 되게 곤란해질 건데."

컴퓨터 관련 질문에는 당황해하던 민철이 절도 얘기가 나오자 다시 고개를 푹 숙였다. 그를 관찰하던 태헌이 자세를 바꿔 회전의 자에 등을 기대고 좌우로 까딱까닥 움직였다.

"…거짓말 아니에요. 그게 제가 진짜 돈이 필요했어요."

"돈이 왜 필요하셨을까? 어디 도망이라도 가시려고?"

"예? 도망요? 아닙니다. 도망을 제가 왜….."

놀라 얼굴을 든 민철이 고개를 좌우로 있는 힘껏 흔들며 대답했다.

"뭐, 그렇다 칩시다. 그럼 휴대폰은요? 그것도 팔았어요?"

용의자의 입에서 나올 법한 구구절절한 사연엔 관심이 없는 태헌이 다음 질문을 이으며 민철을 빤히 응시했다.

"아니요…. 휴대폰은… 휴대폰은 그게 잃어버렸습니다."

"얼씨구? 컴퓨터는 팔고, 휴대폰은 잃어버리셨다? 그 두 가지가 살인 사건의 중요한 증거가 될지도 모르는 이 중차대한 상황에 하필이면?"

"저는 몰랐습니다. 근데 그게 왜….."

"모르셨다? 그래요. 뭐, 그것도 그렇다 칩시다. 살다 보면 그럴 수도 있죠. 돈 없어서 컴퓨터를 두 대씩이나 한꺼번에 판 날 휴대폰 잃어버릴 수도 있죠. 그럼 민철 씨 말 내가 다 믿는다 치고, 근데 김민철 씨, 왜 나한테 거짓말했어요?"

"예? 거짓말이라니요?"

민철의 작은 눈이 세 배쯤 커지며 용의자들이 항상 그렇듯 억울한 눈빛을 발사하기 시작했다. 조사실에서 보는 억울한 표정 연기 따위는 지겨운 태헌은 시선을 노트북으로 옮겼다.

"차은새 사고당하기 전날까지 매일 문자를 보내셨던데?"

"네? 죽기 전날까지 매일이요? 절대 아닙니다."

"아니긴 또 뭐가 아니실까. 이분이 계속 거짓말을 하시네. 여기 증거가 버젓이 있는데 왜 자꾸 우기실까?"

태헌은 파일 꾸러미에서 통신사로부터 확인한 차은새의 문자 수신 내역을 민철 앞으로 들이밀었다. 종이는 민철의 번호를 표시한 빨간 동그라미로 가득했다.

"정말 아닙니다. 제가 그게 은새 누나 응원해 주려고 그게 일주일에 한 번씩 문자를 보내긴 했었지만, 그건 그게 매주 수요일이었습니다. 매일 보낸 거 아닙니다. 은새 누나 죽기 전날도 그게 문자 안 보냈어요. 믿어주세요."

당황한 민철은 앞에 놓인 통신사 자료는 쳐다보지도 않고 떨리는 목소리로 '그게'를 연발하기 시작했다. 긴장하면 어김없이 민철의 입에서 쏟아져 나오는 그놈의 '그게' 때문에 짜증이 난 태헌의 표정이 일그러졌다.

"김민철 씨, 우리 이 자리에 이렇게 마주 앉아 있는 게 지금이 두 번째죠? 맞죠?"

"네."

"근데 그때도 김민철 씨가 나한테 거짓말을 했었어요. 예? 지난번에는 스토킹으로 고소당한 이후로는 차은새 씨한테 한 번도 연락한 적 없다고 했었거든요. 여기서, 나한테, 분명히. 그죠? 기억나죠?"

태헌이 단어 하나하나를 힘주어 말하며 책상을 두드렸다.

"네⋯. 그게 그때는 너무 무서워서⋯. 그게 그리고 자주 연락한 것도 아니고 일주일에 딱 한 번⋯ 누나 힘내라고⋯."

민철이 다시 고개를 숙이고는 기어 들어가는 목소리로 끝을 흐렸다.

"지금도 무서워요? 그래서 또 거짓말하나? 뭐가 무서워요? 내가 막 무섭게 했어요?"

태헌은 민철 앞에 놓여 있던 서류를 다시 챙기며 빈정댔다.

"거짓말 아닙니다. 정말이에요. 일주일에 그게 딱 한 번씩만 누나한테 그게 연락했어요. 매주 수요일에만 했어요. 그게 보낸 문자 내용까지 전부 제가 다 기억합니다.”

“이분이 돈은 없어도 기억력은 엄청 좋으신 분이었네. 좋습니다. 그럼 김민철 씨 말이 사실인지 대조해 봐야 하니까 휴대폰 어디에 있는지도 얼른 기억해 보세요.”

“휴대폰은 그게 정말 잃어버렸어요. 정말입니다.”

가만히 있어도 억울해 보이는 민철의 얼굴이 평소보다 몇 배는 더 억울해 보였다.

“김민철 씨. 내 말 잘 들어요. 당신 휴대폰 어디에 뒀는지 생각해 내야 해요. 지금 당신이 한 말이 다 진실이라면, 그 증거는 당신 휴대폰밖에 없어요. 예? 아시겠어요? 그리고 당신 이런 종류로 걸려 들어온 거 처음 아니잖아. 그러니까 억울하면 증거를 내놔요죠.”

“네? 처음이 아니라니요?”

“김민철 씨 몇 개월 전에 TNJ에서 고소당한 적 있었죠? 서정원 기자한테 악플 엄청 달았던데 이건 뭐 악플 아니면 스토킹이네.”

태헌의 말에 민철은 다시 고개를 숙이고 책상만 내려다보았다.

“내가 읽어드릴까? 프린트해 왔는데? 서정원이 생각보다 성격이 좋네. 이런 걸 보고도 고소 취하를 다 해주고.”

고개를 숙인 민철이 계속 말이 없자 태헌은 프린트된 서류 중 한 장을 집어 들어 읽기 시작했다.

“서정원 값 떨어지기 전에 잽싸게 재벌한테 몸 파니까….”

“아, 그게 제발 읽지 마세요….”

“왜요? 귀로 직접 들으니까 쪽팔립니까?”

민철이 말없이 세차게 고개만 위아래로 끄덕였다.

ㄹㄹㄹ

"이거 듣기 싫으면 여기, 이 종이 아까 확인하셨죠? 이거 통신사 문자 내역이잖아요. 여기, 여기 잘 봐요. 이 번호 김민철 씨 번호 맞죠? 응? 맞죠? 이거 봐. 매일 보냈잖아요. 맨날 맨날. 신기하게도 죽기 바로 전날까지. 여기 보이죠?"

태헌이 다시 통신사 수신 번호 자료를 책상에 놓고 볼펜으로 종이를 꾹꾹 누르며 힘주어 말했다.

"아, 아닙니다. 전 정말 아니에요. 그게 그리고, 누나 죽은 날은 수요일이라서 제가 그게 문자 보내려고 했는데, 누나 보고 나니까,"

누나 보고 나니까? 당황한 듯 말이 점점 빨라지던 민철이 의도치 않은 말을 뱉은 것 같았다. 태헌은 기회를 놓치지 않고 민철을 압박하기 위해 더욱 진지한 표정으로 몰아붙였다.

"김민철 씨 지금 뭐라고 했어요? 차은새 씨 사고당하는 날 두 사람이 만났어요?"

"아… 그게…."

태헌의 목소리가 낮게 깔리자 당황한 민철의 눈동자가 쉴 새 없이 흔들렸다.

"만났냐고요. 김민철 씨!"

망설이는 민철을 향해 책상을 쾅 내리치며 태헌이 소리쳤다. 그 소리에 놀란 오 형사가 조사실 문을 빼꼼 열어 보더니 심상치 않은 분위기에 문 앞에 서서 두 사람을 지켜보았다. 살벌한 분위기 때문에 태헌과 민철은 오 형사가 지켜보고 있다는 것조차 의식하지 못하고 있었다.

"아, 아니요. 그게 만난 건 아닙니다. 그냥 목소리만… 목소리만

들었어요.”

“목소리를? 어떻게요? 전화 통화를 했단 말입니까?”

흥분을 조금 가라앉힌 태헌이 물었다.

“아니요, 저는 그게 절대 누나한테 전화하지 않았어요.”

“그럼 대체 어디서 차은새 씨 목소리를 들었습니까?”

“아, 그게 아니라….”

“대답하세요. 어디서 차은새 목소리를 들었습니까?”

태헌의 목소리가 다시 높아졌다.

“은새 누나 사무실 앞에서요.”

“차은새 씨 사무실에 갔어요?”

“아니요. 그게 사무실에 들어가진 않았습니다. 그게 정말 문 앞까지만 갔습니다.”

“그게 몇 시쯤이었습니까?”

“그게… 제가 그게 건물에 도착하고 얼마 안 지났을 때니까… 2시 좀 안 돼서….”

“안, 돼, 서. 그다음은?”

민철의 눈을 매섭게 보는 태헌의 목소리에 잔뜩 힘이 들어갔다.

“저는 그게 누나 만나고 싶었는데 그게 만나지 않고 그냥 왔어요. 그게 누나가 너무 화가 나 있어서….”

“화가 나 있었다고요? 왜요?”

“남자 친구랑 싸웠으니 화가 났겠죠. 아주 나쁜 놈이에요.”

민철은 더러운 말이라도 되는 듯 ‘남자 친구’라는 단어를 빠르게 뱉으며 말했다.

"남자 친구? 나쁜 놈? 지금 누구 얘기하는 거예요? 김민철 씨는 차은새가 남자 친구가 있다는 사실을 알고 있었어요?"

태헌의 표정이 아주 진지하게 바뀌자 민철이 조사실 천장 쪽을 잠시 바라보더니 분노에 찬 목소리로 대답했다.

"그 사람. 서정원 기자 남편이요."

민철의 대답을 들은 태헌이 고개를 돌려 오 형사를 바라보았다. 태헌과 오 형사는 말없이 눈을 마주쳤다.

"김민철이 한 얘기 말이야, 설우재랑 차은새가 그날 싸웠다는 거지? 차은새가 죽은 그날."

태헌이 회의 테이블 의자에 털썩 주저앉자 배달 온 설렁탕 뚝배기의 랩을 벗기던 오 형사가 물었다.

"그렇긴 한데 지난번 설우재 참고인 조사 때 싸웠다는 얘긴 없었잖아. 그리고 지금 상황에 김민철 저 자식이 하는 말을 어떻게 믿냐? 악플러에 스토킹에 완전 저질이야. 저거."

뚝배기에 빨간 깍두기 국물을 잔뜩 부으며 태헌이 대답했다.

"그렇다고 무조건 무시할 수는 없잖아. 그래서도 안 되고."

"김민철 저 자식이 켕기는 게 없으면 컴퓨터고 휴대폰이고 왜 다 버리고 나타났겠냐? 안 그러냐?"

태헌은 숟가락으로 국물을 휘휘 저어 하얗던 국물이 빨갛게 되자 밥그릇의 밥을 국물에 말고 허겁지겁 들이마셨다.

"아니, 쟤가 갑자기 나타난 것도 웃기고…. 아, 모르겠다. 더 조사해 보면 나오겠지. 참, 진명숙 씨 살해 당일 주차되어 있던 흰색 아우디 소유주 찾았다."

오 형사도 자신의 뽀얀 국물을 숟가락으로 뜨며 말했다.

"모형택 의원 가정부 사건 말이야? 오! 축하한다. 이 자식, 우리 오 형사 그렇게 오랫동안 집착하더니 궁금한 차 주인 찾았네. 그럼 이제 우리 범인 좀 잡자. 만나봤냐? 소유주?"

"아니, 밥 먹고 연락해 보려고."

"일이 술술 풀리는 걸 보니 이제 사건들이 좀 해결되려나 보다."

*

"그날 국장실에 휴대폰 두고 가신 날이요. 제가 우연찮게 선생님 휴대폰에 문자가 오는 걸 봤습니다."

회의실 책상 앞에 양손을 모으고 앉은 정원이 맞은편 병문에게 나긋한 목소리로 말했다. 정원의 얘기에 놀란 듯 병문은 입으로 가져가던 커피잔을 다시 받침에 내려놓았다. 당황한 기색이 역력한 병문을 진정시키려 정원은 더욱 차분한 목소리로 설명했다.

"내용을 본 건 아니고요, 화면 밖으로 뜨는 번호만 봤어요."

"아… 네…."

"앉아 계셨던 소파에 두고 가셨더라고요."

"그런데요?"

갑자기 굳어버린 병문의 표정에 정원도 당황하긴 마찬가지였지만 그녀는 애써 같은 표정을 유지하며 대화를 이어나갔다.

"일반적인 번호가 아니던데요. 혹시 그 문자가 어디서 온 문자인지 여쭤봐도 될까요?"

"그냥 광고 문자였습니다."

조심스러운 정원의 질문에 시선을 커피잔에 고정시킨 병문이 딱딱한 말투로 쏘아붙였다.

"아… 광고 문자요…. 그렇군요."

싸늘한 병문의 반응에 잠시 그의 시선이 향하는 커피잔을 함께 바라보던 정원이 말을 이었다.

"선생님, 사실 저한테도 비슷한 번호로 광고 문자가 온 적이 있어서요. 실례가 안 된다면 선생님께 온 그 광고 문자 제가 한번 봐도 될까요?"

"지웠어요. 지웠어. 쓸데없이 광고 문자를 왜 가지고 있겠어요? 지웠습니다."

정원의 요청에 눈 둘 곳을 찾지 못하던 병문은 시선을 어렵게 출입문 쪽에 고정시키고 대답했다.

"그러셨군요…. 알겠습니다. 선생님, 혹시라도 꺼림칙한 일이 있으면 저에게는 솔직히 말씀해 주셔야 합니다. 따님 사건을 해결하는 열쇠가 될 수도 있어요."

병문의 눈치를 살피던 정원이 살짝 웃어 보이며 밝은 목소리로 얘기했다. 애써 분위기를 전환하려 사무적으로 생글거렸지만 정원은 병문의 태도를 보고 그가 무언가 숨기고 있다고 확신할 수 있었다.

"지웠다니까요. 그냥 광고 문자였어요. 대출받으라는 문자요. 뭘 자꾸 말하라는 겁니까?"

"네, 선생님. 그 문자가 아니더라도 뭐든 알려달라고 말씀드리는 거예요."

"알았습니다."

만날 때마다 기억을 쥐어짜 뭐든 말해주고 싶어 언제나 안달이던 병문이었다. 그러던 그가 이상하게도 '그냥 광고 문자였다'는 말만 계속 되뇌더니 미팅을 끝내버렸다.

*

"수린 님, 오셨어요?"

병원 문을 연 혜원이 특유의 발랄하고 높은 목소리로 수린을 반갑게 맞이했다.

"안녕하세요."

혜원의 활기 가득한 얼굴과 대조되는 심란한 얼굴의 수린이 그 표정에 딱 어울리는 축 처진 목소리로 인사를 하며 병원으로 들어섰다.

"앞 분 진료가 방금 끝나서 잠시만 앉아서 기다려주시겠어요?"

"네."

짧은 대답을 마친 수린이 익숙하게 소파에 앉아 앞에 놓인 잡지를 펼치는데 혜원이 애교 섞인 목소리로 또다시 말을 걸어왔다.

"수린 님, 헤어스타일 바뀌셨네요? 엄청 잘 어울려요. 어느 미용실에서 하셨어요?"

"…엘엘이요."

ㄹㄹ
ㅂ

"혹시 청담점? 거기 연예인들 많이 가는 곳 맞죠? 우리 원장님도 거기 다니시던데. 어떠셨어요? 스타일링 잘하는 것 같아요? 저도 보너스 타면 한번 가볼까 하는데 워낙 넘사벽으로 비싸서 말이죠."

속사포같이 이어지는 혜원의 수다에 수린은 대답 없이 어색하게 웃어 보였다. 벌써 몇 년째, 일주일에 한 번 진료를 올 때마다 마주치는 혜원이지만, 수린은 그녀의 시끄러운 친절함에 익숙해질 수가 없었다.

"아, 참. 수린 님, 다음 주부터 상담 시간 변경해 주실 수 있으세요? 시간 변경을 요청하시는 분이 계신데 아무래도 수린 님이 시간도 자유로우신 것 같고 배려심도 많으시니까 좀 부탁드려요. 네? 호호호."

"네. 저는 상관없어요."

혜원의 아리송하고 낯간지러운 칭찬이 거북했던 수린은 그녀의 말이 끝나기 무섭게 대답했다.

"감사해요. 역시 우리 병원에서 수린 님이 제일 쿨하시다니까요. 아, 맞다 맞다. 수린 님이 저번에 초대권 주셨던 뮤지컬요, 저 너무 잘 보고 왔잖아요. 엄청 근사했어요. 차은새가 하는 공연을 못 본 건 좀 아쉽긴 하지만 그래도 너어무 좋았어요. 감사해요. 수린 님."

호들갑스러운 혜원의 인사에 수린은 잊고 있던 기억이 떠올랐다. 일찍 도착한 자신에게 수다를 한 바가지쯤 늘어놓으려던 혜원의 입을 틀어막고자 가방에서 손에 잡히는 봉투를 꺼내서 줘버렸었다. 아버지에게 받아서 가방에 처박아뒀던 그 봉투가 뮤지컬 '쏘 굿' 초대권이었구나. 당시에는 혜원이 선물에 정신이 팔리는 바람에 조용히 넘어갈 수 있어서 좋았는데, 이렇게 또 초대권으로 시끄럽게 떠들 줄 알았으면 괜히 줬다는 생각이 들었다.

"모수린 님 진료실로 모실게요."

눈치 없이 명랑한 혜원의 수다에 수린의 귀가 따가워지기 시작할 때쯤, 다행히 원장실에서 반가운 인터폰 소리가 들렸다.

"어! 원장님 정리 다 끝나셨나 봐요. 그럼 수린 님 먼저 들어가세요. 저는 차 준비할게요."

수린이 급하게 소파에서 일어나 진료실로 향했다. 스르륵 문이 닫히자 혜원이 그녀의 뒤통수에 대고 조용히 혼잣말로 중얼거렸다.

"엔간히 촌스러워야지. 돈을 들이면 뭘 해."

*

정원은 아이처럼 양손을 주머니에 꽂고 옥상 난간에 기대어 섰다. 방송국을 제외한 모든 풍경이 작고 별 볼 일 없게 느껴졌다. 코를 타고 들어오는 봄의 향기만이 그녀가 어떤 상황이건 계절은 변하고 있다는 사실을 알려주는 듯했다.

지난 3주는 정원에게 불안함과 분노, 두려움으로 가득 찬 날들이었다. 특히 한병문과 미팅 이후 정원의 초조함은 극에 달했다. 미팅 내내 똥 마려운 강아지처럼 안절부절못하는 병문을 보며 평소와 다른 그에게 실오라기 같은 정보라도 얻고자 신경을 곤두세워야 했다. 동시에 지저스와의 유일한 연결 고리인 캐릭터 시계의 진동을 놓칠세라 짬짬이 주머니에 손을 넣어 확인하느라 미팅에 온전히 집중하지도 못했다. 이런 그녀의 노력이 무색하게도 주머니 속 시계는 단 한 번도 반짝이지 않았다. 지저스의 연락을 기다리다 지친 정원이 먼 산을 바라보며 크게 한숨을 내쉬었다.

"정원! 소식 들었어?"

옥상에 도착한 영선이 정원의 축 처진 뒷모습을 발견하고는 그녀를 향해 바쁘게 걸어왔다.

"무슨 얘기?"

"차은새 살인 사건 범인 잡힐 것 같던데."

"뭐? 정말? 어디서 들었어?"

"우리 서정원 마음고생이 드디어 끝나나 보다."

'마음고생이 끝이 날까. 왜 하필, 그 여자가 죽었을까. 왜 하필, 그 죽어 있는 여자를 마주쳤을까. 왜 하필 미워할 수도, 미안해할 수도 없게.'

영선의 말에 정원은 그간의 악몽이 몰려와 울컥했다.

"5분 전에 들어온 따끈따끈한 소식이야."

"그래서 범인은 누구래?"

"1년도 넘게 차은새 스토킹한 놈이 있었대. 경찰이 구속 수사하는 걸 보니까 그놈이 확실한가 봐. 그냥 맛이 간 스토커가 벌인 치정 살인인 거지. 아우, 진짜 싫다. 싫어."

"스토커면 김민철?"

정원은 지저스에게 받은 자료에 등장하던 그의 이름을 기억해 냈다.

"아, 맞다. 너 걔 알지? 그 악플러 새끼. 그 자식 너한테 악플 달았던 그때 혼이 좀 났어야 했는데. 아우 소름 끼쳐. 좀 있음 기사 나갈 거야. 그럼 정원이 너 관련된 '카더라'들도 좀 잠잠해지겠지? 축하한다. 진짜."

자기 일처럼 기뻐하는 영선과 달리 정원은 전혀 다른 생각이 들었다.

'스토커의 치정 살인이라고? 차은새를 죽이고 일부러 목걸이를 갖다 놨어. 그렇게 단순한 이야기일 리 없어.'

정원은 김민철을 직접 만난 적은 없지만 경찰과 회사를 통해 전해 들은 그는 그렇게 용의주도한 사람이 아니었다. 20대 초반의 어린 학생. 사회 부적응자. 그런 인간과 뉴스에 오르내리기 싫어서 고소를 취하해 준 것뿐이었는데, 살인범이 되어서 나타나다니.

정원의 표정을 읽은 영신이 손가락 세 개를 펼쳐서 그녀의 눈앞에 들이밀었다.

"너 표정이 왜 그래? 이거 몇 갠지 보이지? 김민철이 범인이라는 게 밝혀지면 네가 얻을 것들이다, 이것아. 하나는 서정원은 역시 결백했다는 거. 또 하나, 뭐 이건 좋은 건 아니지만 어쨌든 서정원은 이 관계의 피해자라는 거, 나머지 하나는 너의 이름값이 더 올라갈 거라는 거. 그러니까 좋은 척이라도 좀 해. 필요한 건 건져야지. 이게 네 탓도 아니고."

"어, 그냥 좀 기분이 묘하네."

"그럴 거 없어. 나 요즘 네 걱정한다고 밥도 제대로 못 먹었잖아. 나 살찐 거 많이 먹어서 그런 거 아니야. 이게 다 서정원 걱정한

ㄹㅋㄹ

다고 못 먹어서 부은 거야. 그런 의미에서 좋은 소식도 있으니 나 고기 좀 사주라. 한우로다가. 응?"

"응, 그러자."

아직 실감이 나지 않은 정원이 여전히 멍한 얼굴로 대답을 하다가 다시 영선을 향해 물었다.

"근데 선배, 어디까지 밝혀진 거래?"

"그 스토커가 사건 당일 차은새를 만났나 봐. 죽기 전날까지도 매일 스토킹했고. 그리고 경찰에서 영장 친 거 보면 빼박 증거도 있다는 뜻 아니겠냐?"

"직접적인 증거가 뭔지는 아직 모르고?"

"빼박 증거에 대해서는 아직 정보 없어. 근데 왜? 너 화장실 갔다가 뒤 안 닦은 그 표정은 뭐냐?"

예상 밖의 반응에 흥분을 조금 가라앉힌 영선이 정원의 눈치를 살폈다.

"그럼 내 목걸이는?"

"그러게. 언제부턴가 목걸이 얘기가 쏙 들어가긴 했지? 에이, 그래도 어제 잡혔다니까 그것도 조만간 밝혀지겠지. 좀만 더 기다려보자. 걱정은 좀 그만하고. 구체적인 증거 금방 나올 거야. 너무 불안해하지 마. 거의 다 끝났어."

영선의 말에 고개를 끄덕이는 정원의 표정이 어딘가 석연찮았다.

"너나 차금새나 둘이 맘고생했지 뭐. 이런 살인범들은 사람 죽인 것도 모자라서 애먼 사람들 고생시키는 것도 정말 문제야. 진짜 사이코 하나 때문에 몇 명이 고생을 했냐고. 죽은 사람도 불쌍하고 경찰이랑 우린 또 뭔 고생이야. 하긴 차금새는 히든 팬텀 나올 거라는 소문이 있던데, 대단하지? 거기 시청률도 잘 나오고 요즘 인기잖아. 그 인간도 참, 동생 죽은 거 가지고 동정팔이 하려는 건가."

이후 한참 동안 범인이 사회에 미치는 부정적인 영향과 직간접적 가해에 대해 영선이 열변을 토하는 데도 정원의 머릿속은 뒤죽박죽 엉켜 있었다. 며칠 전 우재와 대화가 계속 마음에 걸렸다.

"이제 너 걱정 안 해도 괜찮아. 아버지가 나서주신다고 하셨어."

"아버지가 해결하실 수 있어. 금방 끝날 거야."

'설마 우재 씨나 아버님이 사건을 조작한 건 아니겠지? 아니야… 그게 그렇게 쉽나. 하긴, 그 집이면 그렇게 어렵진 않겠지. 아냐, 아냐. 할 수 있다고 해도 그렇게까지 할 이유가 없잖아.'

13년 기자 생활 동안 돈과 권력을 가진 이들이 만들어내는 믿을 수 없는 일들을 수없이 봐온 정원이었다. 가해자도 피해자로 만들 수 있고, 사건도 미담으로 바뀌버릴 수 있는 세상이 분명 존재한다는 사실을 그녀는 너무나도 잘 알고 있었다. 정원은 겁이 났다. 뭐든 의심부터 하고 보는 직업병 때문인지, 최근 자신을 둘러싸고 일어난 사건들로 인해 약해진 심장 때문인지, 그것도 아니면 특종 기자의 본능적인 촉 때문인지. 그녀는 불안한 마음이 어디에서 시작된 건지 판단이 서지 않았다.

"암튼 정원아, 너 이제 한시름 놓고 있어. 일단 나 지금 내려가봐야 해. 이의진 한국 잡혀 들어온다고 우리 팀 또 비상이거든. 여배우 한 명이 같이 숨어 있었나 보더라고. 아우 머리 아퍼."

정원이 생각에 빠진 사이 논평을 끝낸 영선이 그녀의 어깨를 두드리며 말했다.

"뭐? 선배 방금 뭐라고 했어? 설마… 이의진? 이의진이 어딜 온다고?"

"아무래도 너 좀 쉬어야 하나 보다. 정신이 오락가락하니?"

수천억 원대 주식 사기 사건의 피의자. 정원과 지저스가 한 달 동안 뒤를 쫓았던 오월동 붉은 점의 주인공. 디데이에 예상치 못한 모형택 가정부 살인 사건으로 놓쳐버렸던 이의진을 해외에서 찾았다니. 영선이 뭔가 잘못 아는 게 분명했다.

"선배야말로 무슨 말이야. 이의진이 해외에 어떻게 나가. 오월동에 숨어 있었는데."

영선이 제대로 헛다리를 짚었다고 생각한 정원은 어이없다는 듯 웃었다. 그 모습이 답답했는지 영선의 목소리가 살짝 격앙됐다.

"얘가 뭔 자다가 봉창 두드리는 소릴 하고 있어? 필리핀에 있는 사람을 왜 오월동에서 찾아?"

"아냐, 선배. 나 사실 이의진 관련해서 작년부터 특종 준비하고 있었어. 그 사람이 오월동에 숨어 있었거든. 재벌 사모 한 명이 뒤 봐주고 있었고. 그래서 나 이의진 잡으러 갔다가 모형택 의원 가정부 살인 사건도 목격하게 된 거야."

"너 뭔 소리야? 딴사람이랑 착각한 거 아니야? 정신 좀 차려, 진짜. 주식 사기꾼 이의진 말이야."

"그래. 나도 그 사람 말하는 거야."

"이의진 필리핀으로 토낀 게 벌써 몇 달 전인데 그러냐? 팩트패치 쪽에서 파파라치 붙인 것만 해도 5개월도 더 됐겠다."

"뭐?"

"대체 무슨 말이야? 갑자기 뭔 오월동? 모형택 가정부 사건 있을 때는 팩트패치 애들이 이의진 은신처까지 전부 파악하고 있을 때였어."

"선배, 그럴 리가 없어. 지저스가….."

당황한 입이 제 멋대로 움직이자 정원은 입술을 꼭 깨물었다.

"뭐? 지저스? 너 요즘에 교회 다니냐? 천하의 서정원이 어지간히 맘고생 심한가 보다. 정신이 오락가락하질 않나, 안 다니던 교회까지 다니고? 너 그 정신과는 계속 가지?"

영선이 정원의 이마에 손바닥을 가져다 대며 걱정스러운 표정을 지어 보였다.

'그럴 리가…. 지저스가 분명….'

당황한 정원은 주머니에 손을 넣어 시계를 꼭 잡아보았지만 시계는 여전히 멈춘 듯 조용했다.

3장.

불안은 영혼을 잠식한다

"너 가서 좀 쉬어. 연차 많이 남았지? 링거라도 한 방 맞든가. 영 정신 나간 사람 같아."

정원을 걱정스럽게 바라보던 영선이 말했다.

"선배, 이의진 건 팩트패치 담당이 누구야?"

"담당은 모르겠고 이복자 선배 팀에서 진행했어. 너도 알지? 독 종 이복자. 그 선배가 너 엄청 예뻐했었잖아. 일단 나 바쁘니까 내 려가면서 얘기하자."

대답 대신 엉뚱한 질문을 하는 정원의 팔짱을 낀 영선이 그녀를 질질 끌고 계단으로 데려가며 재촉했다.

"이복자 선배? 선배! 잠깐만."

영선에게 떠밀려 계단으로 향하던 정원이 걸음을 멈췄다.

"나 잠깐 바람 좀 쐬고 갈게. 선배 먼저 내려가라."

"너 진짜 괜찮겠어?"

"괜찮아. 먼저 가.

"그럼 먼저 내려간다. 너도 바람 너무 많이 쐬지 말고 얼른 사무실 들어가. 혼자 있다가 쓰러져서 남들 고생시키지 말고. 그럼 진짜 민폐야. 넌 키도 커서 옮기기 엄청 번거로울 거 아냐."

세상 정 없는 말을 애정 어린 눈빛으로 쏘아댄 영선이 정원을 남겨두고 계단으로 향했다. 마침내 혼자 남은 정원은 휴대폰에서 연락처 목록을 뒤져 통화 버튼을 눌렀다.

[이복자 선배]

"네, 이복자입니다."

신호가 가기 무섭게 걸걸한 중년 여자의 목소리가 전화기 너머 들려왔다.

"선배님. TNJ 서정원입니다. 오랜만에 연락드려요."

"멱살이! 오랜만이네, 이의진 땜에 전화했냐?"

"어떻게 아셨어요?"

"네가 왜 안 나서고 있나 했는데. 이거 뭐, 천하의 멱살이 우리한테 발린 거야? 살인범 누명 쓴다고 신경 못 썼어?"

"아…."

"암튼 제아무리 서정원이라도 이번 특종은 내 거다. 눈독 들일 생각으로 전화한 거면 끊을 거야."

"저 그 정도는 아닙니다. 축하드릴 일이죠. 그냥 취재 과정이 궁금해서 전화드렸어요. 나중에 오아뉴에서 다뤄볼까 싶기도 하고요."

복자의 냉랭한 목소리와 쏘아붙이는 말투는 만날 때마다 '리틀 이복자'라며 정원을 귀여워하던 평소와 달랐다. 당황한 정원은 취재 과정에 대한 오아뉴 보도를 준비하는 듯 얼버무렸다.

"말도 마라. 우리가 그 새끼 땜에 개고생한 거 생각하면 징글징글하다."

정원의 대답이 마음에 들었는지 목소리의 온도를 바꾼 복자는 흥분된 말투로 무용담을 늘어놓기 시작했다. 복자의 얘기는 영선이 전해준 이야기와 대부분 비슷했다. 희대의 주식 사기범 이의진은 오월동이 아닌 필리핀의 작은 섬에 숨어 있었고, 지난 12월 여권을 위조해 필리핀으로 도주했다고 한다. 익명의 제보자 덕에 정보를 입수한 복자는 위조된 여권으로 출국하는 이의진의 출입국 사무소 CCTV를 확인하고 지체 없이 필리핀으로 향했다. 팀원들과 파파라치, 필리핀 현지 갱단까지 동원해 필리핀의 7,107개의 섬을 이 잡듯이 뒤진 끝에 드디어 어제, 4개월 만에 작은 섬에 꽁꽁 숨어 있던 그를 찾은 것이다.

복자는 취재의 발판을 마련해 준 익명의 제보자에게 소주라도 한잔 사고 싶지만 연락할 방법이 없다고 너스레를 떨었다. 수상 소감이라도 발표하듯 감격스러운 기분에 취해 신나게 설명하던 복자의 목소리가 다시 차가워졌다.

"근데 먹살! 넌 이번 참에 그냥 집에 들어앉아라. 든든한 시댁 있는데 왜 이 고생을 하고 살아. 안 그래? 이제 너는 기사 쓰지 말고 6천만 원짜리 목걸이 목에 걸고 기사 읽는 사람 해, 그냥."

"네? 그게 무슨 말씀이세요?"

"질문 남았냐? 궁금한 거 있음 기사 확인해. 기획 기사 나갈 거니까. 오아뉴에서 방송하고 싶으면 정식으로 공문 보내고."

"네…. 공문 드릴게요."

"돈은 미워하되 인간은 미워하지 말랬는데…. 너 맑고 열정 있어서 내가 예뻐했었어. 암튼 나 바빠요. 끊는다, 사모님."

의미심장한 말을 남긴 복자는 일방적으로 전화를 끊어버렸다.

'뭐야, 이 선배? 술 마셨나? 아님 너무 좋아서 오락가락하나? 사모님이라니… 갑자기 왜 이러는 거지?'

끊어진 휴대폰을 바라보는 정원의 표정이 이내 심각해졌다.

'정말 이의진은 그때 한국에 없었던 것 같은데…. 지저스가 말한 오월동은 대체 어디서 나온 거지? 왜 하필 이런 타이밍에 연락도 안 되는 거야? 지저스, 당신 대체 뭐야?'

"서 선배! 얘기 들으셨어요? 차은새 범인 잡혔대요."

"정말 다행이에요. 팀장님, 이제 우리 오아뉴 정상화되는 거죠?"

정원이 시사국에 들어서자 웅성거리던 팀원들이 그녀를 반겼다.

"일이나 하자."

기뻐하는 팀원들을 향해 짧게 한마디를 던진 정원은 곧장 자리로 향했다. 의자에 대충 걸터앉은 그녀는 실시간으로 업데이트되는 내부 조각 뉴스 페이지를 열었다. 용의선상에서 벗어났다고 자축하기에는 미심쩍은 일들이 너무 많았다.

'차은새 살인 사건' 용의자는 20대 남성, 스토커로 밝혀져

차은새 스토커, 매일 협박 문자 보내

차은새 사건으로 본 스토킹과 살인의 인과관계

차은새의 스토커는 서정원의 악플러였다

　내부 페이지에는 차은새 살인 사건의 용의자 관련 기사들이 줄을 이어 보도를 기다리고 있었다. 정원은 업로드된 기사를 빠르게 검토했다.

　강남 경찰서는 지난 3월 6일 발생한 뮤지컬 배우 차은새 살인 사건의 유력한 용의자인 20대 남성의 신병을 확보했다. 용의자 A 씨는 사망한 차 씨를 1년 넘게 스토킹해 오다 서울시 강남구의 차 씨 소속사 사무실에서 흉기로 찔러 살해한 혐의를 받고 있다. 경찰 관계자의 말에 따르면 A 씨는 과거 TNJ 서정원 기자에 대한 허위 사실을 담은 악성 댓글을 수차례 썼다가 기소된바 있으나⋯.

　많은 사건 관련 기사 어디에도 직접적인 증거는 보이지 않았다. 가방과 겉옷을 챙겨 들고 나가려는 정원을 막내가 붙잡았다.

　"팀장님, 국장님이 찾으십니다."

　"알았어."

　재킷을 입으며 무성의하게 대답하던 정원이 뭔가 떠오른 듯 막내를 향해 고개를 들었다.

　"참, 막내야! 사회부에 연락해서 차은새 사건 수사 진행 상황 관련해서 아직 업로드 안 된 소식 있는지 확인 좀. 지금 바로 부탁해."

정원의 말이 떨어지기 무섭게 막내가 곧바로 사내 메신저를 몇 번 두드리고는 그녀를 향해 소리쳤다.

"팀장님, 사회부에 확인해 봤는데요, 추가 내용은 아직 없다고 합니다. 경찰 측 수사 진행 상황 확보되는 대로 공유 요청했습니다."

짧은 한숨을 내쉰 정원은 곧장 국장실로 향했다.

"네. 네. 걱정 마십시오. 나머지는 제가 잘 정리하겠습니다. 네. 네. 연락드리겠습니다."

정원이 국장실 문을 열었을 때 강 국장은 통화 중이었다. 전화기 너머의 사람이 누구인지 강 국장은 수화기를 들고 허리를 펴지 못하고 있었다. 정원이 소파에 앉아 잠시 기다리는 사이 전화를 끊은 강 국장이 보라색 비트 주스를 양손에 들고 맞은편에 앉았다.

그는 곧 싱글벙글 웃으며 왼손의 주스를 정원에게 권했다.

"그래도 아시안 컵 끝나기 전에 범인이 밝혀져서 다행이다. 마음고생 많았네, 서정원."

"네, 엄청 극적으로 살아났네요. 불멸의 서정원이죠?"

"기자가 이런 일 저런 일 다 겪으면서 성장하는 거지."

편안한 자세로 소파에 기대어 앉는 강 국장의 표정이 유난히 밝았다.

"유학생 사건 준비는 잘되고 있어?"

"준비 중입니다. 방송에 차질 없도록 할게요."

"역시 가정사 때문에 마음 못 잡을 서정원이 아니지. 아무리 생각해도 이번 기획이 딱 들어맞는 것 같단 말이야. 크게 몸살 한번

244

않았으니 눈에 띄는 이슈보다는 유학생 사건처럼 잔잔한 기획으로 방송 시작하는 게 그림이 좋잖아?"

비트 주스를 빨대로 빨아들인 강 국장이 말을 이었다.

"차은새 사건은 조금 있으면 기사 뿌려질 거고, 내일 뉴스파이팅에서 심층 취재 해서 내보낼 거야."

"뉴스파이팅에서요?"

TNJ 뉴스계의 오아뉴라고 불리는 뉴스파이팅은 당장이라도 싸움을 낼 것 같은 앵커의 진행과 패널들의 신랄한 비판이 특징인 프로그램이었다. 토론 형식으로 진행되어 일반적인 뉴스에 비해 하나의 사건에 긴 시간을 들여서 보도 후 여론의 움직임도 큰 편이다.

"당연하지. 차은새 사건 때문에 우리 TNJ가 본 손해가 얼만데, '우리 TNJ도 그 스토커 놈의 피해자다!' 하고 확실히 쐐기를 박아 줘야지. 마음 같아서는 오아뉴에서 방송하고 싶지만 한 번 참는 거라고."

그간 적잖이 신경을 썼는지 주먹을 불끈 쥔 강 국장에게서 분노와 통쾌함이 동시에 느껴졌다.

"국장님, 사건이 너무 빨리 진행되는 거 아니에요? 확인해 보니까 이렇다 할 결정적인 증거는 없어 보이던데요. 저는 뭔가 범인 몰아가기 하는 기분이 들어요. 특히나 뉴스파이팅에서 다루기에는 아직⋯."

"시간 끌어서 좋을 거 뭐가 있냐? 회사나 우리 회사 간판인 서정원 네 이미지에도 그렇고. 이런 일일수록 얼른 여론을 제자리로 돌려놔야 해."

우려 섞인 정원의 말이 끝나기도 전에 막아서는 강 국장의 목소리가 단호했다.

"그 자식 정황상 유력한 용의자가 확실하던데 뭘. 경찰에서 추가 증인도 확보한 것 같고. 뉴스로 내보내기는 충분해. 다행히 경찰이랑 수사 진행 상황 공유가 잘되고 있으니 걱정 안 해도 될 거다."

강 국장의 대답에 정원이 미간에 주름을 잡았다. 내부에 준비된 기사에는 추가 증인에 관한 내용은 없었다. 사회부에서도 확인하지 못한 수사 진행 상황을 강 국장은 어떻게 알고 있을까. 신중한 강 국장이 정보도 많지 않은 사건을 이렇게 급하게 보도하는 것도 이상해 보였다.

"국장님, 이번 수사 위에서 아래로 내려오고 있는 거 같지 않아요?"

"그게 중력이라는 거다. 정원아, 수사는 경찰이 하는 거고, 우리는 보도만 하면 되는 거야. 너는 쓸데없는 데 신경 쓰지 말고 이미지 쇄신이나 확실히 할 생각해. 서정원, 넌 우리 TNJ 간판이라고."

*

"정신감정?"

오 형사의 책상 옆에 놓인 서류를 힐끗 본 태헌이 물었다. 김민철의 변호사가 제출한 서류였다. 의례적으로 빠르게 배정된 민철의 국선 변호사. 그는 10분 정도의 짧은 면담을 마친 뒤 오 형사에게 정신감정 신청서를 제출하고 가버렸다. 국민의 세금으로 범죄자에게 변호사를 선임해 주는 걸 영 탐탁지 않아 하는 태헌이었지만, 이번에는 변호사가 반갑게 느껴졌다. 지체되지 않고 바로 선임된 걸 보니 사건이 빠르게 진행될 것 같은 기분 좋은 예감이 들었다.

"변호사 배정되자마자 이걸 신청했다고? 그럼 김민철이 범행을 시인한다는 거야?"

변호사를 통하면 민철의 입에서 3초에 한 번씩 반복되는 '그게'를 듣지 않아도 될 거라는 기대에 질문하는 태헌의 목소리가 가벼웠다.

"그건 또 아닌 것 같아. 지금 김민철이 극도로 불안해 보인다면서 신청하던데?"

"그런 거면 기각되겠네. 뭐 대단한 일 해서 여기 들어와 있는 줄 아나. 당연히 불안하겠지. 그래서, 불안하다고 전문의 불러서 상담을 받겠다고? 하여간 이놈의 법은 피해자를 위해 존재하는 건지, 가해자를 위해 존재하는 건지 도통 알 수가 없다."

태헌이 인상을 찌푸리며 투덜댔다.

"좀 그렇지? 그리고 변호사도 좀 이상해. 지금 정신감정을 받는 게 김민철한테 유리하다고 생각하는 걸까?"

"유리해서겠냐, 유행인 거지. 일단 심신미약으로 한번 찔러보는 거야. 먹히면 땡큐고 아님 말고. 뻔하잖아. 이 타이밍에 정신감정 신청이 웬 말이냐? 어차피 김민철이 힘도 없고 빽도 없는 거 딱 보이니까 변호사도 제일 만만한 부분부터 들어가 보는 거라고. 이건 뭐 개나 소나 뭐만 하면 심신이 미약하다고 해대니 내 심신은 걸레짝이다, 아주."

"아니야, 인마. 고마운 국선 분들도 얼마나 많은데. 지난달에 오셨던 분도…."

오 형사가 고마우신 국선 변호사님에 대한 연설을 하려 들자 태헌이 잽싸게 그를 막아섰다.

"암튼 빨리 끝나기나 했음 좋겠다. 저 살인범 자식, 진짜 개수작 부리면서 빠져나가려고 하면 내가 가만두나 봐라. 진짜 정신을 놓게 만들어줄 테다."

태헌이 유치장 쪽을 향해 이를 갈았다.

"태헌아, 지금 정신감정보다 더 중요한 게 있어."

오 형사가 검토하던 서류를 가리키며 진지하게 말했다.

"그래, 중요한 건 지금 내가 배가 고프다는 거지."

"그게 아니라 이것 좀 봐. 진명숙 씨 통화 내역인데 자세히 좀 봐, 이 번호."

태헌의 장난스러운 반응에 오 형사가 서류를 태헌의 얼굴 앞에 가져다 대며 다그쳤다.

"모형택 가정부 진명숙 통화 내역은 벌써 서른 번도 더 본…."

"여기, 이거 김민철 번호잖아."

"뭐?"

태헌은 코앞까지 들이밀어진 서류를 잽싸게 낚아챘다.

*

국장실에서 나온 정원이 차에 올랐다. 잔뜩 힘이 들어간 손은 긴장 때문인지 분노 때문인지 스스로도 알 수가 없었다. 모든 게 의문이고 확실한 건 하나도 없었다. 정신없이 도로를 오가며 달리는 정원의 차 때문에 놀란 차들이 클랙슨을 울렸지만 지금 그녀에게 중요한 건 불만에 찬 운전자들이 아니었다.

"생각을 하자, 생각을…."

그녀는 이의진을 취재하기 위해 오월동에 간 날을 기억해내려 애썼다. 그날 피를 뚝뚝 흘리며 죽어 있던 모형택의 가정부, 진 여사를 마주하기까지 지저스와 했던 모든 대화를 빠짐없이 되새기기 위해 안간힘을 썼다.

4개월 전. 이틀 밤을 새운 회의를 겨우 끝내고 팀원들과 함께 일찍 퇴근한 날이었다. 겨우 3시간 빠른 퇴근이었지만 낮 시간의 집이 어색했던 정원은 서재에 앉아 노트북을 뒤적이고 있었다. 그때, 모니터 아래쪽에 메신저 알림 불빛이 반짝였다.

"이 시간에 웬일이지?"

하릴없이 웹 서핑을 하던 정원에게 지저스의 메시지는 구세주였다. 지금 생각해 보니 거의 밤에만 연락하던 지저스가 유독 그날만 이른 시간에 연락했었다.

> **지저스** 내일 가능?
> **히어로** 몇 시?
> **지저스** 대략 23시.
> **히어로** 가능. 내일이 그 사모도 오는 날 맞아? 이의진 애인.

지저스 말해 뭐 해. 준비나 잘해.

히어로 오케이. 준비는 진작에 다 해놨지. 근데 그 인간들은 돈도 많으면서 왜 오월동에 숨어 있대?

지저스 낸들 알겠냐. 또 모르지, 달동네에 아방궁이라도 차려놨는지.

히어로 그런 그림 나오면 완전 땡큐지.

지저스 3주째 현관 입구에서 물고 빨고 난리야. 현관 장면만 해도 19금.

히어로 굿. 10분 전에 사거리에서 무전 할게.

지저스 일신상가 C동 앞 알지?

히어로 예압.

'일 끝내고 와서 기사 업로드하고 경찰에 신고하면 이의진 넌 끝나고 난 특종상이다!'

기분 좋게 지저스의 가상 화폐 계좌에 입금을 마친 정원은 콧노래를 불렀다. 한 달 동안 준비한 취재를 멋지게 끝낼 생각에 가슴이 콩닥거렸다. 정원이 룰루랄라 콧노래를 부르는 사이 우재가 집으로 돌아왔다.

"우재 씨. 이 시간에 웬일이야?"

"어? 우리 마님이야말로 이 시간에 웬일이야?"

"회의가 드디어 끝나서 우리 팀 전체 오늘 일찍 퇴근했지. 우재 씨는?"

"이런. 기쁜 소식인데 어쩌지? 난 오늘 급하게 부산 갈 일이 생겨서 짐 좀 챙기러 왔는데…. 짐 챙기고 자기한테 연락하려던 참이었어.”

“부산? 갑자기?”

“응, 우리 정원이 오늘 일찍 퇴근할 줄 알았으면 일정을 바꾸는 건데… 미안해.”

우재가 안타까운 표정으로 정원의 머리를 쓰다듬었다.

“아냐. 나도 예정에 없이 일찍 온 건데 뭐. 그럼 지금 갔다가 내일 오는 거야? 누구랑 가? 나도 같이 갈까?”

정원은 아쉬워하는 우재의 표정이 귀여워서 장난을 쳐보았다.

“연습 중인 뮤지컬 팀이랑. 나도 빠지고 싶은데 다 같이 가는 거라서 말야. 그럼 정원이 너도 같이 갈래? 우리 마님이랑 같이 가면 나는 너무 좋지.”

따라가겠다는 정원의 말에 우재는 아이처럼 기뻐했다.

“아냐. 그냥 해본 말이야. 갑자기 부산으로 떠날 수 있는 사치스러운 시간이 아직은 없어요. 우재 씨 일 땜에 가는 거고, 나도 내일 출근해야지. 조심해서 다녀와.”

정원의 대답에 금세 슬픈 표정을 한 우재가 정원을 꼭 안았다.

“오랜만에 울 정원이랑 같이 저녁 먹으면 좋겠는데 너무 아쉽다.”

세상 부러울 것 없이 넓고 따뜻한 우재의 품이었다.

‘하…. 그때 부산을 차은새랑 둘이 간 거였구나.’

정원은 어이가 없어 피식 웃음이 나왔다. 기막힌 기억을 지우려 더욱 세게 액셀을 밟았다. 빠르게 달리던 정원의 차는 오월동 방향 사거리 일신상가 C동 앞에 도착했다.

그날 11시 10분 전에 지저스와 무전을 시작했던 그곳. 차에서 내린 정원은 사방을 둘러보았다. 가장 먼저 진입했던 세 번째 골목. 다음으로 보였던 골목 끝 편의점. 지저스는 담배와 젤리 따위를 사러 이의진이 매일 편의점에 들른다고 했다. 그날은 평소보다 더 오래 편의점에 머물렀다. 기억을 떠올리며 천천히 움직이던 정원의 발길이 편의점으로 향했다. 가게에 들어선 그녀는 카운터의 위치를 확인하고 CCTV를 찾았다. 내부에는 두 대….

"실례합니다."

손님이 들어오는지도 모르고 이어폰을 낀 채 휴대폰을 보고 있던 점원이 고개를 들었다.

"어! 어!"

정원과 눈이 마주치자 당황한 표정으로 휴대폰 화면과 정원을 번갈아 보며 말을 잇지 못했다. 정원은 눈을 내리깔고 점원이 보고 있던 휴대폰 속 영상을 힐끗 쳐다보았다. 정원이 나오는 오아뉴 자료 화면과 함께 [차은새 살인 용의자… 스토커 김 씨, 서정원 앵커의 악플러였던 것으로 알려져]라는 자막이 나오고 있었다.

"혹시…."

눈을 동그랗게 뜬 점원은 계속 화면과 정원을 번갈아 보더니 이제는 발을 동동 구르기 시작했다.

"저는 지금 여기 나오는 이 사람이 맞고요, 진정이 좀 되시면 제가 여쭤볼 게 있는데요."

고개를 까딱하며 정원이 팬심에 답하자 점원이 크게 숨을 들이 쉬더니 빠르게 대답했다.

"네네네네네. 진정했어요."

"여기 CCTV 보관 기간은 길어야 한 달일 테고…. 혹시 지난 1월에 밤 11시대 근무하시던 분이 아직도 계시나요?"

정원의 질문에 잠시 생각하던 점원은 머리를 긁적이며 대답했다.

"아, 1월이면 밤 시간대엔 제가 근무했는데요. 이번 달부터 낮 시간으로 바꿨거든요. 왜 그러세요?"

"그럼 저쪽 인쇄 창고 앞에서 살인 사건 난 날도 근무하셨어요?"

점원의 대답에 눈빛을 반짝인 정원이 팔을 쭉 뻗어 밖을 가리키며 물었다.

"네. 그날 제가 근무했어요."

"이 사람, 혹시 기억하세요? 살인 사건 발생하기 10분쯤 전에 여기에서 젤리랑 담배 샀을 거예요. 매일 밤 비슷한 시간대에 왔을 테니까 기억하실 수도 있을 것 같은데요."

정원이 자신의 휴대폰을 열어 이의진의 사진을 점원의 코앞까지 들이밀었다. 눈을 가늘게 뜨고 사진을 쳐다보던 점원이 고개를 좌우로 저으며 말을 이었다.

"음…. 이 사람 여기 온 적 없어요."

"얼굴이 좀 달라 보일 수도 있어요. 안경이나 모자 같은 걸 쓸 수도 있고, 헤어스타일을 바꿀 수도 있으니까요. 키 175 정도에 호리호리한 체형이에요. 그리고 말투가 엄청 나긋나긋하구요."

정원은 점원의 기억을 끄집어내고자 열심히 설명했다.

"기자님, 저 이 사람 알아요. 뉴스에 자주 나온 사람이잖아요. 주식 사기 친 사람 맞죠? 이 사람 여기 온 적 한 번도 없어요. 제가 눈썰미가 좋은 편이거든요. 서정원 기자님도 한눈에 알아보잖아요."

"네… 뭐, 전 보통 한번에 알아보시긴 하는데, 암튼 이 사람 아니더라도 밤 11시쯤 와서 젤리나 과자랑 담배 사는 남자 없었어요?"

"글쎄요. 담배 사는 남자분들은 너무 많죠. 근데 성인 남자들이 젤리는 잘 안 사요. 아이랑 같이 오면 모를까. 보시다시피 이 동네는 소주랑 담배 사는 분들이 많죠. 젤리는…."

"네. 그렇군요. 그럼 이거 계산 좀 해주세요."

정원이 계산대 앞에 놓인 젤리 중 하나를 집어 들며 말했다.

"네네. 저… 서정원 기자님. 팬입니다. 저는 기자님이 차은새 죽이지 않았다는 거 믿고 있었어요."

정원이 내민 젤리 바코드를 찍으며 점원이 말했다.

"근데 기자님, 그 가정부 살인 사건 났을 때 경찰에서 CCTV 가져갔어요. 경찰은 가지고 있지 않을까요?"

"경찰에서요?"

"네, 제가 그다음 날 출근했을 때 인수인계 해준 알바가 그랬어요. 경찰이 CCTV 가져가서 사장님 완전 짜증 나 있다고. 경찰이 오라 가라 하면 엄청 귀찮다고 했다고. 그리고 보니까 그때 경찰이 젤리를 엄청 많이 사 갔다고 했어요."

"네?"

"젤리 사 간 남자 찾으신다니까 그 생각이 나서요. 다음 날 경찰이 CCTV 가져가면서 젤리 사 갔다고… 인수인계했던 알바가 그 랬거든요. 투 플러스 원인 젤리 사 가서 다시 오면 하나 줘야 한다 고요. 그때 재고가 모자라서 한 개 못 받아 갔다고…. 수사 때문에 자주 올 거니까 나중에 찾아간다고 했다던데, 특별히 중요한 얘긴 아니죠?"

자세하게 설명하던 점원은 멋쩍은 듯 뒷말을 흐렸다.

"아니에요. 감사합니다. 수고하세요."

순간 당황한 정원은 점원에게 어정쩡하게 웃어 보이며 편의점 을 나섰다.

'경찰이면 김태헌? 아니면 그 옆에 오 형사? 그게 뭐가 중요해. 경찰도 젤리… 살 수도 있지….'

묘한 기분에 한참 동안 편의점 앞을 떠나지 못하던 정원이 천천 히 발걸음을 떼기 시작했다. 그날 밤, 이 골목에서 살해된 여자를 발견하기까지 지저스와의 모든 기억을 되짚어볼 필요가 있었다.

"2시 방향으로 출발해. 인쇄 창고 앞 건물 들어가는 현관에서 마주칠 거야."

다시 정신을 차린 정원이 지저스의 말을 복기하며 2시 방향으 로 향했다. 인쇄 창고를 등지자 이름도 거의 다 지워진 연립주택이 시야에 들어왔다. 연립주택 아래 담벼락에선 허리가 꺾인 채 피를 뚝뚝 흘리는 여자의 모습이 아직도 선명하게 보이는 것 같았다.

정원은 눈앞의 잔상을 지우려 눈을 질끈 감았다 떴다. 시선을 조금 아래로 내리자 연립주택에 사는 여섯 가구의 창문이 한눈에 보였다. 이불을 밖으로 널어놓은 집, 창문 너머 빨랫줄에 빨래가 걸려 있는 집, 아이의 한글 공부 포스터가 창문에 덕지덕지 붙어 있는 집. 당시 피해자 집에도 누군가 이사를 왔는지 여섯 가구는 모두 사람 사는 온기가 느껴졌다.

'그땐 아무도 살지 않는 폐허 같았는데….'

가만히 연립주택을 바라보던 정원의 입에서 이내 실소가 터져 나왔다.

'서정원, 너 똑똑한 척은 혼자 다 하더니 귀신에 홀렸었구나. 이런 동네에, 이런 집에 이의진이 숨어 있다는 말을 어떻게 믿을 수가 있었을까.'

초호화 펜트하우스에 살면서 최고급 슈퍼 카 수십 대를 바꿔 타던 수천억 대 사기꾼이 이런 곳에 숨어 있다는 걸 어떻게 믿을 수가 있었지? 사건 발생 이전에도, 이후에도 어떻게 단 한 번도 의심하지 않았을까. 어떻게 이렇게까지 지저스라는 인물을 믿을 수 있었을까. 단 한 번 본 적도 없는, 이름도 얼굴도 모르는 그 사람을.

"푸하, 하하하하하하."

한참을 미친 사람처럼 웃다 터덜터덜 골목을 빠져나온 정원이 차를 향해 걸었다. 오월동 방향 사거리에 도착하니 그날 지저스와 했던 무전이 떠올랐다.

"이제 일신상가 C동, 오월동 방향 사거리. 어디로 갈까?"

"기다려봐, 움직이지 말고. 앞에 아우디 보이지? 블랙박스 죽여야 해."

맞다. 그날 이 자리에 흰색 아우디가 있었다. 생각을 이어가려던 찰나 정원의 주머니 속에 있던 시계에 진동이 울렸다.

*

　"김민철이 범인이야. 확실해."

　조사실에서 나온 태헌이 책상에 서류 뭉치를 쾅 내려놓으며 단언했다. 태헌은 차은새 사건 당일 민철과 함께 리더스팰리스에서 근무했던 소방업체 직원을 조사하고 오는 길이었다.

　"나왔어? 뭐래?"

　눈을 동그랗게 뜬 오 형사가 물었다.

　"봤대."

　"봤대? 뭘 봤대? 범행 장면?"

　"아니, 목걸이를 가지고 있는 걸 봤대."

　의자에 털썩 주저앉은 태헌이 책상 위 지렁이 모양 젤리를 들어 질겅질겅 씹으며 대답했다.

　"목걸이? 서정원 목걸이를?"

　"주머니에서 담배를 꺼내는데 금 목걸이가 바닥에 뚝 떨어지더란다. 딱 봐도 여자 목걸이였다니까 말 다 했지 뭐."

　"디자인도 같았대? 작은 다이아 많이 박힌 그 모양 맞았대? 그거 백금인데?"

　"백금은 금 아니냐? 그리고 남자들이 여자 목걸이 디자인을 어떻게 일일이 기억하냐? 그냥 여자 금 목걸이였다, 거기까지 기억하는 것도 용한데. 오 형사, 너는 여자들 액세서리 하고 있는 거 보면 기억하냐?"

　"하긴, 나도 기억 못 하지. 근데 그 목걸이가 금색은 아니었어.

257

그리고 그건 금 목걸이라기보단 다이아 목걸이 아니냐?"

오 형사가 고개를 갸우뚱하며 중얼거렸다.

"다이아는 인마, 내 보기엔 길거리 좌판에서 파는 큐빅이랑 똑같아 보이더구만."

"어쨌든 김민철한테 목걸이 어디서 났는지 확인은 해봐야겠네."

"벌써 확인해 봤지. 원래 가지고 있던 건데 그것도 팔았대."

"뭐?"

"그 자식 지 몸뚱이 하나 빼곤 다 갖다 팔았다네? 뭔 돈이 그렇게 필요했던 거야?"

"뭐라 뭐라 하는데 나는 듣지도 않았어. 뻔하잖아. 스토커에 악플러에 도둑놈 새끼. 서정원 목걸이도 어디서 도둑질했겠지."

"그래도 그게 아닐 수도 있잖아. 나는 그날 설우재랑 차은새가 싸웠다는 게 맘에 걸린다. 설우재 다시 불러서 추가 조사 안 해봐도 될까? 태헌이 너 지금 너무 급해. 나는 자꾸 불안한 생각이 든다고."

"오 형사야. 반장도 하지 말란 걸 왜 자꾸 들쑤셔. 목걸이 증인까지 나왔는데 추가 조사 해볼 필요가 뭐 있냐? 그리고 백금이나 그냥 금이나 암튼 금은 금이잖아."

"아… 나도 모르겠다. 참, 태헌아. 나 이따가 오월동 아우디 차주 만나기로 해서 나가봐야 하거든. 김민철 변호사가 정신감정 때문에 온다고 했으니까 그건 네가 진행해라."

"알았어. 차은새 사건은 오늘 싹 정리해서 마무리해 놓을 테니 걱정 말고 이 형님만 믿어라."

태헌이 기다란 젤리를 우악스럽게 뜯으며 눈을 부라렸다.

"김태헌 경위님? 안녕하세요. 김민철 씨 변호사입니다."

수사보고서를 작성하던 태헌이 자신을 부르는 소리에 고개를 들었다. 방금 고등학교를 졸업했다고 해도 좋을 앳된 남자가 태헌 앞에 서 있었다. 진회색 양복에 금테 안경, 기름을 칠한 3 대 7 가르마. 나이에 어울리지 않게 '정장'이 아니라 '양복'을 입은 이 어색한 남자는 보란 듯이 옷깃에 붙은 금배지를 만지작거렸다.

"기다리고 있었습니다."

"이분은 오늘 김민철 씨 정신감정을 해주실 정신의학과 선생님 이시고요."

변호사 옆에 선 여자가 태헌을 향해 고개를 까딱 움직였다.

"유윤영 원장님? 이야, 이건 의외의 조합이네요. 일단 조사실에 먼저 들어가 계시면 김민철 씨 데리고 나오겠습니다. 이쪽으로 오시죠."

태헌은 두 사람을 조사실로 안내하고는 민철을 데리러 유치장으로 향했다.

'하, 저 비싼 의사 선생은 어떻게 모셔 왔대? 암튼 김민철 너 이 자식 오늘이 마지막이다. 잘 가라. 이 또라이 변태 스토커 살인범 자식아.'

유치장으로 향하는 태헌의 발걸음이 유난히 가벼웠다. 드디어 태헌을 괴롭히던 지긋지긋한 사건과의 작별 시간이 다가오고 있었다. 오늘로 민철은 피의자로 전환될 것이고, 검찰에 넘겨버리면 사건은 일단락될 것이다. 그럼 차은새 사건은 홀가분하게 마무리 된다. 이제 하나 남은 오월동 사건만 어찌어찌 해결한 후 태헌은 연차를 내고 좀 쉴 생각이었다. 사연 많은 인생들 뒤치다꺼리한다고 내팽개쳐진 자신의 인생이 더없이 억울해지려는 참이었다.

팔자에도 없는 강력반 경찰이 되어서 고생을 한 지도 어언 7년. 이제는 이곳에서 벗어날 날이 그리 멀지 않았다. 태헌은 원래 공대 출신이었다. 사회 정의 따위에는 관심도 없고 숫자와 컴퓨터가 훨씬 편했다. 암으로 누운 아버지의 마지막 소원이라는 성화에 딱 한 번 보기로 한 경찰 시험에 덜컥 합격해 버린 그는 먹성에 걸맞은 큰 키와 덩치 때문에 엉겁결에 강력반 생활을 시작하게 되었다.

경찰 생활 3년 차쯤, 효도만 생각하며 버티기에는 이 짓이 적성에 안 맞아도 너무 안 맞았던 태헌은 사직서를 던져버리기 위해 출근했던 날, 아버지의 암이 재발했다는 어머니의 전화를 받았다. 당장 경찰을 때려치우기에는 병원비 부담이 너무 컸고, 아버지의 평생소원인 경찰직을 그만두기에는 정말로 부친의 남은 날이 얼마 없다고 생각됐다. 그렇게 버티고 버티던 태헌은 사이버수사대라는 타협점을 찾았다. 부모님의 바람과 자신의 성향, 현실적 상황을 모두 고려한 새로운 돌파구였다.

7년 경찰직에서 일궈낸 경위라는 직책을 그대로 유지하면서 사이버수사대로 옮길 수 있는 길은 박사 학위를 가지고 특채 전형에 합격하는 것. 태헌은 그 꿈을 위해 박사과정을 이수하며 2000년 무언에서 발생한 폭발 사고에 관한 논문을 쓰고 있었다. 그는 이번 사건을 끝낸 후 논문 마무리를 위해 무언에 내려갈 계획이었다. 이제 고지가 멀지 않았다. 태헌은 힘차게 유치장 문을 열었다.

모든 걸 포기한 듯 눈에 초점을 잃은 민철이 태헌의 손에 이끌려 조사실로 들어왔다.

　"앉아요. 앉아."

　힘없는 민철의 팔을 잡고 있던 태헌이 그를 내동댕이치다시피하여 의자에 밀어 넣었다. 맞은편에 앉은 변호사와 윤영을 본 민철이 갑자기 태헌을 바라보며 사정했다.

　"형사님, 저는 정말… 정말 아닙니다. 서정원 기자를 불러주십시오. 제가 다 설명하겠습니다. 은새 누나는 그냥 저랑 아는 사이였습니다. 서정원 기자 불러주시면 제가 다 얘기할 수 있습니다."

　"서정원 기자한테 할 말 지금 나한테 하세요. 뭘 잘 모르시나 본데 당신은 살인 사건 용의자고, 할 말이 있으면 나한테 하는 게 제일 정확해요."

　갑작스러운 민철의 행동에 태헌이 무성의하게 대꾸했다.

　"제 말 안 믿어주실 거잖아요. 서정원 기자 불러주세요."

　"이 사람이 대한민국 경찰을 뭘로 보고! 그리고 악플 달 땐 언제고 이제 와서 서정원 기자를 왜 찾습니까?"

　"형사님, 제가 그 여자한테 할 말이…."

　"아이고, 하소연은 딴 데 하세요. 시끄러워 죽겠네. 하소연 들어주러 손님 오셨잖아."

　자신의 옷자락을 잡으며 울부짖는 민철을 매몰차게 뿌리친 태헌은 변호사를 바라보며 말했다.

　"그럼 검사 끝나면 말씀해 주십쇼. 저는 나가 있겠습니다."

　"네. 변호사님도 자리 비켜주시겠어요?"

가만히 상황을 지켜보던 윤영이 처음으로 입을 열었다.

"선생님. 조사실에서 진행하시는 검사는 다 녹화됩니다. 아시죠? 그럼 끝나면 말씀해 주시고 변호사님은 요기, 요 문 앞에 앉아 계시면 됩니다."

태헌은 구석을 가리키며 '하소연 담당들'에게 대충 설명하고는 조사실을 나와버렸다. 변호사도 태헌을 따라 나왔다. 조사실에는 민철과 윤영, 두 사람만 남았다.

✳

'지저스는 왜 그날 나를 오월동으로 보냈을까? 지저스가 오월동 사건의 범인일까? 사람을 죽이고 나한테 뒤집어씌우려고? 도대체 왜?'

운전석에 앉은 정원이 핸들에 머리를 처박았다. 연이어 목격한 두 번의 끔찍한 살인 사건. 모든 정보를 공유했던 지저스. 그리고 그의 거짓 정보. 머리가 터질 것 같은 정원이 핸들을 쾅 내리치고는 미친 사람처럼 중얼댔다.

"지저스, 그가 누군지 찾아야 해."

고개를 든 정원은 시동을 걸고 힘껏 액셀을 밟았다. 우렁차게 울려 퍼지는 엔진 소리와 함께 지난 9년간 지저스와 나눈 대화 내용이 주마등처럼 스쳤다. 그와 개인적인 대화를 나눈 적은 거의 없었다. 그게 둘 사이에 가장 중요한 룰이었으니까.

지저스 히어로! 근데 넌 이 짓 왜 하냐?

히어로 되게 근본 없는 질문이네?

지저스 어차피 근본 없는 사이에 이 정도는 물어볼 수 있는 거 아냐?

히어로 그러는 넌?

지저스 나? 세상을 구하려고.

히어로 뭐야? 그 근본 없는 대답은? 그럼 나도 세상 구하려고.

지저스 난 진짠데….

히어로 아~~ 네~~~ 그러셔요?

지저스 원래 신은 가장 어두운 곳에 있는 거야. 큰일을 하다 보면
        가끔은 희생하는 것들도 생기는거고 빛이 있어야 그림자
        가 있는 거잖아. 어둠이 강해지면 빛도 강해진다고.

히어로 어유, 멋진 개소리야. 입금했다. 빛이고 소금이고 난 모르
        겠고, 신도 돈 좋아하네?

지저스 돈은 세상을 구하기 위해 필요한 거지. 그래서 히어로 같은
        부자들 돈 좀 나눠 쓰는 거 아니겠어.

히어로 뭔 소리? 나 부자 아닌데?

지저스 그래. 넌 부자는 아니고 그냥 돈이 많은 사람이겠지.

히어로 뭐든 많으면 좋은 거야. 입금했다. 세속적인 신이시여.

지저스 자본주의 만세! 아멘!!

히어로 저런 놈들은 지옥에 모아놓고 불태워 버려야 해.

지저스 불? 너 불에 타는 고통이 어떤 건지 아냐?

히어로 뭐? 난 나쁜 짓 안 했다. 왜 내가 불에 타는 벌을 받냐?

ㄹㅎㅋ

지저스 그럼 불타는 고통은 나쁜 짓 한 사람들만 받나?

히어로 음, 뭐. 그건 아니지.

지저스 그럼 나쁜 놈들 손에 불에 타는 고통을 느끼는 억울한 사람들은 어떻게 생각하나?

히어로 그런 사람은 없게 지저스께서 운명적으로 좀 돌봐주셔라.

지저스 안 그래도 내가 돌봐주려고.

컴퓨터를 잘하고, 약속을 잘 지키는 제정신이 아닌 사람. 정원은 아무리 생각해도 그것 말고는 그에 대해 아는 게 없었다.

*

"왔냐? 차량 소유주 만났어?"

경찰서로 들어오는 오 형사에게 태헌이 물었다.

"응. 만났는데… 아! 진짜 황당해!"

여간해선 흥분하지 않는 오 형사가 시뻘건 얼굴로 씩씩거렸다.

"왜? 뭐야 또?"

"그 사람이 자기 차가 아니래."

"이건 또 뭔 소리야?"

"60 넘은 아줌마야. 근데 자기는 면허도 없고, 운전도 할 줄 모르고 심지어 아우디가 뭔지도 모른대."

"이야, 오민기 너 촉 되게 좋다. 근데 감은 다 떨어졌네."

안절부절못하는 오 형사를 태헌이 놀리며 말을 이었다.

"명의 도용이겠네. 이번 사건이랑 관련은 없지만 민중의 지팡이께서 아셨으니 그냥 넘어갈 수는 없지. 넌 하여간 사건 물어 오는 데는 도가 텄어. 이래서 내가 너랑 파트너 하기 싫은 거라니까."

연차를 손꼽아 기다리던 태헌은 또다시 골치 아픈 사건을 맡게 되는 건 아닌지 불안해졌다.

"아, 이러고 있을 때가 아니지. 바로 차량 수배 때려야겠어."

"그 아줌마 괜히 자기 차 아니라고 둘러대는 거 아니야? 경찰이라니까 귀찮은 일 생길까 봐 그럴 수도 있잖아. 4개월 동안 연락 안 된 것도 이상하고."

오 형사가 전화기에 손을 뻗자 태헌이 의자에 기대 양손을 목덜미에 가져다 대며 말했다.

"아닌 것 같아. 미장 보조하시는 분인데, 지방 공사 현장에 있다가 오셔서 연락이 안 됐던 거래. 그리고 이분 돌아가신 진명숙 씨랑도 친한 사이래. 진명숙 씨 사고당한 것도 이제 알았다면서 막 우시던데?"

"그래?"

"일단 나는 얼른 차량 수배나 내야겠다."

"그래라. 수사보고서는 보냈어. 그리고 딱 봐도 애송이 같은 변호사랑 비싼 의사 선생이 와서 정신감정하고 갔어. 결과는 아마 검찰 넘어가면 그쪽으로 바로 갈 것 같더라."

"태헌아, 뒤 좀 봐라."

갑자기 멍청한 얼굴이 된 오 형사가 귀신이라도 본 듯 팔을 들어 손가락으로 입구를 가리켰다. 남이 말을 하거나 말거나 자기 할 말에 바빴던 태헌은 그제서야 오 형사의 시선이 향한 곳으로 고개를 돌렸다.

"오랜만입니다."

"어? 여긴 왜?"

오 형사와 태헌의 시선이 향한 곳에 정원이 서 있었다. 갑작스러운 정원의 방문에 놀란 두 형사가 눈을 마주친 그때, 책상에서 전화벨이 우렁차게 울렸다. 앞에 서 있는 정원을 향해 뻗은 팔을 여전히 접지 못했던 오 형사가 잽싸게 손을 뻗어 전화를 받았다.

"네, 강력반 오민기입니다."

전화를 받는 오 형사의 얼굴이 돌처럼 굳었다.

"뭐라고요? 아… 알겠습니다. 지금 바로 갈게요."

"왜? 무슨 일 있어?"

"…."

"야! 오민기! 너 왜 그래?"

심상치 않은 오 형사의 표정에 태헌이 그를 다그쳤다. 어색하게 서 있던 정원도 말없이 둘을 바라보았다.

"야, 태헌아. 큰일 났다."

"뭐야? 왜 그래?"

"그게…."

"빨리 말해, 인마."

오 형사가 앞에 서 있는 정원의 눈치를 보더니 태헌을 구석으로 데리고 가 속삭였다.

"김민철… 자살했대."

"뭐?"

정신없이 달린 태헌이 유치장 화장실 앞에 섰다. 입구에서 웅성거리는 순경들을 제치고 화장실 안으로 들어간 태헌이 본 것은 형사 김태헌에게는 익숙한 광경이었지만 인간 김태헌으로는 처음 느껴보는 공포가 가득한 장면이었다.

사망한 김민철. 화려한 스카프를 목에 감고 대롱대롱 매달린 민철이 태헌을 바라보고 있었다. 예의 그렇듯이 그 초점 없는 눈으로.

형사님, 저는 정말 아닙니다. 얘기할게요. 그러니까 서정원 기자 좀 불러주세요. 형사님, 형사님.

대롱대롱 매달린 민철의 입이 움직이는 것 같았다. 검붉은 얼굴에 끝도 없이 내려온 혓바닥이 자꾸만 태헌을 부르고 있었다.

내가 안 죽였다고 했잖아. 이 개 같은 경찰 새끼야.

"대체 일을 어떻게 하는 거야, 이 새끼들아! 화장실에서 뒤질 때까지 몰랐다는 게 말이 돼? 그것도 경찰서 화장실에서!"

소식을 듣고 달려온 정 반장이 포효했다.

"그게… 담당이 잠깐 전화 통화하고 오는 사이에…."

CCTV 화면에 코를 박고 있던 오 형사가 엉거주춤 일어나며 대답했다.

"뭐? 그 새끼 지금 어디로 갔어? 일을 이 지경으로 만들어놓고 어디로 튄 거야!"

"현장 감식반이 와서 같이 갔습니다."

"나 참, 뭘로 그런 거야? 뭘로 목을 맨 거냐고!"

반장의 고함만 경찰서를 들썩일 뿐 팀원들은 다들 화난 맹수와 눈을 맞추지 않으려 이리저리 시선을 피하기만 했다.

"야! 아무도 똑바로 대답 안 해? 두 번씩 말하게 할래?"

"스카프로⋯."

오 형사가 기어 들어가는 목소리로 겨우 대답했다.

"뭐? 스카프? 유치장에 있는 놈이 스카프를 어떻게 가지고 있어?"

"지금 확인 중입니다. 파악되는 대로 보고드리겠습니다."

"확인? 파악? 이 자식들이 미쳤구먼. 도대체 일을 어떻게 하는 거야! 유치장에 있는 놈이 스카프같이 위험한 물건을 가지고 있는데도 몰랐단 말이야? 확인해. 지금 당장!"

"아무래도 낮에 정신감정 하러 변호사랑 의사가 다녀갔는데요. 그때 훔친 것으로 추정됩니다. 아직 정확한 건 아니라서⋯."

난처한 얼굴의 오 형사가 우물쭈물 얼버무리며 말했다. 그때 멀리서 그들을 지켜보던 정원이 홀린 듯 오 형사의 모니터 앞으로 다가갔다. 모니터에는 김민철을 발견한 당시 화장실 입구의 상황이 고스란히 재생되고 있었다. CCTV를 등지고 허둥거리는 경찰들 사이로 바닥에 눕혀진 민철의 모습이 보였다. 그의 목에는 금빛 체인과 하얀 말이 얼기설기 그려진 실크 스카프가 둘러져 있었다. 몸을 숙여 시선을 모니터에 꽂은 정원이 미간을 찌푸리며 입을 열었다.

"오 형사님, 정신감정 담당했던 정신과 의사가 누구죠?"

그제야 정원이 옆에 있다는 사실을 인지한 정 반장이 귀신이라도 본 듯 화들짝 놀랐다.

"뭡니까?"

정원을 향해 싸늘하게 쏘아붙인 정 반장은 오 형사에게 고개를 돌려 눈을 부라렸다.

"자알들 한다. 벌써 기자가 따라붙었어?"

오 형사가 대답 없이 고개를 숙이자 반장은 구석에 넋을 놓고 앉아 있는 태헌에게 다가갔다.

"이 자식은 왜 이러고 있어?"

물먹은 솜처럼 축 처진 채 고개를 떨군 태헌은 미동이 없었다. 그저 민철의 사체와 함께 발견된 초콜릿 껍질만 만지작거릴 뿐이었다.

"이 자식 이거 완전 정신이 나갔구만. 이건 또 뭐야?"

정 반장은 태헌의 손에서 초콜릿 껍질을 낚아챘다. 김민철의 짧은 유서였다.

내가 안 죽였다고 했잖아. 이 개 같은 경찰 새끼야.

"어휴. 가관이다. 가관이야. 자알 돌아간다. 너 현장 증거물을 들고 있으면 어떡해!"

태헌을 노려보며 크게 한숨을 내쉰 정 반장은 옆에 있는 정원이 신경 쓰였는지 초콜릿 껍질을 조심스레 비닐로 감싸 손에 쥔 채 밖으로 나가버렸다.

"오 형사님, 모르세요? 정신감정 담당했던 의사 이름."

반장이 눈총을 주거나 말거나 모니터 속 스카프만 뚫어져라 쳐다보던 정원이 다시 물었다.

"아, 기자님, 지금 저희도 경황이 없는 상황이라 기사 내보내시면 곤란합니다. 취재차 오신 것도 아니신데 일단 좀 기다려주세요. 내부적으로 정리할 시간을 좀 주시면…."

"그게 아니라 이 스카프요."

"그러니까 저희가 상황 파악해서 보도 자료를…."

"보도 자료는 필요 없고, 제가 이 스카프 본 적 있다고요. 제가 아는 스카프인 것 같아요. 누구예요? 정신과 의사."

오 형사의 말을 가로막으며 정원이 재촉했다. 정원은 모니터 속으로 들어갈 기세였다. 체념한 듯 서류를 뒤지던 오 형사가 파일 하나를 꺼내 읽었다.

"하…. 잠시만요. 이름이… 유, 윤, 영. 어? 유윤영?"

유윤영. 그 순간 정원은 몸에 벌레가 기어가는 것만 같았다.

"이 사람 차은새 사건 건물에 정신과, 기자님도 다니시는 병원이잖아요. 아, 아냐. 그러고 보니 나도 만난 적 있는데…."

정원과 오 형사, 떨구고 있던 고개를 든 태헌까지 세 사람이 눈을 마주쳤다.

*

띵동. 비디오 폰을 확인한 수린이 열림 버튼을 누르자 윤영이 현관문을 열고 집으로 들어왔다.

"아버지 계셔?"

익숙한 듯 신발을 벗은 윤영이 물었다.

"아니. 안 계셔."

윤영은 수린의 대답에 대꾸도 없이 주방을 향해 큰 소리로 말했다.

"아주머니, 밥 좀 주세요. 수린! 너 밥 먹었어? 난 배고파 죽겠다."

"난 점심 늦게 먹었어."

"그래? 난 점심도 못 먹었거든. 방에 올라가자. 아주머니, 밥은 방으로 가져다주세요."

주방을 향해 한 번 더 소리를 친 윤영은 2층으로 앞장서 올라갔다. 수린도 윤영의 뒤를 따라 계단을 올랐다. 먼저 2층에 도착한 윤영이 소파에 털썩 주저앉으며 물었다.

"모 의원님은 뭐라셔?"

"응?"

"병원 말이야. 말씀드려 봤어?"

윤영의 목소리가 밝았다.

"말씀드리긴 했는데… 사실 아버지가 그쪽 일은 잘 모르시니까. 날 믿지도 못하실 거고…."

맞은편에 앉은 수린의 목소리도 평소와는 다르게 의욕적이었다.

"수린아. 내가 계속 얘기하잖아. 자신감을 가져. 넌 전문가야. 너 미국에서 그 힘든 공부 하고 학위까지 있잖아. 비즈니스 커뮤니케이션에 대해 너만큼 이론적 지식이 풍부한 사람도 몇 안 될 거야."

"그건 그렇지."

수린이 고개를 끄덕였다.

"그래. 내가 그래서 얘기하는 거라니까. 사실 병원 운영은 내가 하면 되는 거고 넌 네 전공 살려서 경영하면 딱이잖아. 이런 기회가 없는 것 같아서 그래. 그 정도 규모의 병원이 그 조건이면 거저야. 모 의원님도 크게 이득 보시는 거라고. 어차피 내 명의로 할 거니까 문제 될 것도 없고, 내가 너 이사장으로 앉혀주면 너도 사회생활 시작하는 거니까 아버지께도 효도하는 거지. 안 그래?"

"그렇지… 윤영이 네 말이 맞긴 하지."

"당연하지. 모수린, 넌 똑똑한 애가 가끔 이렇게 답답하게 굴더라. 네가 용기를 조금만 더 내면 넌 분명 인정받을 수 있어. 내가 언제나 옆에서 널 도울 거고."

윤영은 언제나 수린에게 용기를 주는 친구다. 낯선 미국 땅에 혼자 덩그러니 내팽개쳐졌을 때 수린에게 손을 내밀어준 유일한 사람이 윤영이었다. 마흔을 바라보는 지금까지도 숫기 없고 겁 많은 수린을 가장 따뜻하게 보듬어주는 윤영. 그런 윤영은 수린에게 친구이자 애인이자 때론 엄마 같은 존재였다.

"근데… 아버지가 그만한 돈은 없으신 것 같아."

수린의 힘없는 목소리에 윤영이 몸을 앞으로 당겨 수린의 눈을 똑바로 보며 말했다.

"네가 강력하게 얘기를 안 하니까 아버지가 크게 관심을 안 가지시는 거지. 지난번에 나한테 그러셨다니까? 너 부탁한다고…. 그게 뭐겠어? 너랑 나랑 사업한다고 말씀드리면 아버지는 분명히 좋아하실 거야. 그리고 너희 아버지 그만한 능력 충분히 되시는 분이고. 아버지 권력이면 그 정도 돈은 언제든 융통하실 수 있어.”

수린은 열심히 고개만 끄덕였고 윤영이 목소리를 낮추며 말을 이었다.

“수린아, 너 기억나지? 우리 어릴 때 스페인에서 네가 실수했을 때도 내가 너 도와서 다 해결해 줬던 거. 내가 네 비밀도 절대 딴 데 얘기 안 하잖아. 나 같은 친구가 있는데 넌 뭐가 걱정이니? 아버지께도 그렇게 잘 말씀드려 봐.”

태연한 윤영과 달리 수린은 겁먹은 표정으로 빤히 윤영을 쳐다보았다. 그때, 문 여사가 밥과 반찬을 담은 쟁반을 가지고 와 탁자에 올렸다.

“고마워요. 앗, 근데 아주머니, 저 청국장 안 먹는데? 이건 가지고 내려가세요.”

손으로 코를 막은 윤영이 숟가락으로 청국장 뚝배기를 툭툭 건드리고는 다시 수린 쪽으로 고개를 돌려 재잘거렸다.

“근데 너 머리 좀 더 짧게 자르지. 좀 더 잘랐어도 예뻤겠는데.”

“먹고 주방에 내려줘요.”

떨떠름한 얼굴의 문 여사가 뜨거운 뚝배기를 앞치마로 잡으며 짜증 섞인 목소리로 말했다. 그러자 윤영이 하던 말을 멈췄다. 방 안에 묘한 정적이 흘렀다.

“야, 모수린.”

윤영이 날카로운 목소리로 수린을 불렀다.

“응?”

"너도 밥 먹고 1층에 밥그릇 내려놓니?"

가시 돋친 윤영의 말에 문 여사는 방을 나가다 말고 우뚝 제자리에 섰다.

"아, 어. 어… 그렇긴 한데… 여사님, 제가 갖다 드릴게요. 내려가세요."

수린이 당황한 목소리로 말을 더듬었다.

"아니야, 장난친 거야. 제가 갖다 드려야죠. 제가 갖다 드려요, 아주머니. 내려가 보세요."

윤영은 금세 아무 일 없었다는 듯 까르르 웃으며 밥을 먹기 시작했다. 뜨거운 뚝배기를 들고도 소름이 돋은 문 여사가 띄엄띄엄 말했다.

"아니야…. 그냥 방문 밖에 둬요. 손님이신데 내가 치워야지. 죄송해요."

문 여사는 온몸을 부르르 떨며 빠른 걸음으로 계단을 내려왔다.

'볼 때마다 기분 나쁜 아가씨야.'

＊

태헌과 오 형사가 김민철과 유윤영의 대면 상담 녹화 영상을 확인하기 위해 모니터 앞에 붙어 앉았다.

"근데 서 기자님은 안 가십니까?"

정원은 여전히 두 형사 뒤를 서성이고 있었다.

"저도 좀 볼게요. 그 영상."

황당한 정원의 말에 오 형사가 아픈 머리를 부여잡았다.

"안 그래도 복잡한데, 서 기자님까지 여기 계시면 저희 입장 더 곤란해져요."

"어차피 출입 기자들 냄새 다 맡은 것 같은데 뭘 그러세요."

정원은 빈자리의 의자를 빼 앉으며 능청스럽게 웃어 보였다.

"그래도 기자님은 좀 저희가 부담스럽습니다."

"기사 쓰려는 거 아니에요. 어쩌면 제가 도움이 될 수도 있잖아요. 지금 두 형사님들도 제정신 아니실 텐데 제가 있어서 해가 될 건 없을 것 같은데요. 그리고 어차피 나갈 거면 우리 방송이 낫지 않아요? 삼류 방송사들보다."

"퍽이나 위로가 되네요."

"농담입니다. 오늘 본 걸로는 절대 기사 안 쓸게요. 정말 약속해요."

믿을 수 없다는 눈빛의 오 형사를 향해 정원이 더욱 단호하게 말했다. 막무가내로 떼쓰는 정원을 말릴 방법이 생각나지 않았던 오 형사는 대답 없이 모니터로 눈을 돌렸다.

"근데 이 영상 소리는 안 나와요?"

오 형사가 재생 버튼을 누르자 몸을 화면 쪽으로 바싹 당기며 정원이 물었다.

"나오는데요. 왜요?"

"근데 왜 소리는 안 들어요?"

"훔치는 장면만 찾으면 되는데 소리가 왜 필요합니까?"

오 형사가 신경질적으로 대답했다.

"소리도 들으시죠. 혹시 모르잖아요. 대화 내용에 단서가 있을지."

"그게… 김민철 하는 얘기 들으면 태헌이가 좀…."

오 형사는 옆에 앉아 멍하니 모니터만 바라보는 태헌의 눈치를 살폈다.

"소리 듣자. 서 기자님 말이 맞네. 볼륨 올려봐. 들어야 파악을 하지."

한동안 넋을 놓고 있던 태헌이 입을 열었다. 태헌과 정원, 양쪽으로 눈치를 살피던 오 형사가 마우스를 움직여 영상의 소리를 키웠다.

"제가 따뜻한 차를 준비해 왔어요. 드시면 마음이 안정되실 거예요."

태헌과 변호사가 조사실을 나가자 윤영은 가장 먼저 목에 걸고 있던 화려하고 긴 스카프를 테이블 위에 올렸다. 그런 후 가방에서 보온병과 종이컵을 꺼내 김이 모락모락 나는 차를 민철 앞에 놓았다. 윤영이 옆 의자에 놓았던 가방에 보온병을 다시 넣는다고 몸을 틀어 부스럭거리는 사이, 탁자 위에 놓여 있던 스카프가 나풀나풀 날아서 민철의 발밑에 떨어졌다. 가방을 뒤적거리는 윤영은 스카프가 떨어졌다는 걸 모르는 눈치였다.

"많이 힘드시죠?"

다시 바르게 앉은 윤영이 부드럽게 상담을 시작했다. 사람을 편안하게 만드는 묘한 힘을 가진 말투. 정원도 익숙한 차분한 목소리였다. 윤영이 몇 마디 건넸지만 여전히 대답 없던 민철은 묶인 양

손으로 차를 한 모금 마셨다.

"프로는 프로네. 그렇게 말이 많더니 금세 조용한 거 봐라."

모니터를 관찰하던 오 형사가 입을 뗐다. 정원은 오 형사와 다른 생각이었다.

'편안해진 거라구? 겁먹은 게 아니구?'

민철은 잔뜩 겁을 먹은 것 같았고 영상 속 두 사람의 모습에서 묘한 위화감이 느껴졌다. 그러나 민철의 평소 모습을 모르는 정원은 일단 화면을 더 관찰해 보기로 했다. 윤영과 민철은 차은새 스토킹에 관한 얘기, 차은새의 가창력에 대한 칭찬, 차은새 사건 이후 민철이 느낀 심경의 변화에 대한 대화를 이어갔다.

주로 윤영은 길게 얘기하고, 민철은 "예", "아니오"로 짧게 대답했다. 윤영은 정원에게도 그랬듯 완벽하게 대화를 주도하고 있었다. 맞잡은 양손에 시선을 고정한 민철에게 윤영이 물었다.

"불안해 보이시네요. 혹시 못다 한 얘기가 있으세요?"

"더 이상 하고 싶은 말도 없습니다."

앞서 나눈 대화에 조금 안정되었는지 민철의 대답이 길어졌다.

"경찰이 김민철 씨 얘기를 안 들어줬나 보네요."

윤영이 호응했다.

"네. 그게 제 말은 들으려고 하지도 않아요. 그게 말도 못 꺼내게 합니다."

"시도를 계속 해보셨나요?"

"그럼요. 그게 볼 때마다 얘기했습니다. 억울하다고요. 근데 그게 제 말은 들으려고도 하지 않아요. 근데… 지금 이렇게 되고 보니 이제 그게 더 이상 말해봐야 소용없다는 것도 알겠네요."

민철이 양손으로 눈물을 닦으며 체념한 듯 말했다.

"네…. '이제'라고 하셨는데 이제 그런 생각을 할 것도 없겠다는 생각을 하신 계기가 있을까요?"

"사람 얕잡아 보지 마십시오. 저 아무것도 모르는 놈 아닙니다."

"네? 누가 김민철 씨를 얕잡아 봤어요?"

민철이 갑자기 흥분한 듯 언성을 높이자 윤영은 순간 멈칫하더니 이내 평정심을 찾고 차분하게 물었다.

"저 공무원 시험 준비했던 놈입니다. 저도 그게 알 건 다 안다고요. 이렇게 그게 사람 기만하지 마시라고요."

"누가 민철 씨를 기만했다는 말씀이세요? 경찰이요?"

"됐어요. 그게… 저는 됐으니까 이제 돌아가세요. 저도 그게 이제 정신 차렸어요. 아, 그러니까 그게 저는 이제 어떻게 되는 겁니까? 그냥 그것만 알려주세요."

"글쎄요. 저도 법은 잘 몰라서요. 변호사님께서는 뭐라고 하시던가요?"

"그게 나한테 유죄라면서 형을 좀 줄일 수 있도록 반성하는 모습을 보이라고…. 그래서 나는 그게 하지도 않은 일을 어떻게 반성을 하나 했는데 그런 생각할 것도 없겠네요."

민철이 씩씩거렸다.

"아무도 안 믿던가요? 민철 씨를 범인이라고 정했나 봐요."

윤영이 안타까운 듯 고개를 가로저었다.

"아, 씨. 저저저 그게 내가 죽어야 이것들이 나를 믿어주려나."

갑자기 민철의 목소리가 떨리더니 쉴 새 없이 눈을 깜빡였다.

"물론 그럴 수도 있죠. 죽음이 무고함을 밝혀주는 경우가 없는 건 아니에요. 그치만 죽기엔 너무 아깝잖아요. 민철 씨 인생이…. 유죄 선고가 나서 무기징역이 된다고 해도 모범수로 지내다 보면 언젠가는 세상에 나올 수도 있고, 그때 새 삶을 살 수도 있을 테고요."

"네? 무기징역이요?"

눈동자가 사방으로 흔들리던 민철이 눈을 동그랗게 뜨고 윤영을 응시했다.

"최악의 상황이 온다고 해도 희망을 가지셔야 한다는 거예요. 나약한 생각은 자신에게도 도움이 되지 않고 다른 사람들한테 복수가 되는 것도 아니에요. 우린 다른 사람들에게 보여주기 위해 인생을 사는 건 아니잖아요."

윤영은 민철의 반응에 전혀 동요하지 않고 흥분한 그를 차분하게 다독였다.

"희망이요? 저는 저, 그게 삶에 미련도 없는 놈입니다."

"민철 씨를 사랑하는 가족이 있잖아요."

"전 가족 없어요. 엄마라는 사람은 그게 내가 어떻게 크는지도 모르고 남의 자식 뒤치다꺼리나 하고 살았고, 아버지라는 사람은… 그게, 그래서 어디 멀리 여행이라도 가볼까 해서 가진 것도 다 팔았는데. 하… 생각해 보니 그게 은새 누나도 진짜 불쌍하네요. 아, 씨발 진짜 내가 이렇게 되라고 은새 누나한테 그런 게 아닌데…."

책상 위로 고개를 숙이고 있던 민철의 눈물이 방울져 떨어졌다.

"차은새 씨는 하늘나라에 잘 있을 거예요. 나중에 가서 만나면 되죠.

민철 씨의 진심을 아무도 몰라줘도 차은새 씨는 알겠죠."

대화를 마친 윤영이 몸을 옆으로 틀어 가방 안에서 무언가를 찾기 위해 뒤적거렸다. 그때, 민철이 슬쩍 양팔을 발아래로 내려 바닥에 떨어진 그녀의 스카프를 바지 속에 넣어버렸다.

"이때 챙겼구만. 순식간이네."

오 형사가 중얼거렸지만 태헌도, 정원도 아무 말이 없었다. 한참 가방을 뒤적이던 윤영이 작은 초콜릿을 꺼내 건네더니 몸을 민철 쪽으로 기울였다. 잠시 귓속말을 속삭인 윤영이 다시 몸을 일으켜 웃으며 말했다.

"단 거 먹으면 기분이 좋아진대요. 몰래 하나 드시고 가세요."

민철이 죽으며 메모를 남긴 그 초콜릿 껍질이었다. 화면 속 민철은 멍한 얼굴로 웃는 윤영의 얼굴을 바라볼 뿐이었다. 모니터를 뚫어져라 쳐다보던 태헌이 이를 악물었다.

"고새 그걸 훔쳐 갔네. 쓸데없는 것만 빨라서는…."

영상이 끝나자 오 형사가 의자를 뒤로 젖히며 한숨을 내쉬었다.

"쪽지도 의사 선생이 준 초콜릿 껍질이고, 스카프도 의사 선생 거 훔친 거고, 뭐 이제 다 나온 것 같지? 일단 나는 보고서 작성한다."

대답 없이 책상 위에 놓인 달력만 만지작거리는 태헌의 등을 오 형사가 안쓰러운 듯 토닥였다.

"야, 태헌아. 얼굴 좀 펴. 이미 마음먹은 놈을 무슨 수로 알고 말리냐. 그건 왜 쳐다봐. 제삿날이라도 챙기게?"

오 형사가 태헌의 손에서 달력을 빼앗아 책상 뒤로 던지며 중얼거렸다.

ㄹㅂㅇ

"오월동은 언제 적 일인데 이건 뭐 하러 표시를 해놨어…."

"정말? 정말 그렇게 생각해요?"

뒤에 앉아 둘을 보고 있던 정원이 대화에 끼어들었다. 질문하는 정원의 목소리가 날카로웠다.

"에? 뭘 그렇게 생각해요? 오월동? 그건 지금 조사 중이고…."

의아한 표정으로 오 형사가 정원을 바라보았다.

"저 영상이요. 이상하지 않아요?"

"아까부터 자꾸 이상하다고 하는데, 뭐가 이상합니까? 경찰에서 촬영한 영상이 조작되기라도 했다는 겁니까? 제가 보기엔 여기 이러고 앉아 있는 서 기자님이 더 이상합니다."

정원의 질문에 불쾌해진 오 형사의 말투가 뾰족해졌다.

"영상에 나오는 유윤영 원장이요. 유 원장, 저 사람이 지금 김민철 씨를 자극하고 있는 것 같지 않냐고요. 그리고 귓속말은요? 뭐라고 한 건지 물어봐야죠!"

"지금 무슨 말씀 하시는 겁니까? 무슨 자극이요?"

예기치 못한 민철의 죽음으로 심각해진 상황과 예상되는 문책들, 미우나 고우나 파트너인 태헌의 정신적 충격, 또다시 원점으로 돌아간 사건과 얼떨결에 내부 CCTV까지 함께 보게 된 서정원 기자까지. 그렇지 않아도 머리가 터질 것 같은 오 형사가 언성을 높였다.

"죽으라고 하고 있잖아요. 유 원장이."

정원이 동그랗게 뜬 눈으로 오 형사를 똑바로 쳐다보며 따지듯 말했다.

ㄹㅂ1

"서 기자님, 좀 전에 우리 셋이 같이 본 영상 말씀하시는 거 맞죠? 서 기자님 혼자 뭐 딴 영상 보신 거 아니죠? 거기서 언제 저분이 죽으라고 했습니까? 희망을 가지라잖아요. 희망을."

"말은 그렇게 하긴 했죠. 그런데 뭔가… 아, 답답하네. 정말 못 느끼셨어요? 김 경위님, 김 경위님은 어떻게 보셨어요?"

오 형사를 향해 발을 동동 구르던 정원이 태헌을 바라봤다. 죽을죄를 지은 사람처럼 착잡한 얼굴로 앉아 있던 태헌은 양손으로 얼굴을 쓸어내리며 중얼거렸다.

"내가 죽인 거야…. 내가 말을 안 들어줘서 죽은 거라고…."

"아냐, 인마. 자책할 필요는 없어."

오 형사가 태헌의 어깨를 두드렸다. 그 모습을 지켜보는 정원은 숨이 넘어갈 지경이었다.

"우와, 돌겠네. 두 분 진짜 이상한 거 알아요? 조사해 봐야 해요, 조사. 이러고 있을 때가 아니라고요. 저 영상을 보고 김민철이 스카프를 훔친 것만 눈에 들어와요? 두 사람의 대화가 이상하잖아요. 유윤영 원장이 교묘하게 김민철을 자극하고 있다고요. 그리고 김민철 저 사람 상담 시작할 때 극도로 불안해 보이잖아요. 제가 보기엔 뭔가 다 이상하다고요. 갑자기 귓속말한 것도 그렇고!"

흥분한 정원은 얼굴이 빨개져서 열을 올렸지만 두 형사는 그런 그녀가 영 한심하다는 표정이었다. 태헌이 자리에서 일어나며 말했다.

"서 기자님, 사건 조사는 저희가 합니다. 이제 돌아가시죠."

"뭐 조사하실 건데요?"

"진범을 찾아야죠."

쏘아붙이는 정원을 물끄러미 보던 태헌이 단호하게 대답했다.

"아직 김민철이 범인이 아니라고 단정 지을 순 없잖아."

일어서는 태헌에게 오 형사가 걱정스럽게 입을 열었다.

"김민철이 범인이든, 다른 진범이 있든 일단 진짜 수사를 해봐야지. 이번에는 내가 제대로 좀 해봐야지…. 나 세수 좀 하고 올게. 그런데 서 기자님."

태헌이 부르자 그제야 정원은 쏘아대던 말을 멈추었다.

"김민철이 서 기자님을…."

"뭐요? 김민철이 저를 뭐요?"

"아닙니다. 기자님도 돌아가십시오."

하던 말을 멈춘 채 수건을 손에 들고 밖으로 나가는 태헌의 넓은 어깨가 축 처져 보였다.

"오 형사님! 근데… 유윤영 원장이 원래 경찰서 정신감정을 했었나요?"

못마땅한 얼굴로 태헌의 뒷모습을 바라보던 정원이 다시 오 형사 옆으로 바싹 붙자 화들짝 놀란 오 형사가 한 걸음 물러섰다.

"아… 아니요. 이번에 처음 오신 것 같아요."

"어떻게 김민철을 맡게 된 걸까요?"

"변호사랑 같이 왔어요. 변호사랑 친분이 있나 보죠."

"변호사요? 김민철이 변호사가 있었어요?"

"네, 국선이요. 그분이 정신감정 요청해서 진행하게 된 겁니다."

"그럼 그 변호사가 유 원장을 데려온 거다?"

"네…. 근데 서 기자님, 안 가십니까?"

분주하게 손을 움직이며 무성의하게 대답하던 오 형사가 고개를 들어 정원의 눈을 쳐다보았다. 더 이상은 참지 못하니 이제 그만 참견하고 돌아가라는 눈빛이었다. 그러거나 말거나 질문하던 정원이 가방에서 후다닥 태블릿을 꺼내 받아 적을 태세를 갖췄다.

"저 하나만 알려주시면 갈게요. 김민철 변호사, 이름이랑 연락처 좀 주세요."

"예? 왜요?"

"제가 알아볼 게 좀 있어서요. 그것만 알려주세요."

"안 됩니다. 기자님 이제 저희 일에 관심 좀 꺼주시죠."

참다 못한 오 형사가 목소리를 높였지만 정원은 집요하게 매달렸다.

"그럼 제가 지금 돌아가서 경찰의 강압 수사에 용의자가 자살했다고 기사 써도 될까요?"

"네? 그게 무슨 말씀이세요? 강압 수사라니요."

오 형사의 난처하고 당황한 얼굴을 정원이 빤히 쳐다보았다. 그녀는 눈 한 번 깜빡이지 않고 오 형사의 눈을 뚫어져라 보며 쏘아붙였다.

"아까 영상이랑 쪽지 말이죠. 경찰은 지 말을 귓등으로도 안 듣는 개새끼라고 김민철이 그랬죠? 오 형사님도 같이 들으셨으니 아시죠? 게다가 김 경위님도 본인 때문이라고 저렇게 자책하고 계시고. 제 말이 틀렸나요?"

"강압 수사는 아닙니다. 그리고 서 기자님 기사 안 쓴다고 약속하고 영상 같이 보신 거잖아요. 정말 이러실 겁니까?"

안면을 바꾼 정원에 오 형사가 어쩔 줄 몰라 엉덩이를 들썩이자 정원은 씩 웃으며 차분한 목소리로 대답했다.

"기자 말을 그렇게 함부로 믿으면 쓰나. 아직 일 더 배우셔야겠네, 오 형사님. 그러니까 변호사 연락처만 알려주세요. 이번엔 진짜 약속하죠. 글쟁이 말고, 인간 서정원이."

＊

"땡큐. 서 선배는 오늘 안 들어오신대?"

커피를 나눠주는 막내에게 김 기자가 물었다.

"오후에 들어오신댔어요. 오전에 가봐야 하는 곳이 있다고 하셨어요."

"하긴 뭐 취재에 진전이 없어서 선배 들어와도 보고할 것도 없으니."

김 기자가 한숨을 쉬며 빨대를 입에 물자 막내가 조심스레 말을 꺼냈다.

"선배님, 제가 좀 찾은 게 있는데요. 선배님께 먼저 보고드려도 될까요?"

"응? 뭔데?"

막내가 잽싸게 자리로 뛰어가서 노트북을 챙겨 오더니 김 기자의 옆에 앉았다.

"이게 단서가 될지는 모르겠는데요. 한번 봐주세요."

ㄹㅂ₅

막내는 노트북을 열어 사진 한 장을 화면에 띄웠다. 2008년 5월의 사진. 이국적인 스페인의 향기가 물씬 풍기는 배경과 사람들. 마드리드의 광장에 셀 수 없이 많은 인파가 모여 있었다. 축제 기간인지 머리에 공작새의 깃털 장식을 단 사람들이 눈에 띄었다. 그리고 멀리서 활짝 웃으며 카메라를 바라보고 있는 동양인 몇 명. 그 속에 눈에 익은 앳된 얼굴이 보였다. 긴 생머리에 마른 체형, 깨끗한 분위기와 해맑은 표정.

"어? 이 사람… 한나리 양 맞지?"

김 기자도 사진 속 한나리를 알아보고는 손가락으로 모니터를 짚었다.

"네, 그런 것 같죠? 확인해 보니까 이때가 한나리 씨가 스페인에 도착한 지 딱 일주일째 되는 날이더라고요."

"오, 새로운 사진이네? 막내, 너 이 사진 어떻게 찾았냐?"

더 자세히 보기 위해 김 기자가 모니터에 눈을 갖다 붙이자 막내가 마우스를 몇 번 움직여 사진을 확대했다.

"마드리드에 있는 한인 게스트 하우스 블로그에서요."

"이야, 막내 너 능력자다. 2008년 사진을 다 뒤진 거야?"

"하도 진전이 없어서요."

"너는 귀한 소스가 참 잘 얻어걸린다. 부럽다, 인마. 근데 이 옆에 사람들은 누구야?"

비아냥 섞인 칭찬을 하던 김 기자가 한나리 근처에 있는 동양인들을 손가락으로 가리키며 물었다.

"그 사람들에 대해 알아보려고 게스트 하우스에 연락을 해봤는데 오래전이라 주인이 정확히 기억은 못 하더라고요. 이 날짜가 마드리드 축제 기간이고, 당시 게스트 하우스에 묵었던 손님들 사진은 확실하대요. 손님들이 무리 지어서 축제를 보러 나가는 경우가 많은 것 같더라고요."

"손님 명부 같은 건 따로 없고?"

"3년 단위로 없앤대요."

김 기자의 표정이 심각해지자 막내가 다음 사진을 클릭했다.

"사진이 또 있었네?"

이전 사진과 같은 날, 밤에 찍은 사진이었다. 광장에 모여 맥주를 마시고 있는 한나리와 그 옆의 동양인들. 더 클로즈업된 사진이었으나 페이스 페인팅이 되어 있어 얼굴을 알아볼 수는 없었다. 같은 옷, 같은 헤어 스타일을 하고 있어서 동일한 사람이라는 걸 알아볼 수 있는 정도였다.

"근데 여기 구석에 있는 남자 어디서 좀 본 것 같지 않아요?"

어느새 뒤에 서서 모니터를 보고 있던 양 작가가 손가락으로 화면을 가리키며 말했다.

"잘생기면 다 어디서 봤지? 난 이 남자 옆에 키 큰 여자가 어디서 본 것 같다."

"왜요? 예뻐서요?"

"예쁘긴 한나리 씨가 더 예쁘지 않아?"

"그죠? 한나리 씨 예쁘죠. 저는 한나리 씨 볼 때마다 서 팀장님 같던데요?"

"양 작가 너도 그 생각 했냐? 나도 그렇던데. 한나리 이 사람 서

정원 선배랑 뭔가 느낌이 비슷해. 서 선배 풋풋한 버전?"

사진을 보던 김 기자와 양 작가의 대화가 삼천포로 빠지고 있었다. 눈썰미가 좋은 양 작가는 남자와 여자가 같은 시계를 끼고 있으니 신혼여행을 왔을 거라고 유추했고, 김 기자는 비싼 시계를 둘이 같이 낀 걸 보면 중국인일 거라고 추정했다. 한나리의 미모는 아버지인 한병문을 닮았다는 얘기가 딸은 아빠를 닮는다는 주제로 이어져 못난이 부녀의 대표 주자로 모형택과 모수린이 꼽히기도 했다.

"게스트 하우스에서는 더는 모르는 것 같은데 이제 어떻게 하면 될까요?"

증거 사진에서 산으로 가는 둘의 만담을 듣고 있던 막내가 대화를 끊고 조심스레 물었다.

"오아뉴 SNS에 올려봐야지. 사진 속 주인공은 연락 달라고. 물론 얼굴은 가려야 하고."

자신이 생각한 방안이 마음에 들었는지 양 작가가 어깨를 으쓱했다.

"그래. 그럼 그렇게 해보자. 일단 그전에 먼저 양 작가는 한병문 씨한테 연락해서 이 사진에 나온 사람들 중에 아는 얼굴 있는지부터 확인하고, 막내는 한나리 양이 다른 사진 더 찍힌 거 없는지 찾아보고."

"넹."

"넵!"

오아뉴 팀은 다시 분주히 움직였다.

ㄹㅂㅂ

정원은 호텔 방에 노트북을 켜고 앉았다. 한숨도 못 자 초췌한 몰골로 우두커니 책상에 앉은 정원은 어제 오월동에 다녀온 이후로 머리가 너무 복잡했다. 터질 것 같던 머리가 폭발한 건 바로 기다리던 주머니 속 시계가 울려서였다. 호텔로 돌아와 지저스로부터 온 이메일을 열었지만 헛일이었다. 메일에는 비밀번호가 걸려 있었고, 정원은 아직까지 암호를 풀지 못하고 있었다. 거기다 김민철의 죽음과 유윤영까지.

'지저스, 이 개자식. 놀리는 거야 뭐야! 암호를 걸어둘 거면 메일을 보내지를 말든가.'

뜬눈으로 밤을 새운 정원이 약이 오를 대로 올라 생수를 벌컥벌컥 들이켰다. 그러다 문득 어제 오 형사가 팽개친 태헌의 달력이 떠올랐다.

'1월 9일의 메모. 오월동 일신 사거리….'

그곳은 오월동 살인 사건이 발생한 날 정원과 지저스가 무전을 시작한 곳이었다.

"반장님! 사건 종결이라니요? 아직 시작도 안 한 사건을 어떻게 종결합니까?"

나가는 정 반장의 앞을 가로막은 태헌이 씩씩거렸다.

"그러니까 그렇게 잘 마무리하고 싶었음 이 사달이 나기 전에 제대로 좀 하지. 피의자가 죽어버렸는데 이제 우리가 할 수 있는 게 뭐가 있냐?"

정 반장이 태헌을 한껏 쏘아붙이고 가던 길을 가려는데 태헌은 비킬 생각이 없어 보였다.

"김태헌 경위. 너 뭐 하냐? 저리 안 비켜?"

"억울하다고 하고 죽었잖아요. 그럼 최소한 진짜 억울한지 아닌지는 확인을 해봐야죠. 그게 우리가 할 일 아닙니까?"

우뚝 선 태헌이 따지듯 물었다.

"김태헌. 우리가 범죄자들이 죽으면서 한 말 다 믿어주고, 그 사람들 억울하다는 소리 다 들어주고 그러면 세상에 널리고 널린 강력 사건들은 누가 해결하냐? 여기가 상담소야? 그리고 그 자식이 네가 말 안 들어줘서 억울해시 죽었다고 하잖아. ㄱ 자식 큰일 날 소리를 지껄이고 간 거라고. 지금 이 상황에 괜히 더 파헤쳐서 우리가 얻는 게 뭐냐? 다행히 위에서도 조용히 마무리하라고 하시니까 우리는 그냥 못 이기는 척 넘어가면 되는 거야. 쓸데없는 데 고집 피우지 말고, 인마. 그 시간에 다른 사건 하나라도 더 해결할 생각이나 하라고."

정 반장은 손가락으로 하늘을 향해 삿대질하며 소리를 버럭 질렀다.

"저는 그렇게 못 합니다. 반장님 말씀대로 제가 말 안 들어줘서 죽었다잖아요. 저는 지금이라도 그 말 한번 들어줘 볼랍니다."

태헌이 고개를 빳빳이 들고 더 크게 고래고래 고함을 치자 경찰서가 술렁였다. 오 형사가 태헌의 옆으로 다가와 그의 어깨를 잡으며 그만하라는 눈빛을 보냈다.

"아니, 근데 이 자식이. 야! 인마! 너는 조직도 없고 위아래도 없냐? 징계받을 놈 겨우 모면하게 해줬더니만 뭐? 너 이럴 거면 나가! 나가서 수사를 하든, 범죄자 놈 억울함을 풀어주든, 너 좋아하는 컴퓨터를 하든 네 맘대로 해, 이 새끼야! 수사 제대로 안 하고 뺀질거리기만 하던 놈이 누군데 이제 와서 정의로운 경찰 행세야? 남들 일하는 시간에 공부하고 시험 봐서 일찍 승진하니까 세상 만만해 보이냐? 나도 너 같은 경찰 필요 없어! 그냥 나가!"

"나가라고 하면 못 나갈 줄 아십니까? 맨날 위쪽 눈치나 보고, 위에서 정한 사람 범인 만들기나 하고! 저도 더 이상은 못 하겠습니다. 나갑니다. 나가요."

태헌이 목에 걸린 명찰을 거칠게 빼더니 바닥으로 내동댕이치며 더 열을 올렸다. 둘의 분위기가 더욱 험악해지자 말리던 오 형사는 어쩔 줄을 몰랐다.

"이노무 자식이 진짜. 너 일루 와, 이 자식."

"왜요? 한 대 치시게? 그럼 치세요. 자, 자. 내가 옛정을 생각해서 신고는 안 할 테니까 치라구요."

화가 머리끝까지 난 반장이 태헌을 때릴 기세로 팔을 뻗자 놀란 경찰들이 달려와 반장을 감싸 안으며 태헌 앞을 가로막았다.

"태헌아. 너 진짜 왜 이러냐? 반장님, 들어가세요. 제가 잘 달래 볼게요. 이 자식 지금 제정신 아니에요."

태헌을 가로막은 오 형사가 고개만 뒤로 돌려 반장을 향해 굽신

거렸다.

"에이! 김태헌! 너 혼자 나대지 마라. 너만 정의로운 줄 알아? 그러면 나도 너 더 이상 못 봐줘! 오민기! 넌 사건 종결 준비해."

자신을 막아선 형사들 틈에서 흥분을 조금 가라앉힌 정 반장이 옷매무새를 한번 정리하고는 쿵쿵거리며 경찰서 밖으로 나갔다.

"네. 알겠습니다. 반장님. 들어가십시오."

오 형사가 양팔로 태헌을 잡은 채로 허리를 90도로 굽혀 연신 인사를 해댔다. 술렁이던 경찰서가 조용해졌다.

"술이나 한잔하러 가시죠."

반장의 뒷모습이 사라지자 구석에 서 있던 정원이 입을 열었다.

"또 왜 오셨습니까?"

반갑지 않은 정원의 등장에 깜짝 놀란 오 형사가 인상을 찌푸렸다.

"형사님들 이러고 계실 줄 알고 왔죠. 딱 보니 어제부터 지금까지 24시간도 넘게 못 주무신 것 같고, 식사는 하셨어요? 소주나 한잔하러 가시죠. 이럴 때 딱! 알코올로 목을 촉촉하게 적셔줘야 더 힘이 나죠."

벽에 기대선 정원이 두 형사를 향해 너스레를 떨었다.

"됐습니다. 저희 바빠요. 그리고 서 기자님, 여기는 놀이터가 아닙니다. 이런 식으로 자꾸 불쑥불쑥 오시면 곤란해요. 우리도 방송 국만큼 보안 사항들이 많다고요."

"그런 것 치고는 잘 들여보내 주네요? 됐고, 한잔하러 가시죠."

따지는 오 형사의 말을 가만히 듣고만 있던 정원이 딴소리를 해댔다.

"제가 보기엔 나 너무 타이밍 잘 맞춰 왔는데? 저 오늘은 보안 사항에 관심 없고요, 술이나 한잔하자고 왔어요. 어제 제가 기사 안 쓴다는 약속 지켰잖아요. 저한테 빚 있으시니까 한잔하러 가시자고요."

"…."

"다른 언론사에서 이상한 기사 써대면 제가 확실히 커버해 드릴게요. 아, 거참, 이번 사건으로 용의자 잃으신 두 분이랑, 남편 잃은 저랑 이렇게 셋이 한잔하자고요. 저분은 직장까지 잃으실라나?"

대꾸하기도 힘든 말들을 줄줄 쏟은 정원이 여전히 씩씩거리고 있는 태헌을 턱 끝으로 가리켰다.

"어? 태헌이 너 가게? 그래. 너 나가서 한잔해라."

주섬주섬 재킷을 입는 태헌을 향해 오 형사가 말했다.

"오 형사님도 같이 가시죠."

"저는 할 일이 태산입니다. 이 상황에 저랑 태헌이 둘 다 자리를 비울 수도 없고요. 우리 태헌이 오늘 힘들 텐데 술 한잔 사주십시오."

정원의 거듭된 제안에도 오 형사는 끝내 거절했고, 그의 말대로 두 형사가 모두 자리를 비우는 건 힘들 것 같았기에 정원과 태헌 둘만 경찰서를 나섰다. 정보를 얻고자 찾아온 정원에게는 오히려 잘된 일이었다. 뭐든 조심조심 숨기는 게 많은 오 형사가 없는 곳에서 태헌과 둘이 얘기해 보는 게 어쩌면 상황을 파악하는 데 더 유리할 것이다. 유윤영에 대한 정보와 태헌 달력의 메모. 어쩌면 오월동 사건 진행 상황도 들을 수 있을지도 모른다.

태헌 역시 정원에게 확인할 게 있었다.

"서정원 기자님을 불러주세요. 그럼 다 얘기하겠습니다."

민철이 죽기 전, 왜 갑자기 정원을 애타게 찾았는지 어쩌면 정원은 알고 있을까? 두 사람은 포장마차로 향하며 오늘 확인하고자 하는 사항들을 되뇌었다.

"서 기자님도 이런 데 오십니까?"

앞장선 정원이 포장마차에 자리를 잡고 앉자 태헌이 먼저 입을 열었다.

"이런 데라뇨, 완전 단골인데. 여기 오돌뼈가 얼마나 맛있는데요. 이 뼈가 오늘의 스트레스라고 생각하고 오독오독 씹어버리세요."

스테인리스 통에 꽂힌 젓가락을 꺼내 태헌의 앞에 놓은 정원이 씽긋 웃어 보였다.

"거 뭐 으리으리한 데라도 데리고 가주는 줄 알았더니…."

태헌은 정원과 눈이 마주치자 괜스레 얼굴이 후끈거려 앞에 놓인 생수를 들이켜며 혼잣말을 중얼거렸다. 소주와 맥주, 오돌뼈와 어묵탕을 주문한 정원은 메뉴가 도착하자 능숙하게 소맥을 두 잔 말고는 웃으며 잔을 들어 올렸다.

"소맥은 대한민국에서 기자가 제일 잘 타는 거 아세요? 이게 얼마나 으리으리한 소맥인데."

정원이 높이 든 잔에 태헌이 "쨍" 소리가 나게 잔을 부딪히더니 시원하게 원 샷을 했다.

"김 경위님 학교 다니신다면서요?"

혼자 머리를 굴리는 것보다 태헌을 구슬려보는 게 나을 거라 판단한 정원은 내려놓은 잔에 다시 술을 말며 태헌의 눈치를 살폈다.

"어떻게 아셨습니까?"

"아시다시피 제가 워낙 유능한 기자라서요. 다 아는 수가 있죠."

정원이 장난스레 으스대자 태헌은 오늘 처음으로 슬쩍 웃어 보였다.

"학교는 왜 다니시는 거예요? 뭐 연구하시는데요?"

두 번째 잔을 단숨에 들이켠 태헌이 말을 시작했다.

"무언시 폭발 사고요. 제가 어울리지 않지만 공대생 아닙니까."

"어? 2000년도에 일어난 사건이요?"

"기자님도 아시네요? 그 사건 은근 묻힌 사건인데…."

정원이 사건에 대해 알고 있는 듯하자 태헌의 표정이 급격히 밝아졌다. 2000년 무언시 폭발 사고는 많은 사람이 죽고, 다치고, 병든 재난이지만 피해 규모에 비해 언론 보도도 얼마 없이 금방 잊힌 사건이기도 했다.

당시 학생이었던 정원의 기억을 더듬어보면, 언론에 무언시 사고 뉴스가 불이 붙으려 할 때쯤 연속으로 터진 인기 아이돌의 마약과 성 로비 사건에 묻혀 조용히 사라졌었다. 그리고 정원이 그 사건에 대해 기억하는 진짜 이유는 따로 있었다. 화학과 교수였던 아버지의 TV 인터뷰. 방송에서 아버지는 사고 원인이 공장장의 실수라고 주장했다. 그 말에 힘입어 사건은 인재가 되었다. 정원은 그 장면을 똑똑히 기억했다. 그날 정원이 반에서 2등을 했다고 고래고래 고함을 지르고 나가서는 세상 인자한 사람인 듯 연기를 해댔던 아버지의 모습.

'이중인격자.'

갑자기 아버지가 생각난 정원은 고개를 절레절레 저었다.

"저도 자세한 건 몰라요. 그냥 당시에 미친 공장장 놈 때문에 아무 죄 없는 무언시 사람들이 엄청 고생했다는 거 정도만 알아요."

"말도 마세요. 가축들은 떼죽음을 당하고, 농작물들도 누렇게 떠버리고, 그때 죽은 사람도 많고, 지금 아픈 사람도 많고, 앞으로 아플 사람도 많아요. 근데 엄청 조용히 지나가 버렸죠. 저는 그게 컴퓨터 시스템의 오류라고 봐요. 다들 떠들어댄 공장장의 실수라기보다는 기업의 잘못이요."

태헌이 신나게 설명했다.

"김 경위님 은근 정의로운 분이시네요."

"네? 제가요?"

"그렇잖아요. 그런 사회문제에 관심도 있으시고."

"글쎄요. 어떻게 보면 얻어걸린 연구 주제라서."

"그런 것도 얻어걸려요? 연구라는 게 얻어걸릴 수도 있나? 다 공부고 관심이죠. 김 경위님 은근 겸손하신 면이 있네요. 안 어울리게."

"겸손해요? 제가요? 오민기한테 그렇게 얘기 좀 해주세요. 저 겸손하다고."

"아, 그분은 절 너무 싫어하셔서 그닥."

정원이 술잔을 빙빙 돌리며 어깨를 으쓱했다.

"사실은, 승진 시험 준비하면서 활동하던 온라인 카페에서 알게 된 사람이 자기가 논문 준비하다가 포기하는 거라며 준비했던 자료들을 저한테 막 그냥 주는 거예요. 이게 웬 떡이냐 싶어서 얼른 받았죠. 쓰다 보니 재미도 있고 내용을 알게 되니 화도 나고. 아, 그나저나 그 양반은 합격했나 모르겠네. 언론 고시 준비한다고 했었거든요. 누군지 알면 술이라도 한잔 사겠는데.”

정원의 칭찬이 어색했는지 태헌이 머리를 긁적이며 논문을 쓰게 된 사연을 늘어놓았다.

“그런 의미에서 유윤영은 어떻게 하실 거예요? 조사해 보실 거죠?”

태헌이 긴장을 놓은 틈을 놓치지 않고 정원이 물었다.

“김민철 감정한 정신과 선생이요?”

“네. 그 사람 이상하다고 제가 말씀드렸잖아요. 제가 김민철 씨 변호사한테 연락을 해봤거든요. 근데 진짜 뭔가 이상하더라니깐요.”

정원은 오전에 김민철의 변호사와 통화한 얘기를 시작했다. 어제 오 형사를 협박해 받은 연락처로 정원이 전화를 걸었을 때, 변호사는 아직 민철이 자살한 사실을 모르고 있었지만 그녀의 얘기를 듣고도 놀라지 않았다. 대신 그는 확신에 찬 목소리로 민철이 환자였다고 말했다. 민철과 같은 증상의 환자들은 특히나 자살을 조심해야 한다고, 당장 죽어도 이상할 것 없는 시한폭탄 같은 상태라고 조언했다는 윤영의 말을 옮기며 담담하게 얘기를 이어갔다. 오히려 그는 윤영을 어떻게 만나게 된 건지 묻는 정원의 질문에 더 흥분하며, 신기하고 황당했던 윤영과의 첫 만남에 대해 신이 나서 설명했다. TV에 가끔 얼굴을 비추는 유명한 정신과 의사가 피의자의 정신감정을 하고 싶다며 찾아왔을 때는 본인도 어리둥절했다고 한다. 그는 자신이 맡은 첫 사건에 대한 세간의 관심을 실감하며, 윤영의 유명세를 활용해 민철의 형량을 낮추기로 결심했다고 했다. 전문가인 윤영이 자신의 편에 함께 서주겠다는 말을 했을 때는 감격스럽기까지 했다며, 다시 그 순간이 떠오른 듯 목소리를 높였다. 그는 윤영이 참 좋은 사람이라는 칭찬도 잊지 않았다.

전문가 중의 전문가. 마음 따뜻하고 어려운 사람을 도울 줄 아는 진정한 의료인.

"…변호사도 이상하다고 할 만큼 유원장의 등장은 타이밍이 어색하지 않아요? 그리고 만나자마자 김민철이 죽었다고요. 형사님도 그 조사실 영상 다시 한번 천천히 보세요. 김민철을 자살로 밀어 넣은 건 유윤영이에요."

"타이밍이 어색하다면 어색하지만 서 기자님 말대로라면 유윤영 원장은 선의로 움직여서 결과가 불행했을 뿐입니다. 말로 사람을 죽인다고 하지만 스카프를 훔쳐 목을 매단 건 김민철의 선택이었다고요. 그런 걸로 조사할 수는 없습니다."

"거참, 말 안 통하고 느낌 없는 형사님이시네."

"그쪽이야말로 말 안 통하고 느낌만 있는 기자님입니다."

*

같은 시간, 리더스팰리스 U1의 문이 열렸다.

"어? 수린 님, 오늘 상담 있는 날 아니신데…."

"원장님은요?"

혜원이 문을 열자마자 안으로 비집고 들어온 수린이 윤영을 찾았다. 수린의 목소리가 떨리고 있었다.

"원장님 지금 상담 중이시죠. 무슨 일 있으세요? 어디 불편하세요?"

불안해 보이는 수린이 이상했던 혜원이 물었다.

"아니요. 기다릴게요."

"네…. 마침 마지막 상담이 캔슬돼서 곧 원장님 일정이 끝나기는 해요."

수린은 평소처럼 짧게 대답했지만 평소와는 달라 보였다. 떨리는 손을 입에다 넣고는 연신 '탁탁' 소리를 내며 손톱을 물어뜯었다.

"차 한 잔 드려요? 수린 님 얼굴이 너무 안 좋아 보이세요."

"괜찮아요. 그냥 윤영이랑 할 얘기가 있어서요."

그때 윤영의 진료실 문이 열리고, 상담을 마친 환자가 문밖으로 나왔다. 수린은 그 틈에 빠르게 진료실로 들어가며 문을 쾅 닫아버렸다.

"왜 저래?"

이해할 수 없는 수린의 행동에 혜원이 고개를 갸우뚱하며 입을 삐죽거렸다.

"윤영아!"

"너 오늘 예약 아니잖아. 근데 얼굴이 왜 그래? 꼭 좀비 같다 야."

진료실로 쳐들어오다시피 한 수린을 윤영이 시큰둥하게 맞았다. 수린은 대답 없이 안경을 벗는 윤영의 옆으로 다가갔다.

"뭐야. 왜 이래?"

그녀가 휴대폰을 켜서 윤영의 얼굴에 들이밀었다.

'오늘이 아닌 뉴스'에서는 여러분의 제보를 기다립니다.

2008년 5월, 스페인 광장에서 유학생 한나리 양과 함께 축제를 관람하셨던 사진 속 주인공이나 사진 속 인물을 알고 계신 분은 제보 바랍니다.

제보자의 신분은 철저히 보호되며, 제공하신 정보는 취재 이외의 목적으로 사용되지 않습니다.

그리고 같이 띄운 한 장의 사진.

"뭘 보라는 거야?"

너무 가까이 닿은 휴대폰 화면이 잘 보이지 않았던 윤영이 수린을 밀치며 짜증을 냈다.

"기억 안 나?"

여전히 심각한 표정의 수린이 다시 휴대폰 화면을 윤영의 눈 가까이 대며 말했다.

"한나리?"

*

　"근데 기자님, 생각할수록 아닌 것 같아요."

　연거푸 마신 소맥으로 취기가 오른 태헌이 유리잔에 시선을 고정한 채 입을 열었다.

　"뭐가 아니란 거예요? 김민철이?"

　한 손으로 턱을 괴고 앉아 있던 정원이 몸을 앞으로 당겼다. 정원과 얼굴이 가까워지자 놀란 태헌은 저도 모르게 얼른 따라놓은 소주를 한 잔 들이켰다.

　"그땐 몰랐는데 지금은 자꾸 그런 생각이 드네요."

　"그러니까 경위님은 지금 김민철이 범인이 아닌 것 같다는 말씀을 하고 계신 거죠? 왜요? 어떤 부분이 제일 맘에 걸리는 거예요?"

　"생각해 보면 다 이상해요. 진짜 다 이상합니다."

　"그러니까 뭐가요? 뭐가 이상한데요?"

　정원의 재촉에 크게 한숨을 내쉰 태헌이 되물었다.

　"오프 더 레코드 해주실 거예요? 아니면 또 뒤통수칠 겁니까?"

　"뭐 전우애가 생길 만하게 해주시면 오프 더 레코드 해드릴 수도 있고."

　정원이 태헌의 빈 잔에 술을 채우며 대답했다.

　"허, 참. 기자 말고 정치하지 그러셨어요? 모형택보다 잘하겠는데."

　허탈한 웃음을 터트린 태헌이 조심스레 입을 열었다.

　"서 기자님은 김민철에 대해 아는 거 진짜 없으세요?"

303

"김민철에 대해 아는 거요?"

"김민철이 저랑 마지막으로 나눈 대화가 서 기자님 얘기였습니다."

"네? 제 얘기를 했다고요?"

정원이 눈을 동그랗게 뜨고 물었다.

"김민철이 서 기자님을 불러달라고 했어요. 서 기자님께는 다 얘기하겠다며. 그때는 서 기자님한테 악플도 달고, 훔친 목걸이로 살인 누명까지 씌우려고 했던 놈이라 생각해서 그냥 무시했었는데…. 서 기자님을 찾던 김민철의 눈빛을 잊을 수가 없습니다. 그때 유윤영 그 정신과 의사한테 잠깐 기다리라고 하고 내가 김민철이랑 얘기를 더 해봤어야 했는데…. 그렇게 무시하지 말았어야 했는데…."

"유윤영이랑 같이 있다가 저를 불러달라고 했다고요?"

자책 섞인 태헌의 말에 정원의 눈이 더 커졌다.

"아뇨. 정신감정 시작하려고 할 때요. 김민철이 서 기자님 왜 찾았는지 정말 몰라요? 짚이는 것도 없고요? 잘 좀 생각해 봐요."

말없이 고개를 가로젓는 정원의 머릿속은 물음표로 가득했다.

'김민철이 나를? 나를 찾았다고? 나한테 무슨 말을 하고 싶었던 걸까. 유윤영은 왜, 어디에서 솟아난 걸까. 김태헌 경위, 이 사람은 뭐지? 오월동을 왜, 무엇 때문에 달력에 표시해 놓은 걸까. 믿어도 되는 걸까.'

취기가 오른 태헌은 심각한 표정의 정원을 향해 김민철이 용의자가 되기까지의 과정을 털어놓기 시작했다. 차은새에게 지속적으로 보낸 문자. 사건 당일 차은새와 설우재가 다투는 장면을 목격하고는 숨긴 점. 잃어버리거나 팔았다고 주장하는 컴퓨터와 휴대폰. 그리고 이상하리만큼 빠르게 진행된 수사와 목격자 증언과 전혀 다른 모델임에도 불구하고 증거물로 채택된 정원의 목걸이까지.

"제가 사건을 빨리 해결하고 싶은 욕심에 혼이 나가 있었던 것 같아요. 특히 목걸이는 일단 증거물로 밀어 넣어보고 아니면 말자는 생각도 있었거든요. 뭐에 씌었던 건지. 생각할수록 잘못된 수사였어요. 높으신 분들이 김민철 범인 만들기 하는데 제가 놀아난 것 같아서 기분이 아주 엿 같다는 거죠."

태헌은 손가락으로 하늘을 찌르더니 테이블을 탁 하고 내리치며 씩씩댔다.

"차은새와 우재 씨가 싸웠다고요? 그날?"

가만히 얘기를 듣고 있던 정원이 태헌의 입에서 나온 우재의 이름에 목소리가 높아졌다.

"네… 뭐… 그랬다네요. 아, 근데… 서 기자님한테는 아픈 얘기일 텐데… 내가 괜히 미안해지네."

태헌은 횡설수설하며 어쩔 줄을 몰랐다. 불안해진 정원의 머릿속에 우재와의 대화가 맴돌았다.

"아버지가 금방 정리해 주신다고 하셨어."

"아버지가 하실 수 있어. 금방 해결될 거야."

기자 선배 이복자와의 찜찜했던 통화 내용도 머리를 스쳤다.

"돈은 미워하되 인간은 미워하지 말랬는데…. 멱살 너, 맑고 열정 있어서 내가 예뻐했었어."

'정말 김 경위의 의심처럼 높으신 분들이 김민철을 범인으로 만든 거라면. 그 높으신 분이 우재 씨의 아버지, 원앤리의 설 회장이라면. 이복자 선배가 알고 있었을지도 몰라. 그래서 그런 말을 했었나? 그래서 김민철이 나를 찾았던 걸까? 그렇다면… 설마…'

이마를 짚고 멍하니 생각에 빠져 있는 정원의 눈치를 살피던 태헌이 장난스럽게 물었다.

"근데 그 비싼 목걸이는 대체 어디서 잃어버리신 겁니까? 이야, 나 같은 월급쟁이는 그거 잃어버렸으면 한 달은 울었을 건데."

화제를 바꾸고 싶었던 태헌의 질문에 정원은 생각을 멈추고 앞에 놓인 소주를 한 모금 들이켰다.

"저 한 달 울었어요. 아까워서."

"진짭니까? 그냥 해본 말이었는데."

"울고 싶은 기분이었죠. 그런데 잘 가지고 있던 목걸이가 감쪽같이 없어지더니 그런 데서 나타날 줄이야. 정말 돌겠네요. 귀신의 장난도 아니고."

"거 보니까 고급 차 한 대 값이더구만요. 아무리 돈이 많아도 그렇게 비싼 걸 막 함부로…. 부자들은 원래 그렇습니까?"

"그럴 리가요. 집에 뒀는데."

그 순간 정원은 정신이 번쩍 들었다. 갑자기 어두워진 정원의 표정에 태헌이 다시 물었다.

"서 기자님, 남편을 얼마나 믿으세요?"

"남편? 제 남편이 못 믿을 사람이라는 건 이제 세상 사람들이 다 알지 않나요? 그리고 형사님 너무 빨리 드시는 거 아니에요? 이

거 물 아니고 술이에요."

진지한 태헌의 눈빛이 부담스러웠던 정원이 가볍게 대답했다.

"저 원래 빨리 마십니다. 암튼 목걸이 집에 뒀다면서요. 서 기자님 기억이 맞다면 집에 뒀는데 없어진 거잖아요. 그게 확실하다면 도둑은 그 집에 드나들 수 있는 사람이라는 뜻 아닙니까?"

태헌의 그럴듯한 추리가 정원의 귀에 날카롭게 꽂혔다.

"경위님은 지금 우재 씨가 범인일지도 모른다고 생각하시는 거예요?"

정원이 눈을 똑바로 뜨고 태헌을 바라보았다.

"꼭 그렇다는 건 아니고요. 으리으리한 아파트 산다던데 일하는 사람도 있을 거 아닙니까. 설우재 씨가 범인이라면 아내를 용의자로 만들 만한 증거를 거기 두고 갔다는 말인데 굳이 왜? 혹시 부부 사이가 엄청 안 좋았습니까?"

"그랬다면 차라리 뒤통수 맞은 기분이 덜 들었을 것 같네요."

두 사람은 한동안 말이 없었다. 태헌은 술을 물처럼 끝도 없이 마셔댔고, 정원은 오독오독 오돌뼈만 씹어댔다. 늘 주변에 가득한 아름다운 여자들과 잦은 출장. 가끔 급하게 끊던 전화. 단 한 번도 의심하지 않은 건 무슨 자신감이었을까?

잠시 후, 정원이 푸념하듯 입을 열었다.

"사람의 뇌라는 건 참 재밌죠. 자기 보호를 위한 장치가 많거든요. 어쩌면 내 눈에만 안 보인 걸지도…."

"그런 것도 있어야 살죠. 어쩌겠습니까. 근데 그런 간지러운 말은 어디서 배우신 겁니까? 제가 듣기엔 그냥 책임 전가 같은데요."

"뭐 그냥 어디서 들었어요."

자신에게 같은 말을 했던 윤영을 떠올리며 순간 불쾌해진 정원이 어깨를 으쓱하고는 다시 물었다.

"그럼 오월동 사건은요? 달력에 표시 왜 한 거예요?

"에? 왜 갑분 오월동입니까?"

어묵탕을 냄비째 들고 마시던 태헌이 물었다.

"제가 보기엔 오월동 사건이랑 차은새 사건이 분명히 연관이 있어요."

"왜 그렇게 확신하세요?"

"둘 다 제가, 아, 그러니까… 제가 둘 다 관련이 있잖아요. 이상하지 않아요? 오월동은 제가 봤고, 차은새는 그러니까… 제 목걸이…."

순간 정원의 입에서 두 사건을 모두 최초 목격했다는 말이 튀어나올 뻔했다. 정원은 얼른 말을 정정하고 태헌의 눈치를 살폈지만 다행히 거나하게 취한 그는 눈치채지 못하고 고개를 끄덕이고 있었다.

"서 기자님, 오월동에서 진짜 이상한 거 못 보셨습니까? 그날 거기 왜 가셨어요?"

"엉뚱한 제보를 받고 갔어요. 괜히 가서 험한 꼴만 당했지만."

"기자들도 엉뚱한 제보가 많이 오나 봅니다. 우리도 하루에 한두 건은 그런 전환데. 그렇게 장난치는 놈들은 다! 잡아서 콩밥을 막 먹여야 합니다!"

술에 취한 태헌의 말이 빨라지고 있었다. 정원은 그런 태헌을 보며 더는 건질 게 없을 것 같다는 생각이 들었다.

"제가 준비하고 있는 논문이 다 그런 엉뚱한 이야기를 쏙! 집어넣기 위한 겁니다. 세상에 힘만 좀 있고 알량한 지식만 좀 있으면 엉뚱한 여론몰이로 한두 사람 바보 만들고 마녀사냥 하는 게 얼마나 쉬운 일인 줄 아십니까? 서 기자님도 언론인이지만 대한민국 언론인들 다 반성해야 한다고요. 무언에 그 공장장도 그래요. 그 사람이 그렇게 억울하게 죽었는데 아무도 나서주지도 않고, 오죽했으면 가족들도 이제 지쳤다고 흩어졌겠어요."

"네, 네. 그러네요. 필요하시면 제가 그때 여론몰이에 앞장섰던 교수 만나게 해드립죠."

"그 교수는 됐고! 공장장 가족을 만났으면 좋겠는데! 공장장이 갖고 있던 자료가 있습니다. 폭파 사고에 되게 중요한 자룐데 폐기될 뻔한 거 가지고 갔다고 들었어요."

"그렇군요. 근데 김 경위님 집이 어디예요?"

윤영과 오월동 얘기는 제대로 꺼내보지도 못했지만 눈이 잔뜩 풀린 태헌을 보자 얼른 자리를 끝내고 싶었다.

"아들이 서울에 있다던데, 지… 뭐라더라? 지 씨거든요."

"공장장이 지 씨면 당연히 아들도 지 씨겠죠?"

"아유, 네. 교수님 한잔하시죠. 저 강압 수사 안 했슴. 근데 그 무언 사건 때 여론몰이 한 교수 어떻게 알아요? 그 나쁜 새끼…."

"교수님 아니고 서 기자입니다. 경위님. 그리고 그 교수는… 아휴 됐다. 됐어."

정원은 태헌이 따라주는 소주를 벌컥벌컥 마셨다.

"어! 팀장님, 어디 아프세요?"

이른 아침, 오늘도 호텔에서 나온 정원이 시사국에 들어서자 그녀의 초췌한 얼굴을 본 막내가 물었다.

"나 어제 너무 달렸나 봐. 속이 좀 쓰리네. 무거운 거 들었더니 팔도 아프고."

지난밤, 덩치가 커다란 태헌을 어깨에 지고 낑낑거리며 택시를 잡은 정원은 온몸이 두들겨 맞은 것처럼 아팠다.

'김 경위, 이 자식. 엉뚱한 소리만 늘어놓고 말이야. 무언 폭발 사고 얘기만 1시간은 한 것 같네.'

"저 숙취 약 있는데 하나 드릴까요? 안색이 안 좋으세요."

"괜찮아. 나 국장실 갈 거니까 국장님한테 좋은 거 하나 얻어 마시면 돼."

정원은 그녀를 걱정하는 막내에게 감사의 미소를 보였다.

"보고드릴 게 있는데요."

막내가 우물쭈물 말을 꺼냈다.

"급해?"

"급한 건 아닌데요, 간단히 말씀드리면 한나리 양의 당시 새로운 사진을 찾아서 SNS에 제보 글을 올렸습니다."

"그래? 잘했네. 이제 알아서 척척이네? 사진은 어떻게 찾은 거야?"

"게스트 하우스 뒤지다가 우연히 찾았습니다."

막내는 아직도 칭찬이 부끄러운 듯 배시시 웃었다.

"그래? 오케이. 그럼 나 국장님 먼저 뵙고, 자세한 얘긴 이따 듣자.”

　순수하고, 바른, 언제 봐도 기분 좋은 청년. 애정을 가득 담아 막내의 어깨를 두드린 정원이 국장실로 향하며 말했다.

　“혹시 국장님 목소리 커지면 잊지 말고 나 좀 빼줘라.”

　“네, 걱정 마세요.”

　막내가 웃으며 답했다.

＊

　“설우재! 아버지 뵈러 왔냐?”

　건물로 들어가던 우재가 자신을 부르는 소리에 고개를 돌렸다. 봉토그룹 봉수호 상무가 한쪽 입꼬리를 올린 채 기분 나쁜 미소를 짓고 있었다.

　“형은 여기 웬일이야?”

　“나는 네 누나 설해림 부사장님 만나러 왔지. 요즘 우리 봉토그룹이랑 너네 원앤리랑 새로운 비즈니스 구상 중이거든. 누나가 별말 안 하냐? 프로젝트 진행하려면 음악 감독 하나 있어야 하는데 내가 네 얘기 좀 잘해줄까?”

　“그럼 일이나 봐. 나도 좀 바빠서.”

　우재가 무표정한 얼굴로 등을 돌리자 잔뜩 약이 오른 수호가 비꼬아댔다.

　“일이나 봐? 야, 설우재. 너 형한테 말하는 본새가 좀 그렇다? 너 요즘 와이프가 애타게 찾던데 혹시 그것 때문이냐?”

"뭐?"

"네 와이프, 대애단하신 서정원 기자님께서 오아뉴 SNS에 네 사진을 대문짝만 하게 올려놓고 찾더라고. 너 몰랐냐?"

수호의 황당한 말에 우재가 발걸음을 멈추고 몸을 돌렸다. 우재의 반응이 재미있는지 신이 난 수호가 말을 이었다.

"그때 너 배낭여행 간다고 했다가 스페인에서 혼자 죽치고 있었던 그때지? 나 아직도 기억난다. 그때 너 안 온다고 걔가 학교 찾아와서 울고, 불고 가관이었잖아. 그래서 그 꼬봉 데리고 너 찾으러 갔었구나? 이야 사랑이네, 사랑이야."

"무슨 말이야?"

"그때 너희랑 같이 축제 봤던 여자가 죽었단다. 그래서 너희 사진 들고 오아뉴에서 찾고 난리도 아니야. 세상에 비밀이 진짜 없긴 없나 보다. 응? 하필이면 그렇게 엮여서 또 매스컴을 타냐. 그것도 마누라 방송에. 크크크크."

"뭐라고?"

"근데 암만 화질이 구려도 네 마누라는 어떻게 남편 얼굴도 못 알아보냐? 난 딱 보니까 알겠던데. 너랑, 걔랑, 걔 꼬봉."

"…."

"제보도 받던데 나도 이참에 착한 일이나 한번 해볼까? 아니면 네가 알아서 끝장나려나?"

돌처럼 굳은 우재는 빈정거리는 수호를 바라보기만 했다.

"기대할게. 설우재. 그럼 일이나 봐. 나도 좀 바빠서."

우재의 말을 다시 돌려준 수호는 윙크를 날리더니 콧노래를 부르며 그를 앞질러 갔다.

＊

"어! 서 기자. 이제 속 시원하지?"

문을 열고 들어선 정원을 맞이하는 강 국장의 목소리가 밝았다.

"사람이 죽었는데 그런 말이 나오세요? 국장님?"

정원은 소파에 털썩 앉으며 툴툴거렸다.

"우리끼리니까 하는 얘기지, 인마. 까칠한 거 보니까 서정원 살아 돌아왔네. 근데 너 얼굴은 왜 까칠하냐? 딱 보니 축하주 거나하게 하셨구먼. 허허허."

시원하게 웃은 강 국장이 냉장고에서 미나리 주스를 꺼내 정원에게 건넸다.

"한나리 사건은 어때? 진전은 좀 있어?"

"며칠 신경 못 썼는데 팀원들이 진도 좀 빼뒀더라고요. 새로운 사진을 찾아서 제보받고 있대요."

"다행이구먼. 이제 방송도 얼마 안 남았잖아. 너도 골치 아픈 사건들 얼추 마무리됐으니 이젠 한나리 사건에 집중하라고."

"바람난 남편은 그 '사건들'에도 못 끼는 가정사라 이거죠?"

"그건 내가 경험자로서 말하는데, 불륜이 사실이면 네가 할 수 있는 건 몇 개 없어. 깨끗하게 잊어주든지 아니면 떠나주든지."

"어련하시겠습니까."

강 국장의 뿌듯한 표정과 달리 대답을 하는 정원의 표정은 떨떠

크1₁

름했다.

"서정원이는 끄떡없다. 예수처럼 부활했다. 딱! 이렇게 선포해야지. 그래야 앞으로는 조무래기들이 천하의 서정원을 못 건드리지."

강 국장이 불끈 쥔 주먹을 쭉 뻗으며 연설하듯 말했다.

"근데 국장님. 차은새 사건은 정말 이렇게 끝나는 거예요?"

주스를 만지작거리던 정원이 물었다.

"거의 끝났다고 봐야겠지? 차은새 오빠도 수사 종결에 동의했고, 더 이상 문제 삼을 사람도 없어. 너만 빼면. 근데 너는 왜? 아직 뭐가 아쉽냐?"

"그럼 국장님, 이제 끝났으니 말씀해 주세요."

정원이 진지하게 질문하자 강 국장이 자세를 고쳐 앉았다.

"수사 과정에서 원앤리 설 회장, 그러니까 제 시아버지의 압력이 얼마나 있었죠?"

"내가 너 그거 언제 물어보나 기다리고 있었다. 불륜은 그렇다 쳐도 아들, 며느리가 살인 용의자가 되게 생겼는데 가만있을 아버지가 세상에 어디 있겠어? 다행히 설 회장님이 힘이 있으니까 즉각적으로 대처도 하고 바로 정리도 되고 그런 거지. 평범한 부모가 할 수 있는 것보다 좀 더 신경 쓴 것뿐이야."

강 국장이 창밖으로 고개를 돌리며 대답했다.

"그럼 정말 김민철은 억울하게 죽었을 수도 있겠네요?"

"정원아, 그건 김민철이 선택한 거야. 그리고 너는 자살한 스토커, 그 사람보다 세상에 더 이로운 일을 많이 할 수 있는 사람이야. 해야 할 일이 많은 사람이라고. 인간 평등? 말은 좋지. 근데 난 말야, 개인은 값어치가 다르다고 생각한다. 너도 다르게 생각하진 않을 거야. 그러니까 자잘하고 시끄러운 일에 질질 끌려서 시간을 낭비하지 말라는 말이다. 내 말 알아듣냐?"

자잘하고 시끄러운 일. 사람 둘이 죽었지만, 자잘하고 시끄러운 일.

"죽다 살아왔으면 네 자리에서, 기자로서 더 많은 사람을 살리면 되는 거야. 그게 네 숙명이야, 인마. 당장 지금만 봐도 한병문 씨 한풀이 해줄 수 있는 사람 너뿐이야."

나직한 목소리로 타이르는 강 국장의 말은 얼핏 정원을 위하는 것 같았지만 어찌 보면 협박과도 같았다. 세상을 위해서, 값어치 있는 개인을 골라서.

"대를 위한 소의 희생이다?"

어이없는 그 말에 정원이 혼잣말로 중얼거렸다.

"큰일 하는 사람이 작은 일에 너무 마음 약해지지 마라. 나무도 중요하지만 숲을 볼 줄 알아야지. 내가 할 수 있는 말은 여기까지다."

식상하지만 단호한 강 국장의 말에 정원은 대답 대신 슬픈 표정으로 그를 물끄러미 바라보았다. 어쩌면 죽어 있던 차은새를 본 날, 정원도 비슷한 생각을 했던 것 같다. 피를 흘리며 쓰러진 여자보다 자신이 맡고 있는 사건이 더 크고 중요한 일이라고. 정원은 오만했던 그때의 자신이 떠올라 가슴이 아려왔다.

"정원! 방송국이라며? 옥상으로 올라와."

국장실을 나서던 정원은 영선의 전화를 받고 곧장 옥상으로 향했다. 며칠 만에 본 영선은 언제나처럼 난간 앞에 서서 전자 담배를 꾹 누르고 있었다.

"좀 괜찮냐?"

"별로."

영선의 물음에 정원이 장난스럽게 웃으며 대답했다.

"왜? 또 무슨 일 있어? 나는 이제 너 그런 얘기만 들으면 심장이 쿵쾅거린다. 괜찮을 날이 없어."

"일은 아니고. 이렇게 끝나는 게 맞는 건지 좀 복잡하네⋯."

정원이 먼 곳을 향해 한숨을 푹 쉬었다. 옥상에서 내려다본 시내는 어느새 벚꽃이 피어 온통 핑크빛이었다.

'예쁘다. 이렇게 예쁜 날 누군가는 죽었고, 그 죽음이 어쩌면 내 책임이라니⋯.'

정원은 마음이 무거웠다.

"너 용의자 자살한 거 맘에 걸려서 그러지? 야, 이제는 잊어라. 자살한 사람이야 안타깝긴 하지만 어쩌겠냐? 냉정하게 말하면 결국엔 그것도 그 사람 선택이었어. 또 한편으로 생각하면 그렇게나 좋아하던 차은새 그렇게 만들고 살아 있는 그 맘은 편했겠냐? 죽음으로 속죄한 거지."

눈치를 살피던 영선이 정원을 위로했다.

"다들 그 사람 선택이라고 하네. 속죄라. 그게 또 그렇게 해석이 되는구나. 기사 다 나갔겠네."

정원이 착잡한 듯 고개를 끄덕였다.

"'은새 누나, 오늘도 예쁘네요. 매일 연락하던 고 차은새 살해

용의자 김 모 씨 자살. 차은새의 스토커로 밝혀져 충격.' 뭐 기사에 대한 반응은 나쁘지 않아. 덕분에 요즘 사생팬들이 연예인들 괴롭히는 것도 좀 줄어들어야 한다는 여론도 생기고, 연예인들도 강경 대응해야 한다며. 거봐. 이렇게 모든 죽음에는 의미가 있는 거야. 그러니까 너 혼자 너무 센티해질 필요는 없어."

"그래. 의미가 있겠지."

못 이기는 척 정원이 고개를 끄덕이자 영선이 말을 이었다.

"차금새는 D 본부 예능에 고정 게스트로 계약했더라."

"뭐? 갑자기?"

"당장 출연은 아니지만 방송국 놈들 생각하는 게 뻔하지. '슬픔을 이겨내고 꿋꿋하게 살고 있습니다' 할 만한 타이밍 되면 꺼내지 않겠어?"

"그래도 D 본부 예능이면 꽤 큰 프로그램일 텐데 이렇게 빨리 계약을 했다고?"

"안 그래도 이상하다고 말들 많아. 업계 사람으로 냉정하게 보면 차금새 입장에서는 타이밍이 나쁘진 않지. 별 볼 일 없는 방송이나마 입소문 타고 있던 와중에 자기 탓은 아닌 안 좋은 이슈가 겹쳤으니 좀 슬퍼하다가 나오면 검색어 1위 몇 시간은 하지 않겠냐? 근데 누가 꽂아줬을 거라는 말도 있긴 해. 그게 모형택이라는 얘기도 있고."

정원은 잠시 잊고 있던 그 이름에 정신이 번뜩 들었다.

'아, 그래 모형택이 차은새 스폰이었다는 소문이 있었지? 왜 그 생각을 못 했지? 모형택과 모수린, 유윤영 그리고 차은새까지. 연

결 고리를 찾을 수 있을지도 몰라.'

"찌라시에는 차은새랑 모형택의 관계를 차금새가 아니까 동생 죽고 먹고살 길 막막해진 차금새가 입을 함부로 놀릴까 봐 모형택이 미리 손썼다는 가설이 지배적이야."

'모형택. 그 영감을 만나야겠다.'

영선이 열심히 설명하는데도 정원은 딴생각에 빠져 있었다.

"서정원! 너 또 정신줄 놨지? 혼자 심각해하지 마. 이제 다 끝났어!"

"응? 응."

"너 어제는 누구랑 그렇게 술을 퍼마신 거야? 설마 혼자?"

"아니, 차은새 담당 수사관이랑."

"오, 그 곱상한 수사관? 안 봐도 알겠네. 둘이서 자책의 건배를 하셨구먼. 야, 너도 열받는데 바람이라도 한번 피우고 와버려."

영선이 정원의 어깨를 토닥이며 한숨을 내쉬었다.

"선배, 그것보다 나 뭐 하나만 알아봐 주라."

"뭐?"

"선배 혹시, 2000년도 무언시 사건 알아?"

"2000년? 그때 무언시에 뭔 일이 있었더라? 난 2000년 하면 아이돌들이 약 빨고 성 상납한 것밖에 기억이 안 나. 정원아, 그러고 보니까 나 진짜 뼛속까지 연예부 된 것 같지 않나?"

"2000년 무언시 폭발 사고. 선배 몰라?"

영선의 장난 섞인 대답에 정원이 진지하게 다시 묻자 그제야 기억이 떠오른 영선이 호들갑을 떨었다.

"아, 맞다. 그랬다. 나 생각났어. 어어어어! 너 예전에 술 먹고 네 아버지 얘기하면서 나한테 했던 말도 생각난다. 내가 남의 부모 욕을 같이 하기도 그렇고 참 뻘쭘했는데. 근데 뭘 알아봐?"

"선배가 말한 2000년도 그 아이돌 이슈에 대해 좀 알아봐 줘. 무언시 폭발하자마자 아이돌 사건으로 시끄러웠잖아. 그 바람에 무언시 기사는 쏙 들어가 버리고⋯."

"그랬던가? 근데 그건 왜?"

"좀 찝찝한 게 있어서 그래. 나중에 말해줄게. 그냥 좀 알아봐 줘."

"서정원 넌 지칠 줄 모르고 또 사건을 찾는구나. 암튼 알아볼게."

영선은 정원의 심각한 표정에 거대한 특종이 다가오고 있다는 직감이 들었다.

*

수호의 뒷모습이 사라진 후에도 우재는 그 자리에 서 있었다. 발이 바닥에 붙은 것처럼 한 발짝도 움직여지지 않았다. 잠시 후, 우재는 힘겹게 발걸음을 옮겨 로비 소파에 앉았다. 그리고 떨리는 손으로 쥐고 있던 휴대폰을 열었다. 조심스레 파란 버튼을 터치하고는 팔로워 리스트에서 [오아뉴]를 찾았다. 우재의 휴대폰 화면에 오래전 그녀가 나타났다.

스물여섯 살의 우재는 지금보다 더 여행을 좋아하는 청년이었다. 언제든 훌쩍 떠나고 싶어지면 배낭과 기타를 둘러메고 대책 없이 비행기에 올랐다. 우재에게는 세계 어디서든 사용할 수 있는 블랙 카드가 있었다. 그 카드 하나면 세상의 어떤 호텔도 예약 없이 묵을 수 있었고, 전 세계 어떤 공항에서도 VIP 라운지를 이용하며 퍼스트 클래스를 타고 여행할 수 있었다. 자연스레 우재는 우울하거나 신나거나 심심할 때면 한 손에는 겨울옷, 다른 한 손에는 여름옷을 들고 무작정 공항으로 갔다. 그건 어쩌면 여행이었고 어쩌면 답답한 집과 그만큼 답답한 자신으로부터의 도피였다.

뉴욕 시내의 한 형편없는 스페인 식당에서 다 토해버리고 싶을 만큼 불쾌한 저녁 식사를 하고 호텔로 돌아온 우재는 스페인행 항공권을 예매했다. 원래 그 식당은 우재가 자주 가던 곳이었다. 그날 요리사의 컨디션에 문제가 있었던 건지, 우재와 마주 보고 저녁을 먹은 상대의 괴팍한 성격과 집착 때문에 파에야에서 썩은 맛이 느껴졌는지는 정확하지 않았다. 그저 싸증이 머리끝까지 났던 기억만 선명하다. 그날 밤, 미친 듯이 울리는 휴대폰을 꺼버린 우재는 도망치듯 마드리드행 새벽 비행기에 올랐다.

'파에야 먹으러 스페인에 오다니. 찌라시에 나가면 할아버지가 좋아하시겠군. 누나는 뭐라고 하려나.'

마드리드 시내 중심부에 위치한 호텔에 체크인 한 우재가 자고 일어났을 때, 창밖엔 해가 뉘엿뉘엿 지고 있었다. 샤워를 마친 그는 출출함을 달래기 위해 시내로 걸어 나왔다. 마드리드를 좋아해 자주 오는 그에게는 익숙한 시내 거리였다. 자연스레 솔 광장 골목 사이로 들어선 그는 낡은 오렌지색 간판의 작은 바에 들어섰다. 현지인들이 타파스와 상그리아를 즐기는 곳. 여행 때마다 우재가 찾는 곳이었다.

　몇 개 되지 않는 테이블은 이미 만석이었지만, 화려한 타일 벽
옆 구석에 빈자리가 보였다. 가게 안으로 깊숙이 들어선 그는 또래
로 보이는 동양인 여자 옆에 앉았다. 귀여운 캐릭터 모양의 동전
지갑에 코를 파묻고 돈을 세고 있던 여자는 옆에 앉는 우재를 보자
경계하는 눈빛을 보냈다. 까만 긴 생머리와 대비되는 하얀 피부가
반짝거렸고, 그녀의 동그랗게 뜬 눈이 깜빡일 때마다 긴 속눈썹이
위아래로 나풀거렸다. 힐끗 우재를 쳐다본 여자가 불안한 듯 지갑
을 더 몸쪽으로 당기더니 머리를 푹 숙인 채 다시 돈 세기에 집중
했다.

　주문한 상그리아가 나오고 반대쪽에 놓인 냅킨을 집는 우재의
팔이 그녀의 등 뒤를 지나자, 놀란 여자가 몸을 더욱 벽 쪽으로 붙
였다.

　"Perdón.(실례합니다.)"

　우재의 사과에 화들짝 놀란 여자가 잔뜩 긴장한 목소리로 대답
했다.

　"괜찮… 아니, 잇츠 오케이."

　"한국 사람이에요?"

　우재가 물었다.

　"네, 맞아요. 한국분이셨구나."

　여자는 순간 경계가 풀리며 놀람과 반가움이 가득한 눈으로 웃
어 보였다.

　"여행 오셨나 봐요. 근데 이런 데서 그렇게 돈 세어보시면 위험

해요.”

　“제가 아까 거스름돈을 잘못 받은 것 같아서요.”

　“그래도 숙소 가서 정리하세요. 여긴 한국이랑 달라요. 항상 조심해야 해요.”

　우재의 충고에 여자는 순진한 표정으로 고개를 끄덕이더니 지갑을 가방에 넣고 가방을 꼬옥 안았다. 귀여운 그 모습에 우재는 더 말을 걸고 싶었다.

　“여기 상그리아 맛있죠? 어떻게 알고 오셨어요? 완전 로컬 집인데.”

　“현지인 블로그 보고 왔어요. 진짜 맛있네요.”

　낯선 장소를 경계하는 미어캣처럼 여전히 잔뜩 긴장한 여자가 대답했다.

　“여기서 한국 사람 만난 거 처음인데, 건배… 실례일까요?”

　“아, 아니에요. 실례 아닙니다.”

　“반가워요. 설우재입니다.”

　“저는 한나리라고 해요.”

　양손으로 술잔을 든 나리가 잔을 크게 부딪혔다.

＊

　“막내는?”

　자리로 돌아가던 정원이 혼자 컴퓨터 앞에 앉아 있는 양 작가에게 물었다.

ㅋㄹㅇ

"김 기자님이랑 막내는 제보자 만나러 갔어요."

"제보자?"

"네, 급하게 나가서 자세히는 못 물어봤는데 팀장님께는 김 기자님이 다녀와서 보고드린다고 했어요."

"응, 알았어."

"아, 그리고 팀장님, 여기… 부탁하신 물건입니다."

양 작가가 작은 상자가 든 쇼핑백을 정원 앞에 내밀었다.

"저 이거 구한다고 고생 좀 했어요. 진짜 소문대로 전부 솔드아웃이던데요."

"고생했네, 양 작가. 고마워."

쇼핑백 안에는 초록색 유니폼을 입은 곰돌이 그림이 그려진 텀블러가 들어 있었다. 커피와 시즌 음료 열한 잔을 마셔도 수량이 없어서 운이 좋은 사람만이 가질 수 있다는 유명한 카페의 10주년 한정판 텀블러. SNS 속 화제의 아이템이었다. 양 작가에게 쇼핑백을 받아 든 정원은 자리에 앉아서 다시 휴대폰을 열었다. 검색 기록에 남아 있는 U1 최혜원 실장의 SNS 아이디를 클릭하고는 엄지손가락을 움직였다. 수많은 사진들 속 눈에 익은 텀블러 사진이 등장했다.

[#갖고_싶어서_몸살_중 #한정판_텀블러 #누구_나_이거_사줄_사람_없나요]

혹시 혜원이 구매했을지도 모른다는 생각에 새로 업로드된 사진들을 꼼꼼히 살펴보았지만 텀블러 구매나 선물에 대한 피드는 없었다. 수많은 사진들을 빠짐없이 눌러본 정원이 시간을 확인하니 12시 50분. 점심시간이 훌쩍 지난 시간이었다. 정원은 가방과 텀블러가 담긴 쇼핑백을 챙겨 들고 일어났다.

"팀장님, 식사 가세요?"

"만날 사람이 있어. 김 기자 들어오면 오후에 보자고 전해줘."

"네, 다녀오세요."

정원은 빠른 걸음으로 주차장으로 향했다.

리더스팰리스 한 블록 뒤 카페에서 커피를 주문한 정원이 입구에서 잘 보이는 테이블에 자리를 잡았다. 정원은 초조한 얼굴로 입구와 시계를 번갈아 봤다. 그렇게 10분쯤 후, 레깅스 차림의 혜원이 문을 열고 카페로 들어오는 모습이 보였다. 혜원의 모습을 확인한 정원이 모르는 척 시선을 창밖으로 돌렸다. 커피를 주문하고 자리를 찾으려 두리번거리던 혜원이 정원을 발견하고는 반갑게 인사를 건넸다.

"어머! 정원 님."

"어? 최 실장님."

"정원 님이 여긴 어쩐 일이세요?"

"취재가 있어서요. 최 실장님은 어떻게 여기 계세요?"

"저 이 위에서 점심시간에 필라테스 하거든요. 이제 끝나서 커피 한잔하고 들어가려구요."

SNS를 통해 이미 혜원의 스케줄을 확인한 정원이었다. 오전 11시부터 오후 9시까지 운영하는 U1의 점심시간은 12시 30분부터 2시 30분까지. 1년 내내 다이어트 중인 혜원은 점심을 잘 먹지 않는 편으로, 매주 화요일과 목요일에는 점심시간을 이용해 필라테스 수업을 듣는다. 그리고 운동이 끝나고 나면 어김없이 혼자서 건물 1층 카페에서 커피를 마시며 책을 읽는다. 정원의 예상대로 혜원은 오늘도 책 한 권을 옆에 끼고 이곳에 왔다.

"정원 님, 이렇게 밖에서 뵈니까 엄청 반갑네요."

예상대로 혜원은 정원을 열렬히 반겼다.

"그러게요. 이렇게 밖에서 뵈니까 딴 사람 같아요. 실장님."

"그래요? 운동복 입어서 그런가. 아, 잠시만요."

진동벨이 울리고 혜원이 커피를 가져오자 정원은 다시 기자의 취재용 미소를 얼굴에 가득 띠웠다.

"정원 님, 저 여기 앉아도 되나요?"

"앉으세요. 오히려 쉬는 시간인데 제가 방해하는 건 아니죠? 밖에서는 U1 고객 아니고 그냥 서정원이니까 신경 쓰지 마세요, 실장님."

"어머, 전 정원 님 밖에서 봬서 너무 좋아요. 언제 또 정원 님이랑 커피 마셔보겠어요. 저 정원 님이랑 사진 찍어도 돼요? 사실 부탁하고 싶었는데 병원에서는 그럴 수가 없어서 슬펐어요."

"그럼요. 같이 찍어요, 사진."

정원의 대답이 떨어지자마자 혜원은 휴대폰을 꺼내 들고 맞은편에 앉은 정원의 얼굴이 잘 나오게 셀카를 찍었다.

"진작 얘기하시지. 사진은 언제든 찍어드릴 수 있는데."

혜원의 셀카 타임이 끝나자 정원이 웃으며 말했다.

"어휴. 안 돼요. 원장님한테 혼나요."

"환자 보호 차원인가 봐요. 유 원장님 그런 거 철저하신 것 같던데. 직원들은 힘들겠어요."

투덜거리고 싶은 말투를 놓치지 않은 정원이 운을 떼자 혜원의 얼굴이 더욱 환해졌다.

"장난 아니에요. 얼마나 까다로운지. 저니까 이렇게 버티지 못 버티고 도망간 직원들도 많아요. 저도 뭐 그나마 딴 데보다 페이가 높으니까…."

"그래도 원장님이랑 친하시잖아요. SNS에 사진도 많던데요. 상 사람이랑 친하기 어려운데 실장님 정말 성격 좋으시다고 생각했어요."

"어머, 정원 님도 제 SNS 보시는구나. 전 뭐 오래 일했으니까요. 그리고 원장님이나 수린 님이랑 같이 다니는 게 묘하게 재밌더라구요."

열심히 비위를 맞추는 정원에게 스스럼없이 얘기하던 혜원의 입꼬리가 한쪽으로 올라갔다.

"하하. 몰래 보는 거 들켰네요. 실장님 사진 재밌어서 자주 보거든요. 그런데 수린 님이면 모수린 씨? 유 원장님이랑 친한가 봐요. 의외네요. 느낌이 다른데."

"아… 환자 얘기 하면 안 되는데."

"저도 수린 씨 좀 알아요. 뭐 수린 씨보단 모형택 의원님을 더 잘 알지만."

"아! 맞다. 두 분 앙숙이시죠?"

"안타깝게도 좋은 사이는 아니죠."

웃으며 답하는 정원을 보자 마음이 놓인 혜원은 말을 이었다.

"원장님이랑 수린 님 두 분은 서로 완전히 다른데, 또 친하기도 친해요. 수린 님이 친구가 많은 스타일도 아니고 원장님도 워낙 비위 맞추기 힘든 사람이라 미국에 있을 때부터 베프라던데 좀… 상하관계가 있달까?"

혜원이 인상을 찌푸리자 정원도 같은 표정을 지어 보였다.

"상하 관계요? 친군데 그건 좀 별로다."

"그죠? 원장님이 수린 님을 좀 부려먹는다고 해야 하나? 원장님이 은근 여우거든요. 그니까 병원도 수린 님 아버지 돈으로 차리고."

정원의 표정에 신이 나 조잘거리던 혜원이 다시 하던 말을 멈추고 눈치를 살폈다.

"저 입 무겁고 돌아서면 까먹어요. 특히 친구 얘기는."

정원이 과장되게 단호한 표정을 지으며 혜원을 안심시켰다.

"저랑 정원 님이랑 친구요? 헤헤. 근데 정원 님은 원장님이랑 친하시잖아요. 제가 괜히 뒷담 하는 것 같아서…."

속마음을 숨긴 정원이 환하게 웃어 보이며 말을 이었다.

"친해 보였어요? 전 원장님 같은 스타일은 너무 어려워서…."

정원이 말을 흐리자 혜원은 다시 신이 났다.

"그죠? 엄청 잘난 척 심하죠? 사람 하대하고 막 맨날 자기가 실수한 거 뒤집어씌우고. 진짜 짜증나요. 지난번에 병원 이사하고 정원 님 오신 날이요. 그날 문자 보낸 것도 저 아닌데 저보고 말하라고 시키고. 그때 저한테 화 많이 나셨었죠? 이제 와서 말이지만 그 문자 제가 실수한 거 아니었어요."

"문자면… 1404호라고 잘못 보내신 날 말씀이세요?"

"네, 그날이요! 원장님이 굳이 자기가 보낸다더니 잘못 보내놓고 민망하니까 저한테 뭐라 그러고."

"아… 그렇게 된 거였어요?"

그날이었다. 차은새가 죽은 날. 정원이 죽어 있던 차은새의 사무실로 잘못 들어간 날. 자신의 말에 적극적으로 관심을 보이는 정원에 혜원의 말이 더욱 빨라졌다.

"네, 그날은 갑자기 막 아침부터 예민해져서는 14층에 엔터테인먼트 회사 들어오는 거 싫다고 난리를 치더니. 골 빈 딴따라들이라고 엄청 짜증내더라구요."

"저한테 문자 잘못 보내신 그날이요?"

정원은 탁자 밑으로 손이 살짝 떨리는 게 느껴졌다.

"네, 혼자 예민하게 굴다가 혼자 실수하고 그 수습은 제가 다 하고."

"실장님이 많이 힘드시겠네요."

"그렇다니까요. 새파랗게 어린 남친 때문인지 정신이 딴 데 가 있는 사람 같았어요. 한동안은."

"원장님은 남자 친구가 연하인가 봐요. 연애 오래했다고 들었는데."

정원이 몸을 앞으로 당기며 혜원의 말에 더욱 집중했다.

"아니요. 정원 님 처음 저희 병원 오실 때쯤에 상담자로 왔다가 만났어요. 둘이 사귄다고 딱 말하지는 않는데 분위기가 원장님이 엄청 좋아하는 것 같아요. 되게 어리고 되게 잘생겼거든요."

"그래요?"

'최근에 만난 연하의 남자라고? 유 원장 남자 친구는 미국에서부터 만난 사람이라고 했는데…'

"그분이 진료실에 CCTV도 달아주고, 병원 컴퓨터 고장 났을 때도 고쳐주고 몇 번이나 도와줬어요. 올 때마다 남친처럼 그래요. 뭔가 썸이 있으니까 그러지 않겠어요?"

"그렇겠네요."

"그죠? 정원 님 보시기에도 그렇죠? 근데 그 남자 그냥 대충 봐도 엄청 반듯한 느낌이에요. 무슨 일 하는지는 모르겠지만 대기업 다니는 눈치고요. 사실 저도 보고 있음 너무 아까워요."

대화를 할수록 정원의 머릿속은 점점 더 복잡해졌다. 다행히 정원의 속마음까지는 눈치채지 못한 혜원은 자신의 얘기에 공감하는 새 친구의 반응에 들떠 보였다.

"아, 근데 실장님, 그럼 그날 저한테 전화하신 건… 그것도 원장님인가요?"

"전화? 무슨 전화요?"

"저랑 실장님 계단에서 만났을 때 그러셨잖아요. 전화 안 받아서 올라와 봤다고."

고개를 갸우뚱하던 혜원은 기억난 듯 신나서 손뼉을 치며 말했다.

"아! 맞아요! 원장님이 저한테 올라가 보라고 했어요. 전화 안 받으신다고."

"그렇구나…. 원장님이 그래도 환자들을 잘 챙기시네요. 시간 맞춰 직접 전화도 하고."

"뭐, 그건 그때그때 기분에 따라 달라요. 어떤 날은 전화한다고 했다가 어떤 날은 확인 왜 안 하냐고 소리 지르고. 본인이 정신과 가봐야 하는 거 아닌가 몰라. 뭐 그래도 환자한테는 잘하니까."

혜원은 본인이 뱉은 말이 심했다 싶었는지 급하게 뒷말을 덧붙이더니 정원에게 물었다.

"기자님, 케이크 드실래요? 원장님 얘기하니까 스트레스가 확 올라오네요. 헤헤."

"제가 살게요, 케이크. 그리고 혜원 씨. 이거 선물이에요. 오늘 만난 기념으로."

"어머, 이거 뭐예요?"

정원이 내민 쇼핑백을 받은 혜원이 내용물을 확인하고는 소리를 꺅꺅 지르며 호들갑을 떨었다.

"꺄, 이 텀블러. 어머 어떡해! 이거 저 주시는 거예요? 이거 한정판인데! 어머, 저 이거 진짜 갖고 싶었던 건데. 어떡해, 웬일이야. 어떻게 구하신 거예요?"

"아… 저 하나는 소장하고 싶어서 두 개 샀거든요."

정원은 대충 입에서 나오는 대로 둘러댔다.

"저 이거 진짜 갖고 싶었는데 결국 못 구했거든요. 너무너무 감사해요."

"그래요? 다음에 또 예쁜 거 생기면 실장님 드려야겠다. 이렇게 좋아해 주시니까 저도 좋네요."

차분한 미소를 보이며 대답한 정원은 지갑을 들고 일어났다.

ㅋㄹㅂ

"케이크 사 올게요. 생크림 괜찮죠?"

"네, 너무 좋아요."

텀블러를 들고 요리조리 사진을 찍는 혜원을 뒤로하고 주문대 앞에 선 정원의 뇌가 바쁘게 움직였다.

'모형택은 차은새의 스폰서. 모수린은 모형택의 딸. 유윤영은 모수린과 친구. 설우재는 모수린과 동창, 차은새의 애인.'

케이크를 들고 정원이 다시 자리에 돌아오자 여전히 싱글벙글한 혜원이 말했다.

"저 오늘 지인짜 운 좋은 날인가 봐요. 이렇게 정원 님이랑 커피도 마시고 케이크도 먹고 텀블러도 생기고. 맨날 이러면 좋겠다."

"맨날은 못 해도 자주 봐요. 혜원 씨."

"진짜요? 개인적으로 연락드려도 돼요?"

"그럼요. 저도 혜원 씨랑 친하게 지내고 싶었어요. 대신 원장님한테는 비밀로 할게요."

"너무 좋아요. 정원 님!"

끝없이 수다를 늘어놓던 혜원은 점심시간이 끝나기 7분 전에 급하게 일어났고, 정원은 자리에 그대로 앉아 한숨 돌렸다. 그때, 낯선 번호로 전화가 걸려 왔다. 수화기 너머의 목소리는 의외의 인물이었다.

"서정원 기자님? 더불어새통당 모형택 의원실입니다."

"네. 그런데요?"

'어라? 모형택 그 능구렁이가 먼저 연락을 하다니. 이걸 어떻게 해석해야 하는 거지?'

그를 만나볼 계획을 세우고 있던 정원에게는 황당하고 반가운 전화였다.

"의원님께서 서 기자님을 뵙고 싶어 하십니다. 내일 오전에 미팅 가능하십니까?"

"내일이요? 글쎄요… 전 지금이 좋은데요."

모형택이 먼저 만남을 제안한 이유가 궁금해서 내일 아침까지 기다릴 수 없을 것 같아 정원은 재촉하듯 말했다. 지금 당장 모형택을 만나야만 할 것 같았다.

"지금은 의원님께서 일정이 있으십니다."

"그럼 내일 어디로 가면 될까요?"

단호한 비서관의 목소리에 한발 물러선 정원이 대답했다.

'왜 만나고 했을까? 차은새? 모수린? 대체 나한테 무슨 얘기를 하려고….'

전화를 끊고는 궁금함에 안절부절못하던 정원이 노트북을 열고 방송국 내부 뉴스에서 모형택의 이름을 찾았다.

[오늘의 주요 일정] 정치
    - 더불어새통당 모형택 대표 15:00 서울 컨벤션 센터 IT 박람회

'역시 지금 만나야겠어.'

노트북을 닫은 정원이 곧장 행사장으로 향했다.

ㅋㅋㅇ

"아오. 속 쓰려 죽겠네. 나 어제 집에 어떻게 갔는지 모르겠다."

태헌은 모니터에 코를 박고 근처 해장국집 전화번호를 찾고 있었다. 그의 반경 1미터에서는 술 냄새가 진동했다.

"택시 타고 간 거 같다며. 야, 너 쪽팔려서 서정원 기자 얼굴 어떻게 보냐. 또 볼 일은 있으려나. 너 지금 술 냄새로 봐서는 혈중알코올농도 0.1은 나오겠다."

오 형사가 태헌의 책상에 숙취 해소제를 올려놓으며 놀려댔다.

"그 여자 괴물이야. 얼굴색 하나 안 변하더라고. 특종 기자는 역시 술 먹는 것부터 다르더라. 독해, 아주 독해."

"그게 중요한 게 아니고 태헌아, 그 정신과 의사 있지? 유윤영. 그 사람이 나 찾아왔었던 거 내가 너한테 얘기했었냐? 차은새 사건 수사 초기에 경찰서에 찾아왔더라고."

숙취 해소제를 벌컥벌컥 들이켜는 태헌을 향해 오 형사가 뜬금없이 물었다.

"그 의사 선생이 왔었다고? 경찰서에? 너를 찾아서? 왜?"

약병을 옆에 놓고 물을 꿀떡거리던 태헌이 물었다.

"차은새랑 설우재 스캔들 터지고 바로 다음 날, 나 당직하고 있을 때 갑자기 찾아왔더라고. 새벽부터."

"새벽부터? 뭐라던데?"

"내가 어떻게 그 사람 만났던 걸 까맣게 잊고 있었지?"

"그래서 그 의사 선생이 너한테 뭐랬냐고."

오 형사가 황당한 듯 머리를 긁적이며 뜸을 들이자 태헌이 다그쳐 물었다.

"아무 얘기도 안 했어."

"뭐?"

"그냥 아무 얘기도 안 했어. 자기 병원 있는 건물에 살인 사건이 일어나서 무섭다던데?"

"그 얘길 하려고 찾아왔다고? 새벽부터? 저 너무 무쪄워여, 하려고? 그렇게 무서운데 김민철은 왜 나서서 만난 거야?"

"그래서 나는 그때는 그냥 무섭나 보다 뭐, 그럴 수도 있겠다, 했지. 근데 지금 생각해 보니까 좀 소름 끼치네."

오 형사의 말에 태헌은 술기운이 빠르게 사라지는 것 같았다.

*

정원이 컨벤션 센터에 도착했을 때는 행사가 한창이었다. IT 박람회답게 첨단 기계들과 수백 대의 대형 모니터들, 화려한 복장의 모델들과 바쁘게 움직이는 스태프들, 관람 온 사람들로 북적였다.

"어? 서 선배! 여기 어쩐 일이에요?"

행사장 입구에서 분위기를 살피던 정원은 자신을 부르는 소리에 고개를 돌렸다. TNJ 스티커가 붙은 커다란 카메라를 손에 든 남자가 정원을 향해 걸어왔다. 정원의 후배 기자였다.

"너 잘 만났다. 오늘 행사 일정이 어떻게 되냐?"

기자들의 시선을 따돌릴 방법을 찾던 정원이 그를 반갑게 맞이

했다.

"저요? 이제 의원들 행사장 둘러보는 거 스케치하고, 그담엔 해외 쪽 주요 IT 회사들 프레젠테이션 있으니까 그거 담고. 뭐 다른 행사랑 똑같아요. 근데 왜요?"

"그래? 그럼 저기 보이는 기자들 전부 프레젠테이션 하는 쪽으로 이동하겠네?"

정원이 무리 지어 있는 기자들을 가리키며 물었다.

"네. 프레스 일정이 그렇게 잡혀 있으니까 다 같이 가겠죠. 왜요, 선배? 관심 있어요?"

"아냐. 너 바쁠 텐데 취재 잘해라. 저기 등장들 하시네."

검은 양복을 입은 무리가 행사장으로 들어오고, 기자들이 그들을 향해 움직이기 시작했다.

"빨리들 납셨네. 그럼 선배, 저는 가요!"

정원과 대화를 나누던 후배 기자는 짧은 인사를 남기고 무리 속으로 뛰어갔다. 양복 군단이 잘 보이는 곳에 자리를 잡은 정원은 포토 타임이 끝나기를 조용히 기다렸다. 정원은 무리의 중심에서 금배지를 반짝이는 모형택을 주시하고 있었다.

인자한 표정의 국회의원들과 춤추는 로봇의 포토 타임이 끝나자 몰려 있던 기자들과 보좌진들도 뿔뿔이 흩어졌다.

"의원님!"

뒤에서 그 모습을 지켜보던 정원이 모형택을 향해 소리쳤다.

"아이고, 이게 누구십니까. 서정원 기자님 아니십니까. 취재 오셨나 봅니다. 허허허."

ㅋㅋㅋ

형택은 특유의 사람 좋은 표정과 말투로 정원을 반기며 오른손을 내밀었다.

"제가 여기 취재 올 짬밥은 아니고요. 의원님 뵈러 왔죠."

"아이고, 저를요? 이거 영광입니다. 허허허."

형택이 내민 손을 쳐다도 보지 않고 정원이 대답했다.

"잠시 얘기 좀 하시죠."

"나 뭐 또 잘못한 건 아니죠? 하하하. 그럽시다. 근데 여긴 좀 그렇지 않나요? 시끄럽고 사람도 많고."

"시끄러워서 여기가 딱 좋죠. 의원님과 제가 하는 얘길 아무도 못 들을 테니. 저분 좀 떼어놓고 오시죠."

송 실장을 가리키며 까칠하게 대답한 정원이 행사장 한편에 마련된 벤치를 향해 앞장섰다. 형택도 어슬렁거리며 정원의 뒤를 따랐다. 얼굴이 알려진 두 사람이 나란히 구석 벤치에 앉았지만 정원의 말처럼 그들을 의식하는 사람은 없었다.

인근 무대에서는 경품이 걸린 퀴즈 이벤트가 한창이었고, 관람객들의 시선은 그곳에 고정되어 있었다. 형택이 멀찍이 서 있는 송 실장을 손짓으로 불러 귓속말을 하자 그가 노란 서류 봉투 하나를 형택에게 건네고는 다시 한 발짝 물러섰다.

"사람들이 정치나 뉴스보다는 퀴즈에 더 관심이 많네요. 이래서 등잔 밑이 어둡다고들 하나 봅니다. 참 아이러니하지요? 다들 잘난 척하면서도 등잔 밑은 못 보는 게 우리네 인생인가 봅니다. 하하하."

"…."

"기자님은 어쩐 일로 저를 만나러 여기까지 오셨습니까?"

"저를 보자고 하셨다던데요."

"아이고, 궁금해서 참을 수가 없으셨나 봅니다."

"네, 맞습니다. 그러니 말씀하세요."

정원이 날카롭게 대답했다.

"뭐가 그리 급하십니까. 천천히 얘기해도 될 것을."

"제가 성격이 좀 지랄 맞아서요. 궁금한 건 못 참습니다. 아시다시피."

"아이고, 제가 또 우리 특종 기자님을 성가시게 했네요. 그럼 얼른 말씀드려야죠. 저야 뭐 기자님 심기 건드려서 좋을 거 없는 사람 아닙니까. 하하하."

당황한 기색도 없이 호탕하게 웃던 형택이 말을 이었다.

"다른 건 아니고, 듣자 하니 요즘 서 기자님이 10년도 더 된 미제 사건을 취재하신다고요."

"네, 그런데요?"

"예전 사진 띄우면서 제보도 받으시더군요."

"왜 지금 그 사건을 말씀하시는 거죠? 저한테 하실 말씀은 그게 아니실 텐데요. 피차 바쁜데 본론만 하시죠."

정원이 잘라 말했다.

"그 제보받는 사진, 설마 기자님이 띄운 겁니까?"

그러거나 말거나 약 올리듯 형택이 물었다.

'무슨 꿍꿍이야? 영감탱이 귀가 어두워서 잘 안 들리나? 아니면 이해력이 떨어져서 말을 못 알아듣는 거야? 뭐야?'

정원이 한숨을 쉬며 대답했다.

"제 롤에 관심이 많으시네요. 꼭 답변드릴 필요는 없는 질문 같습니다만."

"눈썰미가 없는 분은 아닌 것 같은데. 기자님, 이번에 실수하셨네요. 그런 사진을 확인도 안 하고 띄우면 쓰나."

"의원님, 지금 저랑 수다 떨자고 만나자고 하신 겁니까?"

"그럴 리가요. 지금 용건을 말하고 있지 않습니까."

"지금 하시는 말씀은 용건이 아닌 것 같은데요."

"이겁니다. 제가 뵙자고 말씀드린 이유가."

"네?"

정원이 잔뜩 일그러진 표정으로 형택을 쳐다보았다.

"기자님, 그 사진 SNS에서 내리시고 사건 덮으세요. 제가 다른 이슈 하나 드릴 테니 준비하시던 방송에 들인 공이 섭섭하지는 않을 겁니다."

"의원님, 지금 무슨 말씀을 하시는 겁니까? 현직 국회의원이자 차기 대선을 바라보시는 분이 언론 탄압을 하시는 겁니까? 저한테? 뒷감당은 어쩌시려고요?"

싸울 듯이 따지고 드는 정원을 바라보며 형택은 여전히 방글방글 웃고 있었다.

"나만 좋자고 하는 거 아닙니다. 다 서 기자님을 위해서 제안드리는 겁니다."

"의원님!"

"기자님, 모든 진실이 다 밝혀지는 게 무조건 좋다고 생각하십니까?"

"그게 제 일입니다. 의원님의 일은 뭔지 모르겠지만."

"모르는 게 약이라는 말이 있지요? 옛말 틀린 거 하나도 없습니다."

"아까부터 말씀드리고 싶었는데요, 인생 설교는 다른 자리에서 하시는 게 좋을 것 같습니다."

"그래도 나이 많은 사람 말 들어서 손해 볼 건 하나도 없어요. 살다 보면 때론 그냥 없던 일인 듯 스쳐 가는 진실이 필요할 때가 있습니다."

형택의 같잖은 어른 행세에 정원은 기가 막혀서 더욱 진실을 알아내고 싶어졌다.

'이 영감이 단단히 미쳤구만. 뭔가 심하게 구린 게 있고, 그걸 내가 알아낼까 봐 어지간히 겁이 나나 본데. 아, 이분이 오늘 또 승부욕 돋게 만드시네.'

"저는 오늘 의원님께 다른 말씀을 듣고자 왔습니다. 제 일에 대한 조언은 사양하겠습니다."

"다른 말이요? 차은새 그 아이 사건 말씀이십니까?"

"잘 아시네요."

형택의 입에서 나온 차은새의 이름에 정원의 눈이 반짝였다.

"그 아이 사건은 저랑 관련이 없습니다. 저는 소문처럼 그 아이의 스폰서도 아니고요."

"그 사건은 관련이 없다고요? 그럼 다른 사건에는 개입되어 있으시다는 건가요?"

"그렇다기보다는 서 기자님이 미제 사건을 취재하시는 게 싫다는 겁니다."

"의원님이 싫다고 하면 제가 취재를 중단해야 하나요?"

황당한 형택의 말에 정원의 입에서 실소가 터져 나왔다.

"그러셔야죠."

형택의 매서운 눈빛이 날아와 꽂혔다. 순간 당황한 정원은 말문이 막혔다.

'뭐지? 저 표정? 이 능구렁이가 괜히 하는 말이 아닌 거 같은데.'

"네?"

"제가 싫다고 하면 그만두셔야죠."

"컨디션이 안 좋으시면 실력 좋은 따님 친구분 병원에 가보셔야겠습니다. 아, 듣자 하니 그 병원에 지분도 있으신 것 같던데요. 그럼 예약 따로 안 하셔도 되지 않습니까?"

한 번 더 반복된 형택의 말에서 묘한 불안감을 느낀 정원이 긴장한 속마음을 들키지 않으려 쏘아붙였다. 형택은 무표정한 얼굴로 노란 봉투를 그녀에게 건네며 같은 말을 반복했다.

"다시 한번 말씀드리지만 제가 싫다고 하면 그만하셔야 합니다."

얼떨결에 봉투를 건네받은 정원이 물었다.

"이게 뭔가요?"

"뇌물 아니니까 열어보시죠. 그거 보시고 나면 제 바짓가랑이라도 잡고 싶을 테니."

정원은 여전히 시선을 형택에게 고정한 채 천천히 봉투를 열었다. 봉투 속에는 빳빳한 종이 몇 장이 들어 있었다. 사진이었다. 정원의 손이 파르르 떨렸다. 기괴한 모습으로 누워 있는 차은새. 바닥에 흥건한 피. 정리되지 않은 사무실. 차은새를 버려두고 1404호를 나오기 전에 정원이 직접 찍은 사진이었다. 휴대폰에서는 깨끗이 지우고, 암호로 꽁꽁 묶인 자신의 노트북에만 보관했던 사진. 바로 그 여섯 장의 사진.

'이걸 어떻게…. 이 사진을 왜 당신이….'

할 말을 잃은 정원이 흔들리는 눈으로 형택을 노려보았다.

"제가 뭐라고 했습니까. 세상에는 처음부터 없었던 일인 듯 조용히 넘어가는 게 좋은 일도 있다니까요."

눈도 깜빡이지 못했다. 숨도 쉴 수 없었다. 아무 말도 들리지 않았다. 정원을 둘러싼 모든 것이 일시 정지 버튼을 누른 듯 그대로 멈춰버렸다.

"그거 그렇게 계속 손에 들고 있을 겁니까? 자세히 보고 싶으면 어디 가지고 가서 보시죠. 기자님이 그 사진을 자세히 볼 필요가 있겠나 싶지만."

정원은 떨리는 손으로 봉투에 다시 사진들을 집어넣었다. 빈정거리는 형택의 목소리가 귀에 울리고, 퀴즈 이벤트가 진행되고 있는 무대 앞 수많은 사람들이 시야에 스쳐 갔다.

"TNJ가 후원하는 오늘의 IT 상식. 마지막 퀴즈의 정답만을 남겨두고 있는데요, 두근거리는 순간! 정답 확인하시기 전에! 후원사의 광고 먼저 보시겠습니다."

뜸을 들이는 진행자의 멘트에 사람들의 야유 소리가 행사장을 가득 채웠다.

"60초 후에 정답 확인합니다!"

[빠른 뉴스, 정확한 보도. 세상을 바꿉니다. TNJ.]

진행자가 전광판을 가리키자 행사장 곳곳의 크고 작은 화면에 일제히 TNJ의 광고가 띄워졌다.

[오늘이 아닌 뉴스, 서정원입니다.]

[오늘이 아닌 뉴스, 서정원입니다.]

[오늘이 아닌 뉴스, 서정원입니다.]

전광판엔 방송을 진행하는 정원의 모습이 가득했다. 정원의 의상과 배경이 빠른 속도로 변하며 '오늘이 아닌 뉴스'의 메인 그래픽이 떠오르자 오프닝을 진행하는 그녀의 목소리가 행사장을 가득 채웠다. 정원은 넋을 놓고 그 모습을 바라보고만 있었다.

"우리 사회엔 알려지지 않은, 또 알려지지 못한 수없이 많은 사건이 있습니다. 오늘이 아닌 뉴스는 담담하게 그 사건들을 끄집어내 크고 작은 사회의 병폐들을 고쳐보려 합니다. 세상을 바꾸는 힘은 여러분에게 있습니다. 오늘도 오늘이 아닌 뉴스를 시청해 주신 여러분, 감사합니다."

화면 속 정원이 뒤돌아 스튜디오 뒤로 사라지자 오아뉴의 제보 신청 화면이 떠올랐다.

'오늘이 아닌 뉴스'에서는 여러분의 제보를 기다립니다.

2008년 5월, 스페인 광장에서 유학생 한나리 양과 함께 축제를 관람하셨던….

자막과 함께 띄워진 사진 한 장. 사진 속 앳된 얼굴의 남자는 정원의 남편, 우재였다. 커다란 전광판을 가득 채우고 있는 로고와 사진. 화질이 좋지 않았고, 얼굴이 정면으로 찍힌 사진도 아니었다. 얼굴을 반 이상 가린 페이스 페인팅으로 인물을 식별하기는 더욱 어려웠다. 사람들은 모를 것이다. 사진 속의 남자가 설우재라는 걸. 정말 가까운 사람만이 겨우 알아볼 수 있는 흐리고 작은 실루엣. 하지만 형택이 사진 속 수린을 단번에 알아본 것처럼, 정원도 우재를 한눈에 알아볼 수 있었다. 정원이 찾고 있는 한나리의 12년 전에는 그녀의 남편, 설우재가 있었다.

"아이고, 서 기자님. 오늘 여러 번 놀라시네요. 그러게 제가 뭐라고 했습니까. 어른 말 들어서 손해 볼 거 없다고 했지요?"

"…"

싱글벙글 웃으며 비꼬는 형택에게 정원은 아무 대답도 할 수 없었다. 그저 서류 봉투를 손에 꼭 쥐고 대형 전광판에 시선을 고정한 채 힘겹게 숨을 내쉴 뿐이었다.

"그럼 저는 다음 일정이 있어서 먼저 일어나 보겠습니다. 생각할 시간이 필요하실 테니 내일 약속된 시간에 다시 뵙지요."

정원을 그 자리에 남겨두고 형택은 유유히 행사장을 떠났다. 정원은 한동안 그 모습 그대로 벤치에서 일어나지 못했다. 12년 전 살해된 여자와 함께 있는 남편의 사진. 몇 개월 전 살해된 남편 내연녀의 사진. 두 사진을 눈앞에 둔 정원은 지독한 악몽에 갇힌 것만 같았다.

겁에 질린 표정으로 수린이 U1 로비를 서성이고 있었다.

"수린 님, 차 한잔 드릴까요?"

"괜찮아요. 신경 쓰지 마세요."

"원장님 좀 있으면 끝나실 테니까 앉아서 기다리세요."

혜원의 걱정 섞인 질문에 수린은 대답도 하지 않고 상담실 문 앞에 서서 골똘히 생각에 빠져 있었다. 12년 전 그날은 수린의 인생에서 지워버리고 싶은 날 중 하나였다.

"야! 모수린! 일어나. 빨리!"

윤영이 새된 소리로 부르고 있다는 건 알았지만 수린은 쉽게 눈이 떠지지 않았다. 11일 마드리드의 서늘한 새벽 공기 때문이었을까. 전날 마신 위스키 때문이었을까. 수린의 눈꺼풀은 자꾸만 무겁게 눈을 덮었다.

"야, 너 지금 이러고 자고 있을 때가 아니야. 일어나!"

윤영의 날카로운 목소리에 힘겹게 눈을 뜬 수린이 무거운 몸을 일으켜 자리에 앉았다.

"어… 왜 그래, 시끄러워…."

깨질 듯한 두통에 양손으로 머리를 감싸는 수린을 윤영이 다그쳤다.

"너 무슨 짓을 한 거야?"

"어?"

"도대체 뭘 한 거냐고!"

"무슨 말이야, 윤영아. 무슨 소린지 못 알아듣겠어."

"네가 그랬어?"

"어? 뭘?"

"너, 너… 얘 죽였어? 죽인 거야?"

"…"

"네가 얘 죽였냐고! 이것 보란 말야!"

찢어질 듯한 윤영의 고함 소리에 정신이 번쩍 든 수린은 눈앞의 믿기 힘든 광경에 숨이 턱 막혔다.

"이게 뭐야? 왜 이래?"

한나리, 조금 전까지 수린과 마주 보고 앉아 있던 그녀가 피를 흘리며 누워 있었다. 팔다리가 다른 방향으로 비틀어진 나리는 눈을 뜨고 있어 얼핏 아직 살아 있는 것 같은 섬뜩한 느낌을 줬다. 나리 앞의 의자엔 그녀의 피 묻은 손자국이 가득했고 바닥엔 깨진 술병과 유리잔이 흩어져 있었다.

"너 어제 술 계속 마신다고 해서 나 혼자 잠깐 바람 쐬러 나갔었잖아. 그리고 너 얘랑 둘이 방에 남아 있었어. 도대체 어떻게 된 거야? 나리랑 싸웠어? 너 기억 안 나?"

'윤영이가 바람 쐬러 나간다고 했던가? 얘랑 나랑 둘이 남았던가? 내가 얘랑 싸웠던가?'

머릿속이 온통 까맣게 변한 수린은 아무것도 기억이 나지 않았다.

"너 지금 그러고 있을 때가 아니야. 너 미쳤어? 네가 얘 죽인 거야? 야, 모수린. 대답 좀 해! 멍청한 얼굴로 그러고 있으면 어쩌라는 거야?"

'내가… 그랬다고? 내가… 얘를 죽였다고?'

"너 정신 똑바로 차려. 살인범으로 감옥 가고 싶어?"

"나… 기억이, 기억이 안 나. 윤영아."

"그럼, 여기 너랑 얘랑 둘이 있었는데 누구 딴 사람이라도 있었어? 너 이제 어떡할 거야. 술을 그 지경이 되도록 마시면 어떡해!"

"윤영아, 나 이제 어떡해? 나 어떡하지?"

"가만히 있어. 생각 중이니까."

윤영이 머리를 짚고 방을 왔다 갔다 하며 말했다.

"그냥 경찰에 신고하자. 지금."

"윤영아!"

"그럼 어떡할 거야. 뭐 뾰족한 방법도 없잖아. 너 술 마셔서 기억도 안 난다며."

"안 돼, 윤영아. 제발 그건 안 돼."

"그러면 얘를 어디 버리기라도 하게?"

"그건 아니지만… 안 돼. 나 정말 하나도 기억 안 난단 말이야. 그리고 내가 진짜 죽인 거면 어떡해. 우리 아빠는 어떡하고. 근데 나 나리랑 싸울 일이 없는데."

"너 대단하다? 이런 일을 해놓고 네 생각만 하니?"

"그치만 윤영아…. 신고는 안 돼…. 어떡하지. 근데 윤영아, 왜 그렇게 화를 내는 거야?"

"그게 무슨 말이야? 너 같으면 이 상황에 웃겠니?"

수린의 말에 윤영이 황당한 얼굴로 대꾸했다.

"그게 아니라… 너 여기 오면서 그랬잖아. 한나리 진짜 죽이고 싶다고."

"야!"

말이 끝나기가 무섭게 윤영이 목소리가 높아졌다.

"죽이고 싶다고 해서 다 죽이니? 그리고 그게 진짜 죽이고 싶다는 말이야?"

서늘해진 등줄기, 피 흘리며 죽어 있는 한나리, 울먹이는 윤영의 목소리. 그것을 마지막으로 수린은 이후 며칠이 기억나지 않았다. 얼마 후, 마드리드로 떠나기 전 모습 그대로 수린은 뉴욕에서 정신을 차렸다. 그리고 아무 일도 없었다.

"아무 소식 없지? 나 너무 불안해. 윤영아."

상담실로 들어선 수린이 소파에 걸터앉으며 울먹였다. 수린은 초조함에 차가워진 양손을 쉴 새 없이 감싸 주물렀다.

"모수린. 걱정 말어. 넌 하여간 소심해서는. 그 사진을 보고 그게 우린 걸 어떻게 아니? 내가 봐도 내가 맞나 싶던데."

책상에 앉은 채 모니터에서 눈을 떼지 않던 윤영이 못마땅한 듯 고개를 좌우로 흔들며 말했다. 윤영은 사진이 뜨든 말든 아무런 관심이 없는 것 같았다.

"그래도 서정원 그 여자는 알지 않을까? 우재가 그 여자 남편이잖아."

"모수린, 너도 생각을 좀 해봐라. 그 여자가 우재를 알아봤으면 그걸 SNS에 올렸겠냐? 그냥 우재한테 물어보면 될 걸 왜 동네방네 찾는다고 그 소란을 피우겠어? 안 그래?"

윤영이 짜증 섞인 목소리로 쏘아붙이자 수린은 습관처럼 어깨를 올려 목을 움츠렸다.

"그러고 보니 그러네. 서정원이 우재를 못 알아봤구나."

수린은 조금 마음이 놓인 듯 가슴을 쓸어내렸다.

"거봐. 모르잖아. 서정원은 우재를 사랑하지도 않아. 나한테도 그랬다니까? 그 여잔 우재 못 알아봐. 알아볼 수가 없지. 어떻게 알겠어? 그 여자는 저 혼자밖에 모르는 이기적인 여자라고. 그냥 우재 배경이 좋아서 우재랑 결혼한 그렇고 그런 여자야. 내가 그럴 줄 알았어. 그 여자가 우재를 알아볼 리가 없지."

윤영은 과장된 몸짓과 말투로 혼잣말을 반복했다. 수린은 그런 윤영을 불안한 눈빛으로 바라보았다.

"그리고 아무도 모를 거야. 설사 누군가 알아본다고 해도 우리가 아니라고 하면 그냥 아닌 거야. 그러니까 너 좀 쫄지 마. 지겨워, 정말. 이게 몇 년째인지 알고는 있어?"

"그렇…겠지?"

"수린아. 매번 너 땜에 나랑 우재가 이게 무슨 고생이니? 12년이야. 12년을 몰랐으면 아무도 몰라. 가만히 좀 살아. 가만히 사는 거 잘하지 않아?"

연극하듯 혼자 중얼거리던 윤영이 갑자기 수린을 매섭게 노려보며 쏘아붙였다.

"미안…. 미안해."

잔뜩 주눅이 든 수린이 바닥으로 눈을 내리깔고 어쩔 줄 몰라했다.

"됐어. 재수 없는 얘긴 그만하고, 아버지랑 얘기해 봤어?"

"응?"

"병원 얘기 말이야. 아직 안 했어?"

"아버지가… 이상하게 요즘 좀 예민하신 것 같아서."

"모수린! 기회는 왔을 때 잡는 거야. 이 멍충아!"

갑자기 화가 난 윤영이 앙칼진 목소리로 소리쳤다.

*

"어떻게 된 건가요."

정원은 형택의 사무실에 그와 마주 앉아 있었다. 어젯밤, 정원이 호텔로 돌아가 다시 노트북을 확인했을 때 여섯 장의 사진은 그대로 있었다. 노트북 외에 그 사진을 보관한 곳은 없다. 누군가 정원의 컴퓨터에 있는 사진을 가져갔다는 뜻이다. 자신만이 알고 있는 암호를 풀어 파일 깊숙한 곳에서 비밀스럽게 그 사진을 꺼낼 수 있는 누군가. 정원의 머릿속에 단 한 사람만 떠올랐다. 지저스.

'지저스가 모형택에게 접근한 걸까? 아니면, 처음부터 지저스와 모형택이 날 속이기 위해 짠 판에 걸려든 걸까? 설마, 9년 전부터? 그럴 리가.'

혼란스러운 머리를 부여잡고 정원은 정신을 똑바로 차리기 위해 안간힘을 썼다.

"둘 중 어떤 게 더 궁금하신 겁니까? 여섯 장의 사진? 아니면 12년 전의 사진?"

형택이 차분한 목소리로 물었으나 정원은 쉽게 대답을 하지 못했다.

"…."

"서 기자님, 저는 다른 건 없습니다. 너무 어렵게 생각하실 거 없어요. 제가 가진 여섯 장의 사진과 서 기자님이 가진 한 장의 사진을 바꾸자는 겁니다."

"차은새가 죽어 있는 사진으로 왜 제게 거래를 하시려는 거죠?"

'모형택은 어디까지 알고 있을까?'

그 사진 어디에서도 정원의 흔적은 찾을 수 없다. 사진을 찍은 사람이 정원이라는 또 다른 증거가 존재하지 않는 한, 빠져나갈 틈이 있을지도 모른다. 턱을 빳빳이 세운 정원이 형택을 뚫어져라 쳐다보았다. 당당한 정원의 태도가 마음에 들지 않아서였을까. 형택의 말투가 딱딱해졌다.

"그러게요. 피를 흘리며 죽어 있던 차은새의 사진은 과연 누가 찍은 걸까요? 아마도 차은새를 죽인 범인일 가능성이 높겠지요?"

"…."

"기자님 생각은 어떠세요? 이게 어디 그렇지 않고서야 있을 수가 있는 일입니까."

"그 사진, 어디서 나셨습니까?"

"서정원 기자님, 지금 기자님에게 중요한 건 그 사진이 어디에서 났느냐가 아니라 이제 이 사진을 어떻게 사용하느냐가 아닐까 싶은데요.”

“글쎄요. 무슨 뜻입니까.”

“서 기자님 같은 특종 기자님은 이제 진실을 밝힐 차례 아닙니까? 이렇게 절 붙잡고 그 사진이 어디에서 났는지 확인하실 게 아니라. 제가 보기에 서 기자님은 이미 이 사진을 누가 찍었는지, 어디에 있었는지는 알고 계십니다. 그게 아니라면 제가 이 사진을 어떻게 손에 넣었느냐, 그게 왜 그렇게 궁금하실까요? 제 말이 틀렸습니까?”

‘떠보는 걸까? 아니면 사진을 찍은 사람이 나라는 걸 이미 알고 있는 걸까?’

형택을 바라보는 정원의 눈빛이 흔들렸다.

“사진의 출처를 알아야 제가 진실을 밝히든, 묻든 선택을 하지 않겠습니까?”

“기자님이 죽이셨습니까? 차은새 그 아이?”

“의원님!”

“그럼 아십니까? 범인을?”

“무슨 말씀하시는 겁니까?”

“저는 한결같이 한 가지만 제안하고 있습니다. 미제 사건 그만하시지요.”

“그럼 저도 한 가지만 묻죠. 그 미제 사건에 왜 그리 집착하십니까?”

정원의 질문에 잠시 창밖을 물끄러미 바라본 형택이 다시 고개를 돌려 대답했다.

"그 사진에서 익숙한 얼굴을 찾으셨을 텐데요. 그것만 해도 기자님이 미제 사건을 단념해야 하는 이유로 충분하지 않습니까?"

"사진 속에 내 남편과 의원님 딸이 있다고 해서 그게 꼭 제가 사건 취재를 중단해야 하는 이유가 되지는 않죠."

정원은 더 이상 도망치지 않기로 했다.

4권에서 계속.

오늘이 아닌 뉴스 1 침묵하는 목격자

2022년 11월 30일 초판 1쇄 발행

지은이 뉴럭이
펴낸이 박시형, 최세현

책임편집 긴혜정 **디자인** 정이연
마케팅 이주형, 양근모, 권금숙, 양봉호 **온라인마케팅** 신하은, 정문희, 현나래
디지털콘텐츠 김명래, 최은정, 김혜정 **해외기획** 우정민, 배혜림
경영지원 홍성택, 이진영, 김현우, 강신우
펴낸곳 팩토리나인 **출판신고** 2006년 9월 25일 제406-2006-000210호
주소 서울시 마포구 월드컵북로 396 누리꿈스퀘어 비즈니스타워 18층
전화 02-6712-9800 **팩스** 02-6712-9810 **이메일** info@smpk.kr

ⓒ 뉴럭이(저작권자와 맺은 특약에 따라 검인을 생략합니다)
ISBN 979-11-6534-651-5 (03810)

- 이 책은 저작권법에 따라 보호받는 저작물이므로 무단전재와 무단복제를 금지하며, 이 책 내용의 전부 또는 일부를 이용하려면 반드시 저작권자와 (주)쌤앤파커스의 서면동의를 받아야 합니다.
- 잘못된 책은 구입하신 서점에서 바꿔드립니다.
- 책값은 뒤표지에 있습니다.
- 팩토리나인은 (주)쌤앤파커스의 브랜드입니다.

쌤앤파커스(Sam&Parkers)는 독자 여러분의 책에 관한 아이디어와 원고 투고를 설레는 마음으로 기다리고 있습니다. 책으로 엮기를 원하는 아이디어가 있으신 분은 이메일 book@smpk.kr로 간단한 개요와 취지, 연락처 등을 보내주세요. 머뭇거리지 말고 문을 두드리세요. 길이 열립니다.